郑州幼儿师范高等专科学校引进高层次人才专项资助项目

河南传统儿歌

HENAN
CHUANTONG
ERGE

马志飞/著

苏州大学出版社
Soochow University Press

图书在版编目（CIP）数据

河南传统儿歌 / 马志飞著. --苏州：苏州大学出版社，2017.8
ISBN 978-7-5672-2061-4

Ⅰ. ①河… Ⅱ. ①马… Ⅲ. ①儿歌—作品集—河南 Ⅳ. ① I287.2

中国版本图书馆CIP数据核字（2017）第046979号

书　　名：	河南传统儿歌	
著　　者：	马志飞	
责任编辑：	孙腊梅　洪少华	
装帧设计：	吴　钰	
出 版 人：	张建初	
出版发行：	苏州大学出版社　（Soochow University Press）	
社　　址：	苏州市十梓街1号　邮编：215006	
印　　刷：	苏州工业园区美柯乐制版印务有限责任公司	
邮购热线：	0512-67480030	
销售热线：	0512-65225020	
开　　本：	700×1000　1/16　印张：15　字数：244千	
版　　次：	2017年8月第1版	
印　　次：	2017年8月第1次印刷	
书　　号：	ISBN 978-7-5672-2061-4	
定　　价：	38.00元	

凡购本社图书发现印装错误，请与本社联系调换。
服务热线：0512-65225020

目　录

前　言 ··· 1

绪　论 ··· 1
 一、概念界定 ·· 1
 二、传统儿歌的社会背景 ·· 2
 三、研究状况 ·· 4

第一章　社会格局变革下的河南传统儿歌 ················ 8
 第一节　形成背景与来源 ·· 8
  一、荧惑说 ·· 8
  二、占验说 ·· 9
  三、自创说 ·· 10
  四、成人创教说 ·· 10
 第二节　历史发展与地位 ·· 11
  一、上古时期的河南传统儿歌：突显谶纬占验 ········· 12
  二、中古时期的河南传统儿歌：反映时政民风 ········· 13
  三、近古时期的河南传统儿歌：回归儿歌本质 ········· 16
 第三节　价值功能与文化驱动 ·································· 18
  一、借"天命"干预政治和战争 ····························· 18
  二、反映现实生活　揭露社会矛盾 ························· 19
  三、反映儿童生活　体现儿童情趣 ························· 19
 第四节　本章小结 ··· 20

第二章　河南传统儿歌的题材类型 …… 21
第一节　游戏类儿歌：假想与融合 …… 21
一、体能游戏类儿歌 …… 21
二、益智游戏类儿歌 …… 24
三、模仿游戏类儿歌 …… 27
第二节　知识类儿歌：认知与迁移 …… 29
一、自然知识类儿歌 …… 29
二、科学知识类儿歌 …… 31
三、劳动知识类儿歌 …… 33
四、历史知识类儿歌 …… 34
第三节　习俗类儿歌：模仿与再造 …… 36
一、生活习惯类儿歌 …… 36
二、节日类儿歌 …… 38
三、诉苦类儿歌 …… 39
四、酒令类儿歌 …… 41
第四节　情感类儿歌：感知与表达 …… 42
一、尊老爱幼类儿歌 …… 42
二、家庭生活类儿歌 …… 45
三、婚嫁类儿歌 …… 47
四、励志类儿歌 …… 49
第五节　时政类儿歌：接受与探索 …… 52
一、革命类儿歌 …… 52
二、爱国类儿歌 …… 54
三、讽刺类儿歌 …… 55
第六节　宗教类儿歌：先验与发散 …… 57
一、神话传说类儿歌 …… 57
二、民间宗教类儿歌 …… 60

第七节　其他类儿歌 ………………………………………… 61
　　　　一、摇篮曲 …………………………………………………… 61
　　　　二、绕口令儿歌 ……………………………………………… 63
　　　　三、颠倒类儿歌 ……………………………………………… 65
　　　　四、谜语类儿歌 ……………………………………………… 66
　　第八节　本章小结 ………………………………………………… 68

第三章　河南传统儿歌的音乐风格 ………………………………… 69
　　第一节　音阶与调式 ……………………………………………… 69
　　　　一、以纯四度框架为核心的徵调体系 ……………………… 71
　　　　二、以大三度框架为核心的宫调体系 ……………………… 72
　　第二节　旋律展开手法 …………………………………………… 74
　　　　一、建立在纯四度框架基础上的宽腔音列 ………………… 74
　　　　二、建立在大三度框架基础上的大腔音列 ………………… 75
　　　　三、建立在"小三度"加"大二度"框架基础上的窄腔音列 … 76
　　第三节　曲式结构布局 …………………………………………… 78
　　　　一、方整性乐段结构 ………………………………………… 78
　　　　二、非方整性乐段结构 ……………………………………… 80
　　第四节　美学特征与现实价值 …………………………………… 82
　　　　一、朴拙知心 ………………………………………………… 82
　　　　二、灵动传情 ………………………………………………… 83
　　　　三、入景达意 ………………………………………………… 85
　　第五节　本章小结 ………………………………………………… 86

第四章　河南传统儿歌引入学前教育专业的教学实践与改革 …… 87
　　第一节　人才培养模式的创新发展 ……………………………… 87
　　　　一、基于传统儿歌的人才培养定位 ………………………… 88

二、基于传统儿歌的音乐教学模式……………………………… 90
　　三、彰显传统儿歌特色的教学方法改革……………………… 91
　第二节　课程体系的特色化建设……………………………………… 93
　　一、学前教育专业音乐课程中存在的问题…………………… 93
　　二、以传统音乐为特色的课程体系构建……………………… 94
　　三、教学内容改革与传统儿歌的贯穿与渗透………………… 96
　第三节　以创新为导向的艺术实践…………………………………… 99
　　一、传统儿歌融入学前艺术实践的现状……………………… 99
　　二、传统儿歌融入艺术实践的目标定位……………………… 101
　　三、传统儿歌融入艺术实践的实施操作……………………… 103
　第四节　本章小结……………………………………………………… 104

第五章　河南传统儿歌引入幼儿园的实施策略与评测……………… 105
　第一节　音乐教学模式的改革创新…………………………………… 105
　　一、多维视角原则……………………………………………… 108
　　二、即兴创造原则……………………………………………… 109
　　三、"师—生"互融原则………………………………………… 109
　　四、情景创设原则……………………………………………… 110
　第二节　音乐实践活动的介入模式…………………………………… 111
　　一、合作—探索模式…………………………………………… 111
　　二、心理—行为模式…………………………………………… 114
　　三、任务—目标模式…………………………………………… 116
　第三节　基于传统儿歌的幼儿乐感培养……………………………… 119
　　一、转变视角…………………………………………………… 120
　　二、转变角色…………………………………………………… 120
　　三、转变方式…………………………………………………… 121
　第四节　本章小结……………………………………………………… 124

第六章　基于时空维度的文化迁移 ······ 125
第一节　时间维度的价值传递 ······ 125
一、题材内容的价值选择 ······ 126
二、音乐风格的审美选择 ······ 128
三、基于传统儿歌的教学实践 ······ 129
四、基于传统儿歌的创作实践 ······ 131
第二节　空间维度的功能更替 ······ 132
一、传统儿歌融入学前音乐教育体系的实现途径 ······ 132
二、非物质文化遗产视角下的传统儿歌保护 ······ 133
三、新型城镇化与传统儿歌的转型发展 ······ 135
第三节　传统儿歌的当代文化阐释 ······ 136
一、传统儿歌的价值功能 ······ 137
二、传统儿歌的艺术风格 ······ 137
三、传统儿歌的发展方向 ······ 138
第四节　本章小结 ······ 139

结　语 ······ 141
附录一：河南传统儿歌（文本） ······ 144
一、游戏类儿歌 ······ 144
二、知识类儿歌 ······ 156
三、习俗类儿歌 ······ 180
四、情感类儿歌 ······ 184
五、其他类儿歌 ······ 191

附录二：河南传统儿歌（乐谱） ······ 209
参考文献 ······ 226
后　记 ······ 228

前　言

每一个人都有自己的童年，都有偎依在妈妈怀抱里、听妈妈吟唱动人歌谣的时刻，都有在奶奶、姥姥的歌谣陪伴下进入梦乡的美好经历，也都有与小伙伴们边唱儿歌、边戏耍游戏的动人场景。正是通过一首首优美动听的儿歌，我们开始第一次认识这个世界，第一次感受到亲人的呵护，第一次体验到音韵之美。可以说，儿歌伴随着我们每一个人的成长，成为我们美好的童年回忆。稍加留意我们便会注意到，很多传统儿歌至今仍然活跃在广大城乡，回响在乡村院落和城镇街巷。但是，也有很多儿歌因为我们生活方式的改变而不复存在，只留存在老一辈的头脑里，随着岁月的流逝而销声匿迹。这不能不说是一大憾事，对于传统文化的传承发展来说也是极大的损失。

笔者自2008年进入高校工作以来，就开始搜集河南各地的儿歌口传文本和地方文献。特别是调入郑州幼儿师范高等专科学校音乐系任教以后，便有意识地将传统儿歌作为自己的研究方向之一，开展田野调查，走访民间歌手，获得了一定的第一手资料，对河南传统儿歌有了更多的感性体验和理性思考，开始了初步的整理研究。本书便是笔者在主持的河南省哲学社会科学规划项目"基于学前音乐教育资源开发的河南传统儿歌研究"的基础上加以增补修改而形成的，初步展示了笔者近年的研究成果。在日常教学中，笔者也尝试将河南传统儿歌引入课堂，让当代大学生了解这些上一代人曾经耳熟能详的优美儿歌，力图将几近断层的地方传统民歌艺术进行当代衔接，帮助学生认知这些土生土长儿歌的文化内涵，丰富他们从事幼儿艺术教育的文化积累，增强他们的文化自信。这些课堂教学经验也在本著中得到了一定的体现，希望能够对幼儿园的艺术教育提供更多的教学思路和教育资源。

本书以河南传统儿歌为对象，意欲对河南传统儿歌的源与流进行初步梳理，探讨河南儿歌的艺术价值，让读者初步了解河南传统儿歌的文本体裁和音乐形态，揭示其审美表现特征；同时，对河南传统儿歌的应用前景进行实践探索，为学前教育专业的特色艺术教学提供更多的音乐资源；通过对河南传统儿歌在幼儿园的应用探讨，为幼儿园的音乐教学提供更多更好的教学资源；进而对河南传统儿歌在当代的转型发展进行展望，为其社会化推广打下基础。本书注重实地调查与教学实践之间的相互印证，对儿歌文本、音乐本体与生成情境进行关联性研究，同时借鉴音乐教育学、音乐史学、民族音乐学、音乐美学等交叉学科的研究方法，以儿童的音乐感受和审美发展为出发点，保证研究成果的客观性和艺术教学的可操作性。

本书不仅是对河南传统儿歌的研究性专著，也可作为幼儿园和学前教育专业的乡土教材与辅助教材使用，为广大从事学前音乐教育的教育工作者提供可资利用的音乐教学资源，帮助他们了解我国传统儿歌的独特艺术风格和深厚文化底蕴，为我国优秀传统文化的传承发展开拓新的领域。

当然，本书只是对河南传统儿歌的初步研究和探讨，由于资料匮乏和调查范围所限，加上本人才疏学浅，其中必定还有很多不足和缺陷，敬请读者批评指正，不胜荣幸。

马志飞

2016 年 11 月于郑州

绪　论

一、概念界定

本著以河南传统儿歌为对象。在展开论述之前，需要对有关概念进行界定，明晰其内涵和外延，以免歧义。

儿歌古称童谣，也有"儿谣""小儿谣""孺子歌""童子歌""小儿语"等名称，是儿童歌谣的简称，是供儿童演唱的歌曲，或是供儿童朗诵的近于音乐化的颂词。"儿歌"一词最早出现在1914年1月《绍兴县教育会月刊》刊登的周作人《儿歌之研究》一文中，周作人认为："儿歌者，儿童歌讴之词，古言童谣。"① 此定义主要是针对民间流传儿歌而言的，且以儿童传颂的谣词为主，与近代由专人创作的新儿歌有一定的区别。"童谣"一词最早见于《左传》，《左传·僖公五年》中有"童谣云……"的记载。在古代，童谣往往被认为是谶言的一种，是天帝神灵通过儿童之口向人间暗示吉凶祸福的重要载体，很多谶谣就是以童谣的形式出现的，因此，童谣还被称为"诗妖""诗异"等，被蒙上了一层神秘的面纱。谢贵安在《中国谶谣文化研究》一书中，将童谣定义为："童谣就是由儿童传播的令人莫名其妙的谶谣，当然也更是传播者本身无法理解的歌谣。"②

魏寿镛、周侯予1923年合著的《儿童文学概论》中，将儿歌与童谣进行了区分，认为儿歌是民间流传的儿童口唱的歌词，内容介于有意义和无意义之间；童谣则是有腔有韵的便于口语的文学形式，大多含有讽刺意味。③ 自此，很多学者将儿歌与童谣进行了区分，将有词有曲调者称为儿歌，可以歌唱；有

---

① 周作人. 儿歌之研究[J]. 歌谣（第三三号），北大歌谣研究会，1931.11.18，第8版.
② 谢贵安. 中国谶谣文化研究[M]. 海口：海南出版社，1993：34.
③ 魏寿镛，周侯予. 儿童文学概论[M]. 上海：商务印书馆，1923：37-38.

词无谱者称为童谣，可以念诵。例如，雷群明、王龙娣所著的《中国古代童谣》，将童谣定义为："童谣就是指传唱于儿童之口的没有乐谱的歌谣。"[①] 从历史语境看，所谓的童谣，很多情况下也是可以唱的，因囿于古人视野和记谱法所限，只在历史文献中保留了唱词。在当代学术语境下，儿歌既指可供演唱的歌曲，也指有词无谱的谣词，其节奏和音调变化也富有音乐性的要素。因此，本著将儿歌与童谣视为同等意义。

传统儿歌是指在传统社会中流传的儿童歌曲和可吟诵的儿童歌谣，与儿童的生活环境和行为活动紧密相关。我国的传统社会是自给自足的农耕社会，儿歌产生自大众文化系统，具有鲜明的草根性、民俗性和娱乐性，其中的优秀儿歌至今仍然在广大城乡传唱不衰。与之相应的是近现代由专人创作的新儿歌，具有鲜明的个人印迹和时代性，反映了近现代儿童的精神风貌。当代的儿歌创作，既可以基于创作者的创作才智和儿童的身心特点，也可以从古代流传至今的传统儿歌中汲取养分，获得创作灵感。

本著以河南传统儿歌为对象，尝试将河南地区自古流传至今的优秀儿歌进行研究、概述，增进人们对河南传统儿歌的了解，并促进传统儿歌在当代的传承与发展，为传统儿歌的当代转型提供有益的思路。本著所录儿歌大部分为传统社会留存至今的河南传统儿歌。

二、传统儿歌的社会背景

我国儿童人口数量庞大，据《中华人民共和国2015年国民经济和社会发展统计公报》统计，截至2015年年底，我国大陆0~15岁的人口为24 166万人，占总人口136 072万人的17.6%，幼儿园在园幼儿4 262.8万人。然而目前，可供演唱的儿歌却少之又少，无论数量还是质量，均无法满足广大儿童日益增长的精神需求。而在广大城乡，却存在着许许多多生动活泼的传统儿歌，内容浅显易懂，曲调优美，唱起来朗朗上口，在儿童中口耳相传。如"拔萝卜、拔萝

---

① 雷群明，王龙娣.中国古代童谣[M].上海：上海文艺出版社，2003：3.

卜，嗨哟嗨哟拔萝卜，嗨哟嗨哟拔不动。老婆婆，快快来，快来帮我们拔萝卜"。这是我们开展学前音乐教育和儿歌创作的重要资源，其优美动听的曲调和丰富多彩的唱词，可以丰富幼儿园和学前教育专业的儿歌弹唱教学内容和专业儿歌创作实践素材；其生动活泼的思维方式和叙述逻辑对广大学前教育工作者的科研工作也有很大的启发作用。一些儿歌甚至稍做改动就具备较高的艺术水准和儿童情趣，在广大儿童中加以推广，将具有十分显著的现实应用价值。

传统儿歌具有独特的审美价值和教育功能，将传统儿歌引入幼儿园和学前教育专业的音乐教育体系，在音乐教学、艺术实践和儿歌创编中吸收传统儿歌的艺术手法与表现元素，将会极大地提升学前教育专业师生和幼儿园教师的专业水平与文化自信，增强广大幼儿对传统文化的了解，培养他们对传统文化的热爱，提升他们的审美感知能力和综合素质。本课题的研究范围是以河南省为核心的中原腹地，研究对象是传统社会中广大儿童传唱的乡俗性歌曲。此外，有很多以念诵为主的童谣可以歌唱或进行近于音乐化的朗诵，也被纳入本课题的研究范围。

河南传统儿歌的内容包罗万象，富于儿童情趣，易学易唱，如《小板凳》："小板凳歪歪，里头坐个乖乖。乖乖出来买菜，里头坐个奶奶。奶奶出来烧香，里头坐个姑娘。姑娘出来梳头，里头坐个孙猴。孙猴出来作揖，里头坐个公鸡。公鸡出来打鸣，里头坐个豆虫。豆虫出来爬爬，里头坐个娃娃，娃娃出来喊个爸爸"等，可以激发儿童的想象力，满足孩子认知、娱乐、益智的需求。通过对河南传统儿歌的搜集、整理和研究，本著意在揭示河南传统儿歌的艺术特点及发展规律，并引入学前教育和幼儿园的音乐实践中，如歌唱、演奏、游戏、钢琴与合唱等教学实践中，实现传统儿歌在学前音乐教育领域的资源开发，探索民族化儿歌的创作道路，创编出更多更好的新儿歌，为幼儿园、早教机构、青少年宫、儿童艺术中心等机构提供更多更好的儿歌作品，满足儿童多样化的审美需求，培养他们的审美感知能力，提高他们的艺术修养，促进优秀传统文化的传承与发展。这是将传统音乐与时代风尚相结合的重要路径之一，以使河南传统儿歌在新的时代条件下获得新生。

由于当代儿童的生存境遇和生活方式发生了极大的改变,传统儿歌已处在边缘化的困境。城市的急剧扩张和农民工的广泛流动,导致儿童时常偎依在父母身边的境况基本消失,代之而来的是幼教中心、午托班、辅导班以及留守儿童的大量存在,儿童的天真烂漫被现实利益和庸俗世风所泯灭,儿童的音乐世界受到了成人歌曲的极大侵蚀。因此,传统儿歌正在迅速失去存在的土壤,留存数量急剧减少。我们有义务为广大儿童留住这一宝贵的精神财富,提升幼儿适应现代社会发展的综合素质和能力,守住一方精神家园。

本著通过对河南传统儿歌的搜集整理和初步陈述,旨在揭示河南传统儿歌的艺术风格、表现手法和功能特征,将传统儿歌引入学校尤其是幼儿园和学前教育专业的音乐教学体系中,研究传统儿歌融入学前教育专业和幼儿园音乐教学体系的途径与方法,重点研究课程建设、音乐实践、儿歌创编、师资培训等环节的具体措施,提高学前音乐人才培养质量,以提升学前教育专业毕业生和幼儿园教师的专业水平、文化自信与职业认同感,提升广大儿童对传统文化的审美认同。本项目的研究还可以促进儿歌创作实践和理论研究,创编出更多更好的新儿歌,满足广大儿童的审美需求和精神需要。

三、研究状况

儿歌随着人类语言和思维意识的产生而出现,母亲怀抱婴儿而哼唱的音调,牙牙学语的幼童哼唱出的简单曲调,便是最早的儿歌。《国语·郑语》中的"檿弧箕服,实亡周国"[1],是现存最早的童谣。古人视童谣为天意,将其作为灾异之预兆,认为童谣大多与天命气运、世风兴衰、灾异福祸等密切相关。自《汉书》始,童谣被收入正史"五行志"中,童谣因荧惑(火星)而起的看法自此盛行,如《晋书·天文志》所言:"凡五星盈缩失位,其精降于地为人……荧惑降为童儿,歌谣嬉戏……吉凶之应,随其象告。"[2]儿歌不仅可以愉悦、教育

---

[1] 王娟.中国古代歌谣整理与研究[M].北京:高等教育出版社,2014:323.
[2] [唐]房玄龄.晋书[M].北京:中华书局,1974:320.

儿童，也是反映时政民风的重要晴雨表，如《汉书·灌夫传》载有童谣："颍水清，灌氏宁。颍水浊，灌氏族。"①

朱熹在《小学》中提出："略言教童子洒扫应对事长之节，令朝夕歌之，似当有助。"②；明代的王阳明提出，儿童教育要顺应"童子之情"，"大抵童子之情，乐嬉游而惮拘检，如草木之始萌芽，舒畅之则条达，摧挠之则衰萎。今教童子，必使其趋向鼓舞，中心喜悦，则其进自不能已，譬之时雨春风，沾被卉木，莫不萌动发越，自然日长月化，若冰霜剥落，则生意萧索，日就枯槁矣"③。明吕坤的《演小儿语》（1593）是我国第一部儿歌专集，收录了河南、山东、山西、陕西等地流传的46首儿歌，成为我国民歌宝库中的一颗明珠。吕坤在书中认为，"儿之有知能言也，皆有歌谣以遂其乐，群相习，代相传，不知作者所自"④，使人们对于童谣的性质和作用有了新的认识。明清时期出现了很多儿歌专著，如明代杨慎的《古今风谣》，清代郑旭旦的《天籁集》、悟痴生的《广天籁集》、范寅的《越谚》等。历代正史、方志和笔记小说中也多有儿歌的记载，是研究古代儿歌的重要文献。

近代，意大利驻中国外交官韦达利（B.G.Vitale）1896年出版的《北京的歌谣》，收录了北京儿歌170首，并对其进行了简要阐释。"儿歌"一词最早出现于周作人1914年1月发表的《儿歌之研究》一文。自此，针对儿歌的民俗学、文艺学和教育学研究渐成主流，如美国学者何德兰在《孺子歌图》中采用自然描述法对中国儿歌进行了客观评价，顾颉刚在《广州儿歌甲集序》中强调了儿歌民族性的强固和表现力的真挚，嘉白在《童谣的艺术的价值》中认为，童谣具备产生新中国国民音乐的绝好资格等。其他成果还有冯国华《儿歌的研究》（1923）、褚东郊《中国儿歌的研究》（1926）、朱自清《中国歌谣》（1931）、陈鹤琴《儿童歌曲》、柳一青《儿童歌谣》、徐芳《儿歌的唱法》、苏子涵《儿歌

---

① 王青，李敦庆.两汉魏晋南北朝民歌集[M].南京：南京师范大学出版社，2012：4.
② 张京华.近思录集释[M].长沙：岳麓书社，2010：878.
③ [明]王守仁.王阳明全集[M].上海：上海古籍出版社，1992：87-88.
④ 赵景琛，车锡伦，何志康.古代儿歌资料[M].少年儿童出版社，1963：10.

中的教训与希望》等。

新中国成立后,儿歌的研究重点集中于断代研究、地域风格、民族特质、功能价值等方面,如周作人《绍兴儿歌集》、赵景深等《古代儿歌资料》、朱介凡《中国儿歌》、车锡伦《被作为神学附庸的中国古代儿歌》、李红艳《土家族民间儿歌在幼儿园教学中的开发与利用研究》、周书云《民间儿歌特征研究》、李毅《论幼儿园的儿歌教育》、内堀明子《论西藏山南卡热乡藏族儿歌的艺术特征》、胡君婧《儿歌研究的若干问题》、张梦倩《中国传统童谣研究》等。当代,各地编著的民间歌曲集成、歌谣集成、文化志、民俗志、民歌选等文献收录了大量儿歌童谣。同时,还有无数的传统儿歌鲜活地存在于广大城乡,在儿童中间口耳相传,成为传统音乐和传统文学的重要组成部分。

河南传统儿歌的搜集整理工作一直卓有成效,如各地文化部门搜集整理的民间歌曲集成、歌谣集成、民间童谣、儿歌集等,以及各地的文化志、民俗志中也保存了一大批传统儿歌。近年,随着非物质文化遗产保护工作的展开,一些专家开始关注传统儿歌。如河南省非遗代表性传承人、洛阳大学原校长赵金昭博士,长期关注洛阳地区儿歌,出版了《洛阳传统儿歌游戏》《洛阳传统、现代、新编儿歌》等,整理出版儿歌与童谣近3 000首,论述了儿歌的产生、发展、功能、传承等。但总体上,还缺乏对中原地区传统儿歌的产生发展、功能价值、词曲特点、音乐风格、生存现状、传承发展等的深入研究。此外,如何利用中原地区传统儿歌的丰富资源,创作出为儿童喜闻乐见的新儿歌,是摆在学前教育工作者面前的重要命题。

我国近代儿歌创作肇始于学堂乐歌时期,时人尝试将民间小调融入儿歌创作中,如李叔同的《祖国歌》,系根据民间乐曲《老六板》填词而成。20世纪30年代以后,以黎锦晖为代表的儿歌创作,表现出鲜明的民族性和中国特色,如《可怜的秋香》《老虎叫门》等。以聂耳、冼星海、麦新等为代表的左翼作曲家创作了大量爱国革命儿歌,如《只怕不抵抗》《卖报歌》等。新中国成立后,一批富有儿童情趣和爱国情操的儿歌相继面世,如《我们的田野》《让我们荡起双桨》等。尤其是改革开放以后,儿歌创作的题材和形式更加多元化,各地各民族的传统儿歌激发了无数作曲家的创作灵感,出现了《歌声与微笑》《我的好妈妈》《数鸭子》等风格浓郁的儿歌。可以说,传统儿歌对我国的儿歌创作产生了巨大的促进作用。但是,相关的学术研究却相对滞后,多侧重于传统儿歌对儿歌创作的影响和艺术特点,如李元《创作儿歌对民间儿歌的借鉴与超越》、刘天浪《民间音调在幼儿歌曲创作中的运用》等。未来,我们亟须探索将传统儿歌融入儿歌创作的现实路径、创作原则、音乐风格等,探索儿歌创作人才培养的创新模式,为儿歌创作提供有益的经验和思路。

匈牙利音乐教育家柯达依认为,民歌应该成为幼儿园的主要音乐材料,在他编写的教材中,很多合唱曲目取材于匈牙利民歌。但在我国,有关儿歌教学实践的研究非常有限,主要集中在教学改革、创作技法、培养模式等方面,如刘升智《幼专儿童歌曲创编课教改初探》、马婷《高师儿歌创编课程教学改革初探》、苏敏与赵国平《高职幼教专业儿歌创编与表演能力的培养模式》等。在学前音乐教学实践中,存在很多借鉴和运用传统儿歌的教学实例,一些教师在教学方法、教学模式、课程改革、教学评价等方面进行了有益的探索,出现了很多有益的做法和经验,这就需要我们从理论上进行系统梳理和研究,为儿歌的课堂教学改革提供良好的思路。此外,有关传统儿歌与专业儿歌创作之间关系的研究也相对滞后,亟须探索将传统儿歌融入专业儿歌创作的现实路径,为当前的儿歌创作提供新的途径。

第一章 社会格局变革下的河南传统儿歌

儿歌在当代儿童的精神世界中扮演着极为重要的角色，儿童在牙牙学语时，便天然地喜欢吟唱儿歌童谣，甚至载歌载舞，乐此不疲。因此，儿歌在儿童的生活和学习中起着娱乐、教育、启智等重要作用。河南地处中原腹地，是中原文化传播的核心区域，河南传统音乐承载着中华民族最重要的文化记忆，历史中的河南传统儿歌记载着中华民族在文化童年时期的诸多文化信息，很多至今仍在广大城乡传唱。本章重点对历史文献中河南传统儿歌的有关记载进行初步梳理，以揭示河南传统儿歌的源与流，探讨其在社会格局变革时期的艺术价值和现实影响。

第一节　形成背景与来源

儿歌是幼儿咿呀学语阶段的音乐体裁，与原初人类的音乐思维有很多相通之处，伴随着人类语言的出现而产生。但由于文字出现较晚，记谱法出现更晚，至魏晋南北朝时期才出现了文字谱，很多儿歌没有被记载下来，以致我国远古时期的儿歌湮灭无闻。所幸，历代文献古籍还保留了一部分早期儿歌的歌词谣语。关于儿歌的起源，大致有以下几种观点：

一、荧惑说

此说是将童谣看作是荧惑星（火星）降临人间、感应于人事，借儿童之口传达天意、警戒世人，如《三国志·吴书·陆凯传》记载："……臣闻翼星为变，荧惑作妖，童谣之言，生于天心，乃以安居而比死，足明天意，知民所苦也。"①东汉王充在《论衡·订鬼》中也说道:"世谓童谣,荧惑使之,彼言有所见也。荧惑火星,火有毒荧。故当荧惑守宿,国有祸败。火气恍惚,故妖象存亡。"②《晋书·天文志》中这样认为:"凡五星盈缩失位,其精降于地为人……荧惑降为童儿,歌谣嬉戏……吉凶之应,随其象告。"③在古人看来,荧惑之星即火星,因其轨迹不定导致光芒飘忽闪烁,令人疑惑,故为妖,妖气为阳气。因火在五行中为二,谣属"言",在五事(貌、言、视、听、思)也位居第二,加之童子也为阳,因此,古人认为荧惑之星降临人间往往化为儿童。也有古人认为,荧惑星的精魄化为风伯之师(风神),降入人间迷惑儿童嬉戏歌唱,如《史记正义》引《天官占》曰:"荧惑为执法之星,其行无常……其精为风伯,惑童儿歌谣嬉戏也。"④综上,荧惑之说与古老的阴阳五行思想有着内在关联,童谣往往被视为是上天感应的产物,与天命气运、政治事件、世风兴衰、灾害祸福等密切相关。也因此,有人认为童谣乃源自"天籁",如清代许之叙在《天籁集叙》中就认为:"古谚童谣,纯乎天籁,而细绎其义,徐味其言,自有至理存焉,不能假也。"⑤这是天人感应、天人合一思想的产物。

二、占验说

由于对自然和宇宙的认知有限,古代先民往往通过卜筮、占验的方式来窥探世界、预知未来,导致谶纬之术盛行,谶谣由此产生,其中不少是以童谣的形式出现的。此类童谣以预言式的歌谣形式出现,人们试图从字里行间窥知吉凶祸福,甚至命数国运等。当然,童谣应验与否,带有很大的偶然性,但人们会有意无意将应验过的童谣加以强化,有心之人将其存录下来,以备后来者殷鉴之用。正如杜预注《左传·僖公五年》云:"童龀之子,未有念虑之感,而会成嬉戏之言,似若有凭者。其言或中或否,博览之士,能惧思之人,兼尔志之,

---

① [宋] 司马光.资治通鉴 [M].北京:中华书局,1956:1401.
② [汉] 王充.论衡 [M].上海:上海人民出版社,1974:346.
③ [唐] 房玄龄.晋书 [M].北京:中华书局,1959:320.
④ [汉] 司马迁.史记 [M].北京:中华书局,1959:1317-1378.
⑤ 赵景深,车锡伦,何志康.古代儿歌资料 [M].上海:少年儿童出版社,1963:20.

以为鉴戒，以为将来之验，有益于世教！"①史载最早的谶谣相传为周宣王时期的一首童谣，见载于《国语·郑语》："檿弧箕服，实亡周国。"②此外，《列子·仲尼》载有相传是尧时代的一首童谣《康衢童谣》："立我蒸民，莫匪尔极。不识不知，顺帝之则。"③类似的童谣均属政治预言性质的歌谣，其语气、口吻乃至内容措辞等，显然已经超出了稚嫩儿童的能力和水平，更像是特定人士对历史大势、现实形势等做出的理性判断，假借儿童之口来彰显天命不可违。循此，历史文献中记载的很多童谣具有占验性质，涉及政治、战乱、灾害、异象、祸福、科举、骗局等，使童谣蒙上了一层神秘的面纱。

三、自创说

持此观点的人认为，儿歌是儿童自己创作并演唱的歌曲，具有自发性，表现了儿童纯真质朴的情感。如王充在《论衡·纪妖》中认为："性自然，气自成，与夫童谣口自言无以异也。当童之谣也，不知所受，口自言之。口自言，文自成，或为之也。"④从现实情况看，儿童在游戏、娱乐、休息的场合下会接触到身边的亲友和同龄人，会对外部世界有所感触，也会有喜怒哀乐的情感变化，便会情不自禁地唱起简单的音调或吟诵出不成章法的语词，这便是儿歌的雏形。正如明吕坤在《演小儿语》序中所说："儿之有知而能言也，皆有歌谣以遂其乐。"⑤当然，也有一些儿歌是在成人的影响下而形成的，受到大人的思维意识、审美情趣、生活态度、娱乐方式等因素的影响，儿童模仿成人的口吻和语气创编的儿歌，不乏儿童所特有的稚气和天真，且以叙事类和谜语类儿歌为多。

四、成人创教说

从历代典籍所载童谣的内容与格律来看，很多童谣的创作者其实是成年人，

---

① [晋]司马迁.史记[M].北京：中华书局，1959：1317-1378.
② 王娟.中国古代歌谣整理与研究[M].北京：高等教育出版社，2014：323.
③ 刘立志.先秦歌谣集[M].南京：南京师范大学出版社，2014：3.
④ [汉]王充.论衡[M].上海：上海人民出版社，1974：341.
⑤ 赵景深，车锡伦，何志康.古代儿歌资料[M].上海：少儿出版社，1963：10.

借由童子之口传播流行,以达到成人的特殊目的。幕后操作者和创作者往往是政客、幕僚、儒生、方士等,寄予了他们对国家命运和社会发展的愿望,具有很强烈的现实功利性。显然,其中所承载的社会信息和文化含义早已超出儿童的理解范围。此外,有一类儿歌的创作者往往是儿童身边的亲友,目的是为了娱乐和学习,激发儿童对外部世界的认知兴趣。还有一种歌谣类型——摇篮曲,是成年人哄小孩睡觉和休息时,专门唱给他们听的歌谣,创作者往往是母亲、奶奶、姥姥等女性角色,其起源也非常古老,伴随着人类社会从原始社会到现代文明社会。以上两类儿歌童谣诞生虽早,但限于史官和文人的眼界与认识,往往不被重视,湮没在历史长河中。

自《汉书》始,部分童谣始被收入到正史"五行志"中,其后的历史文献中便保存有部分河南儿歌童谣。目前,文献所载最早的河南童谣是北宋词人周邦彦在《汴都赋》中搜集到的一首反映西周初年的远古童谣,载于《事文类聚》续集卷二《居处部》,其谣词曰:

孰为我已,孰鏊我载。茫茫九有,莫知其界。①

商亡后,商纣王的庶兄微子启率旧族前往封地——宋(今商丘一带),途中郁闷惆怅、慨叹满怀。由于纣王在历史上被当作暴虐之君,因此,微子启降周被看作是仁者之举,后世多有传诵尊崇之举。此首童谣为东京汴梁童儿所传唱,形成年代虽不可考,但可确定极为久远。此谣内容与儿童生活相距甚远,谣词文雅规整,似是受成人的影响而形成,或是由成年人传唱于稚童,借以反映人世变迁、物是人非,具有一定追怀人生的意味。

第二节 历史发展与地位

河南传统儿歌自有记载以来,便与时政世风紧密联系,很多情况下脱离了原来的演唱主体,成为政治斗争、谶纬占验、战争起义的舆论宣传工具,直至

---

① [清]杜文澜.古谣谚[M].北京:中华书局,1958:982.

近世才逐渐回归儿童本体,成为表现儿童精神世界的重要音乐体裁。几千年来,河南传统儿歌的历史地位和功能作用大致经历了以下几个阶段。

一、上古时期的河南传统儿歌：突显谶纬占验

从内容性质来看,典籍所载的河南传统儿歌和童谣大部分属于政治预言或占验性质的范畴。例如,《后汉书·五行志》载有一首王莽新朝末年流传在南阳地区的童谣：

    谐不谐,在赤眉。得不得,在河北。①

地皇三年(23),刘玄被绿林军立为皇帝,年号更始,同年十月攻入长安,王莽在混乱中被杀；更始三年(25)六月,刘秀于河北鄗城即皇帝位,史称东汉,以上谶谣均一一应验。再如,汉献帝初年,都城洛阳流传一首童谣：

    千里草,何青青。十日卜,不得生。②

这里的"千里草"即"董"字,"十日卜"是"卓"字,暗指董卓专权,结局必定是"不得生"。其后,董卓因以臣凌君、生性凶残,引致各地军阀讨伐,因此被朝内大臣联合其部下设计诛杀,此谣果然应验。再举一例,《史记·灌夫传》载有童谣：

    颍水清,灌氏宁。颍水浊,灌氏族。③

汉武帝时,灌夫家族及其宾客在颍川横行霸道,广占陂池田园,引起当地老百姓的怨恨与不满,于是有小孩编唱此谣,预言灌氏必定自取灭亡。果然,灌夫因卷入田蚡与窦婴的政治斗争,于公元前131年被冠以不敬之罪而斩杀,族人遭诛。

儿歌童谣还在战争离乱、异象灾难中起到一定的预言或警示作用,它们或者是当事者为自己行动的正当性进行辩护,或者是当事一方借此左右战局、收服人心,于是,有人便利用童谣是天人感应的产物的社会心理,营造有利于自

---

① 王青,李敦庆.两汉魏晋南北朝民歌集[M].南京:南京师范大学出版社,2012:24.
② 王青,李敦庆.两汉魏晋南北朝民歌集[M].南京:南京师范大学出版社,2012:34.
③ 王青,李敦庆.两汉魏晋南北朝民歌集[M].南京:南京师范大学出版社,2012:4.

己的舆论氛围。例如,《左传·僖公五年》载,公元前655年八月,晋献公率兵包围了虢国都城上阳(今河南三门峡市),询问卜偃何时能灭虢国。卜偃便引用了一首童谣:

丙之晨,龙尾伏辰,袀服振振。取虢之旂,鹑之贲贲,天策焞焞,火中成军,虢公其奔。①

这里的"龙尾伏辰",是说日月运行到苍龙七宿中的第六宿尾宿的区域内,尾宿由于太阳强光而隐伏不见。"鹑"是指"鹑火星",即朱鸟七宿中的柳、星、张三宿,"鹑之贲贲,天策焞焞"是说当三宿闪耀于南天之时,天策星就会失去光耀,意味着社稷无主。卜偃据此判断,灭虢的最佳时机是十月朔丙子旦,即夏历的九月、十月之交(周历的十一月、十二月之际),天干为丙日的清晨。次年冬十二月丙子朔,晋军果然灭虢,虢公丑逃亡至京都洛邑。

此类童谣基本上与时局变乱有密切联系,不时见载于历代史籍中,尤其是在天下大乱之时,此类童谣往往最为兴盛,各色人等便借助童谣的形式传播谶纬,表达对时局发展的判断,意图影响时人,改变政治格局和历史发展轨道,如魏晋南北朝、五代十国、两宋交替、元末明初等时期。值得注意的是,政治性与谶纬类的童谣在两汉、北朝最为兴盛,其后的历史发展中大体呈现递减势头,这既与两汉之后谶纬之术被禁、统治者加强思想控制有直接关系,也与宋明之后阴阳异术减少、理学兴起有着内在联系,还与知识分子对谶谣的真实面目及作用的渐进式的认知有一定关系。

二、中古时期的河南传统儿歌:反映时政民风

至唐宋金元时期,史载儿歌童谣继续成为人们反映时事政治和军事战乱的重要途径,但已渐渐褪去了玄学迷雾。例如,金贞祐元年(1213)十二月,卫州(今豫北卫辉、新乡、鹤壁等地)有童谣曰:

团恋冬,劈半年。寒食节,没人烟。②

---

① 陈戍国.春秋左传校注[M].长沙:岳麓书社,2006:176.
② 程杰,范晓婧,张石川.宋辽金元歌谣谚语集[M].南京:南京师范大学出版社,2014:184.

河南传统儿歌

第二年正月,元兵攻破卫州城,烧杀掳掠,致绝人烟,其时距寒食节不远,童谣果然应验。统观此类童谣,大多是战争一方为达到战争胜利和瓦解人心的目的,通过谋士或奸细散布到对方国土,令老百姓和军士人心惶惶,无心恋战。因此,此类童谣大多属于借儿童之口传达特定信息的成人化童谣,距离反映儿童心智的真正童谣还有很大的距离。再如,《元史·郭宝玉传》记载,金朝汾阳郡主兼猛安引军郭宝玉于金大安二年(1210)某日在打猎途中闻听一首童谣:

摇摇罟罟至,河南拜阏氏。①

阏氏是元朝可汗皇后的姓氏,此谣暗喻蒙古人将要占领黄河以南地区。恰此晚,太白金星从天划过,郭宝玉认定天将改姓。第二年,蒙古骑兵大举南下,攻破乌沙堡,郭宝玉遂率军降元,汴梁城沦陷,河南尽为蒙古军所有。从这首童谣的语词内容看,很有可能是元朝的谋士或奸细编造散布的,以达到瓦解对方军心的目的。再如,《元史·五行志》记载,元至正二十八年(1367年),彰德路(今河南安阳)有童谣云:

塔儿黑,北人作主南人客。塔儿红,朱衣人作主人公②。

本年六月壬寅日,彰德路天宁寺塔忽变红色,通体通透如炉中煅铁,塔顶光焰迸发,自二更至五更乃止,癸卯日、甲辰日亦如是。这里的"北人"当指元朝统治者蒙古人,"南人"主要是指汉人和西南各少数民族,"朱衣人"暗指朱元璋。其时,朱元璋已经平定南方,并于1368年建国,随即发兵北伐,攻占元大都,最终统一了中国,童谣所言均一一应验。当然,后世有人怀疑此谣乃出自朱元璋手下的谋士,目的是为朱元璋的北伐大造舆论。

这一时期的新变化是儿歌童谣成为反映时政民风的重要晴雨表,很多无法通过公开合法途径表达的利益诉求、社会矛盾或底层心声,往往通过童谣曲折地表达出来。例如,唐天宝年间,两京有童谣云:

---

① 程杰,范晓婧,张石川.宋辽金元歌谣谚语集[M].南京:南京师范大学出版社,2014:184.

② 程杰,范晓婧,张石川.宋辽金元歌谣谚语集[M].南京:南京师范大学出版社,2014:197.

不怕上兰单,惟愁答辩难。无钱求案典,生死任都管。①

其时,当地儿童流行一种"投胡"的游戏,即将铜钱置于地上,往钱的中间投掷小物以争胜负,边做游戏边唱此谣。及至安史之乱,果然有很多官吏士庶投身于胡庭,安史之乱平定后纷纷被缚于三司狱,弄得个倾家荡产、妻离子散。这则童谣预言了投身胡庭的命运,当是有识之士对这种行为的警醒和讽刺。此类童谣在历朝历代典籍中都有记载,唐宋时期尤为兴盛,一定程度上表达了各地人们对时局变化和社会不公的态度取向,反映了当地的社会民风,是了解古代社会风情的重要窗口。

从歌词内容和格律特点来看,此类童谣大多是成年人创作并授予儿童传唱的,也有一部分是儿童受到大人影响而编唱传诵的,相对谶谣式童谣而言,距离儿童的生活世界已不是那么遥远虚幻。例如,北宋曾敏行在《独醒杂志》中记载了一首宋徽宗时期京师流行的童谣:

杀了蒿蒿割了菜,吃了羔儿荷叶在。②

这里的"蒿"用谐音暗指奸臣童贯,"蒿"暗指高俅,"菜"暗指蔡京,"羔儿"影射高俅之子,"荷叶"影射何执中。此谣反映了人们对奸臣误国弄权、残害忠良的强烈仇恨,当是市井百姓对童谣的又一次利用,但其曲词生动活泼,基本符合儿童的身心特点。

儿歌童谣的主要目的是愉悦、教育儿童,可惜纯粹服务于儿童的儿歌童谣在正史典籍中极少记载,只散见于文人笔记、方志、野史、文集等文献之中。例如,敦煌遗书《佛说无量寿宗要经》卷背面载有一首疑似唐代的佚名童谣:

可怜学生郎,每日画一张。看书佯度日,泪落数千行。③

此谣编者和流行地区虽不确定,但其语词简单通俗,内容贴切传神,似出自儿童之口,又经成人修饰而成,一定程度上反映了当时儿童的学习生活。

---

① 中华书局.全唐诗(第二十五册)[M].北京:中华书局;1960:9945.

② 程杰,范晓婧,张石川.宋辽金元歌谣谚语集[M].南京:南京师范大学出版社,2014:7.

③ 张锡厚.全敦煌诗(卷一一八)[M].北京:作家出版社,2006:4661.

三、近古时期的河南传统儿歌：回归儿歌本质

明清时期，出现了由文人编纂的童谣集和歌谣集，记录了大量表现儿童生活、反映儿童心声的儿歌童谣，使得上古、中古时期以谶纬占验为主的童谣开始回归儿童生活本性。例如，明代吕坤所编《演小儿语》(1593)是我国第一部儿歌专辑，根据他搜集到的河南、河北、陕西、山西等地的民间儿歌改编而成，基本可以反映当时的儿童生活和精神面貌。现举几例：

盘脚盘，盘三年。降龙虎，系马猿。心如水，气如绵，不做神仙做圣贤。

摘豆角，不待老，嫩的甜，老的饱。豆角虽嫩不伤人，五月桃李已入唇。

斗公鸡，两不歇，心狠狠，气穴穴。饶你啄他脑骨裂，自家冠儿也带血。

蝙蝠早来，只到星齐。谁不日行，偏你夜飞。原来老鼠出身，到底只是怕人。①

从以上几首儿歌的词格看，用词基本接近儿童的口语，生活气息鲜明。词语以三字或四字为一组，格律简洁生动，符合儿童在游戏娱乐时的吟唱律动风格。只是在每首童谣的最后，编者加上寥寥一两句模仿性谣词，多是对前面童谣的引申性评述，起到警戒、劝谕、教化的作用，是为"演"。虽然演化痕迹明显，但至少能够比较忠实地将原词记录下来，将儿童纯真活泼的天性展示给世人，已属难得。

清朝至民国时期，虽然有不少童谣集、歌谣集刊行面世，可惜很少涉及河南地区，河南儿歌只零星见载于各类史籍、笔记、小说、文集等。"五四"新文化运动时期，北京大学歌谣研究会《歌谣》周刊的出版，开启了科学采集民歌、以西方民俗学和其他人文学科的研究方法研究歌谣的时代，强调通过歌谣来研究中国的社会、民族、家庭、民俗等问题，将包括儿歌在内的民间口头文学提高到与精英文化平起平坐的地位。《歌谣》周刊自1922年12月17日创刊至停刊，共刊载了77首河南儿歌，可惜没有相关研究论文。这些河南儿歌以反映儿童生活为主，涉及自然景物、动物、游戏、家庭生活等方面，基本上记录了儿歌

---

① 赵景深,车锡伦,何志康.古代儿歌资料[M].上海：少年儿童出版社,1963：11-15.

的原貌,歌词具有十分鲜明的儿童特色,标志着国家文化大系统对儿歌童谣的重新认知,开始回归儿童生活本性。现举几例:

小鸡嘎嘎,要吃黄瓜。黄瓜流水,要吃鸡腿。鸡腿有毛,要吃樱桃。樱桃有核,要吃牛犊。牛犊撒欢,撒到天边。天边打雷,打给十锤。十锤告状,告给和尚。和尚念经,念给先生。先生算卦,算给蛤蟆。蛤蟆浮水,浮给老鬼。老鬼推车,推给他爹。他爹扬场,扬给他娘。他娘扫地,扫给他姨。他姨拨灯,一拨烘笼。①

芝麻秆、烧热炕,爷爷打炕奶奶唱。奶奶唱的很好听,爷爷唱的老憨腔。②

一个老人他姓顾,拿个壶来去打醋。趁便买了几尺布,回来看见了一只兔。放下布、放下醋,去追兔、跑了兔。丢了布、洒了醋,老汉气得真难受。③

新中国成立后,鲜有相关论著发表,搜集整理传统儿歌的工作也时断时续,不成体系。代表性歌集有河南人民出版社编辑出版的《河南儿歌》(1960年),收录传统儿歌23首,较少有改动修饰的痕迹,更加贴近儿童的口吻语气,如《盖花楼》:"盖!盖!盖花楼。花楼低,碰着鸡。鸡下蛋,碰着雁。雁叼米,碰着小孩就是你。"④通过儿歌童谣的唱游,儿童可以获知一定的自然知识、社会知识,养成良好的生活、学习和礼仪习惯,培养判断是非、明理知进的基本能力。例如这首《十二月蔬菜》,意在让儿童了解和认识身边的时令蔬菜:

一月菠菜才发青,二月种的羊角葱。

三月芹菜出了地,四月竹笋出圪蓬。

五月黄瓜大街卖,六月葫芦弯似弓。

七月茄子头向下,八月秦椒满树红。

---

① 许时行搜集.《歌谣》第四号第六版(1923-1-7).《歌谣》(影印本)第一册[M].上海:中国民间文艺出版社,1985.

② 尹淑敏搜集.《歌谣》第十七号第五版(1923-5-6).《歌谣》(影印本)第一册[M].上海:中国民间文艺出版社,1985.

③ 张帆搜集.《歌谣》第三卷第八期第六版(1937-5-22).《歌谣》(影印本)第三册[M].上海:中国民间文艺出版社,1985.

④ 河南人民出版社.河南儿歌[M].郑州:河南人民出版社,1960:231.

河 南 传 统 儿 歌

九月柿子红似火,十月萝卜上秤称。

十一月白菜家家有,十二月蒜苗人人称。①

20 世纪 80 年代以后,随着各地民间歌曲集成、歌谣集成、文化志、民俗志的编辑出版,一批传统儿歌童谣被搜集整理,使我们得以了解河南传统儿歌的概貌。进入 21 世纪,河南地区出现了专门的传统儿歌集,如赵金昭编著的《洛阳传统儿歌游戏》《洛阳传统、现代、新编儿歌》等;也有很多歌谣论著刊载了当地的传统儿歌,如《商丘民间歌谣》《淮河歌谣》等。总的来看,近当代的相关论著以搜集整理为主,资料性很强,但缺乏系统全面的本体研究;而从儿歌的曲词风格来看,采录较为真实客观,基本保留了原有面貌,大体反映了儿童的情感心声。

第三节 价值功能与文化驱动

从前述可知,儿歌不仅反映了儿童世界,而且涉及政治、社会、文化等方方面面,与其他民歌一样,在人们的社会生活和精神世界中扮演着重要角色。从历史地位和价值功能来看,历史上的河南传统儿歌除了愉悦儿童身心、促进儿童健康成长外,在现实生活中还承载着以下职能:

一、借"天命"干预政治和战争

在古代社会,借儿童之口来晓喻天命的神秘行为屡见不鲜,借助童谣以传达天命的说法也让古人深信不疑,背后的主要原因便是古代人民对自然、宇宙和自身的认知有限,人们的思维方式往往蒙上了神秘主义的面纱,视儿童的率真天性为天人感应的产物,于是,儿童口中的儿歌童谣便会被人利用以达到其他目的。一些儿歌创作者试图通过舆论导向来左右政治格局或进行战争动员,营造有利于己方的社会舆论,影响人心向背。也有一些童谣属于阴谋家蛊惑人心的工具,以达到不可告人的目的。

---

① 河南人民出版社.河南儿歌[M].郑州:河南人民出版社,1960:243.

此类童谣一般都是成年人所创，多采用隐喻法、谐音法、拆字法、特征法、阴阳五行等手段创编，散布于市井小儿之中，构成一种隐性传播路径，造成一种天命神授的神秘气氛。这样的儿歌童谣，对于幼小的儿童来说是不可能理解其含义的。更有一些童谣甚为晦涩难解，一般老百姓也不明就里，更遑论稚嫩小童！从这个角度看，这一类的儿歌童谣都属于伪儿歌、伪童谣，政治利益和军事斗争需要是产生此类儿歌童谣的主要推动力。

二、反映现实生活　揭露社会矛盾

历史文献中的很多儿歌，题材内容往往与儿童所处的现实生活紧密相关，甚至借儿童之口来揭示社会生活中的贫富差距、官民矛盾、灾害战乱、流离失所、悲欢离合等，一定程度上揭露了当时的社会矛盾。此类儿歌童谣多以儿童的眼光来观察成人世界，将他们对社会生活的思考和理解用自己的语言与曲调表达出来，呈现出不同于成年人的独特视角，曲折地表达了百姓的心声，揭示人性善恶，有助于提升儿童辨别是非、与人相处的能力。

当然，也有很多传统儿歌是由成人创作而成，有很多是底层老百姓为了表达对社会的不满而创作的，通过儿童之口，以委婉含蓄的方式来发泄怨恨之气，表达未来希冀。此类儿歌大多模仿儿童的口吻写就，一定程度上体现了儿童的思维特点和审美情趣，可以让儿童在游戏和欢笑中获得一定的社会教益，对他们的人生观、世界观和价值判断等方面产生潜在的影响，有利于他们社会生存技能的提高。从这个角度看，此类歌谣基本属于准儿歌、准童谣范畴，产生的主要动力是社会矛盾和生活习俗。

三、反映儿童生活　体现儿童情趣

应该说，以儿童本身为对象的儿歌占了全部儿歌的绝大多数，只是由于这类儿歌不被重视而史料鲜有记载。所幸还有部分这样的儿歌能流传至今，被今人所记录，得以窥见传统儿歌的基本面貌。这类儿歌童谣的内容十分丰富，大多表达了儿童的现实诉求和喜怒哀乐，具有生动活泼的艺术风格，能启发儿童心智，在儿童的精神生活中占据着重要位置。

这类儿歌大致分为三类：第一类是儿童自己创作、自我唱游的儿歌，形成一种自循环的传播路径；第二类是父母至亲唱给小儿的摇篮曲（催眠曲），意在哄睡或安抚幼儿；第三类是由词人、乐人和其他爱好者专门为儿童创作的，供其娱乐、游戏、学习的歌谣。以上儿歌的共性特点是词语简单、章法朴拙，儿童易于理解、乐于接受，反映了儿童的天性，属于真儿歌、真童谣范畴，产生的主要推动力是儿童审美和娱乐需要。

第四节　本章小结

儿歌是伴随着人类语言和思维意识的出现而产生的，起源有荧惑、占验、自创之说，而"成人创教"的情况更为多见。在史籍记载中，上古时期的河南传统儿歌以政治预言或占验为主，与政治、战争等密切相关。中古时期，由于谶纬之术和阴阳五行思想的衰落，见于记载的河南传统儿歌数量较少，以反映时政民风为主。近古时期，开始出现由文人编纂的童谣集和歌谣集，使以谶纬、占验为主的儿歌童谣开始回归儿童生活本性。近当代，搜集整理儿歌童谣成为自觉的学术行为，但以资料搜集为主而缺乏系统的学术研究。考证儿歌源流的目的是为了揭示其演变规律，为当代儿歌的创作和教学提供资源，帮助广大儿童了解传统儿歌的风格特点，培养他们对中华优秀传统文化的热爱，为树立文化自信创造条件。其现实意义和学术价值不言而喻。

第二章 河南传统儿歌的题材类型

传统儿歌的内容极其丰富,表现了广大儿童的心理特点、生活情趣、欣赏趣味等,具有鲜明的地方性、民俗性和群众性。河南传统儿歌的题材广泛,表现手法多样,联想丰富,寓情于歌,寓理于歌,启迪着广大儿童的心智,陶冶着他们的情感,丰富着他们的内心世界。从题材类型看,河南传统儿歌大致可分为游戏类、习俗类、知识类、情感类、时政类、宗教类等类型,从不同角度反映了儿童的内心情感,表达了他们对外部世界的感受和向往。

第一节 游戏类儿歌:假想与融合

游戏类儿歌是指儿童在游戏活动中,伴随肢体动作演唱的儿歌。喜好游戏是儿童的天性,儿童通过游戏来认识周围的世界,在游戏中提高肢体运动的协调性,促进肌肉和骨骼的成长。游戏时吟唱或吟诵的儿歌童谣,大多词句通俗易懂,生动活泼,可以激发儿童的想象力,使儿童在游戏的同时还可以学习到很多生活经验以及自然、科学和历史知识。因此,游戏类儿歌在河南传统儿歌中所占分量最大,并由于植根于农耕社会而具有浓厚的乡土性,形式多种多样,深受儿童欢迎。

一、体能游戏类儿歌

在传统农耕社会,河南人民一直以农业为本,以家族为核心,是社区相对封闭的乡村生活方式,这决定了儿童的游戏大多以集体性游戏为主。其中,体能运动类的游戏占多数,如丢手巾、踢皮球、丢豆豆、转陀螺、盘脚盘、扛膀子、拉手转圈、冲队赢人、踢毽子、拉锯、钻圈、抓子、逮瞎、跳远、吹鸡毛、拍花拍等。通过这些游戏可以运动四肢，增强儿童体质，提高他们的肢体协调性。这些游戏看似简单，却有一定的游戏规则，使儿童在有序的运动中协调彼此的肢体动作，促进了儿童之间的感情交流，加强了团结协作精神。

体能游戏类儿歌往往与游戏方式紧密结合，与游戏时的肢体动作相配合，大多节奏分明、风格欢快，有利于配合肢体、突出节律、强身健体。此类儿歌又可分为竞技性和娱乐性两类。竞技性质的儿歌大多用于为达到获胜目的而开展的竞技游戏中，游戏者按照一定的规则相互展开竞争比赛，儿歌主要起到营造热烈激动气氛的作用。请看下面这首温县流传的《野鸡翎》[①]（韩德修口述，韩德敏记录）：

野鸡翎，砍大刀，
你家人马叫俺挑。
你挑谁？
挑王锤。
王锤不在家，
一下挑你姊妹仨。

在做此类游戏时，孩子们分成两队，手拉手一字型排开，两队面对面，互相挑人。演唱这首对答歌后，甲队一齐冲向乙队，如果能冲开乙队任意两队员拉的手，就可以拉走被冲开者中的一名成员；如果冲不开乙队，就留下一名队员在乙队。如此循环往复若干遍，直至一方队员被另一方全部俘获为止。有的地方则是唱完后，双方同时到对方抓人，先抓到的一方为胜者，一直到对方的人被抓完为止。

为了适应儿童游戏的特点，此类儿歌一般节奏比较鲜明，句式较为整齐，

[①] 翟作正.中国歌谣集成·河南焦作卷[M].焦作市文艺集成·志编纂领导小组，1990：362.

第二章 河南传统儿歌的题材类型

以三字句、四字句、五字句、七字句最为常见。请看邓州市流行的《竹竿棍》：[1]

竹竿棍儿，麻秆棍儿，

立我手心立一会儿。

立的长了变个样，

吃个老虎带个狼。

这是小孩们在玩"手心立棍"的游戏时所唱的儿歌。在游戏中，几个小朋友比赛，看谁能让小棍子在手掌心立的时间长，时间最长者获胜。这首歌谣第一句采用"三、三"句式，带上儿化音，后三句都是"四、三"结构的七字句。这样的句式结构，富有节奏感，朗朗上口，简单易学，增添了游戏的趣味性。

娱乐性的儿歌是在纯粹娱乐性的游戏中吟诵，主要起到活跃气氛、配合游戏动作的作用。在这类游戏中，儿童身心愉快，没有竞技游戏时的紧张情绪，儿歌与游戏肢体的配合更加协调，节律性更强。下例是邓州市流传的一首游戏儿歌《一张纸》：[2]

一张纸，叠四叠。

来梳门，送四爷。

四爷走，逮住狗。

狗吃面，逮住雁。

雁吃米，逮住你。

这是一首玩捉迷藏前所吟诵的歌谣。游戏前，首先要确定谁是逮人者，孩子们站成一排或一圈，由一小孩边吟诵边用手指指向其中一个小孩，念一句换一人，依次类推，等念到最后时，指向谁，谁便是逮人者。手指指一下，便要迅速换人，因此，这样的歌谣不能太长，词句简短有力，节奏分明，才符合游

---

[1] 刘平均,张国兴,常振会.传统儿歌选(上)[M].邓县妇联会、邓县教育局、邓县文化馆,1984:72.

[2] 刘平均,张国兴,常振会.传统儿歌选(上)[M].邓县妇联会、邓县教育局、邓县文化馆,1984:59.

戏需要。再请看这首采自南乐县的《丢手巾歌》[①]（任同珍口述，任占记录）：

　　丢，丢，丢绣球，
　　绣球丢到您后头。
　　不许摸，不许看，
　　不许相互来回转。
　　谁拾哩？我拾哩。
　　这个羊羔我骑哩。

在做游戏时，数名儿童围成圆圈席地而坐，一人拿手巾在圈外边走边唱，随机将手巾偷偷放在某人身后。此人发现后，抓起手巾开始追赶丢手巾者。如果丢手巾者转一圈被抓住，就罚他（她）唱歌或讲笑话，然后继续丢。孩子们在相互追逐中，锻炼了身体，强化了体能，并拉近了相互之间的距离。

二、益智游戏类儿歌

此类儿歌用于以理解、鉴赏、认知、探索为目的的游戏当中，即通过游戏激发儿童的求知欲和思维能力，通过儿歌获得一定的自然科学和社会知识，增进智力发育，将人类已有的经验以生动有趣的儿歌方式传授给儿童。

益智游戏类儿歌的重心在于认知，强调儿童在游戏活动中对知识的接受和抽象思考能力。因此，很多儿歌的唱词和音调虽然非常简单，却包含着指向性的知识内容，能锻炼孩子们初步的开放性思维能力，促进他们的心智发展。请看西峡县流传的这首《抓子歌》[②]（张月灵演唱，韩丙午搜集）：

　　板薄荷,吃四个。
　　四丢下,吃这仨。
　　仨丢下,吃这俩。
　　俩丢下,吃一个。

[①] 中国民间文学集成全国编辑委员会,《中国歌谣集成·河南卷》编辑委员会.中国歌谣集成·河南卷[M].北京：中国ISBN中心,2003：606.

[②] 中国歌谣集成·河南西峡县卷[M].西峡县民间文学集成编委会,1987：294.

>一丢下,还回来。
>
>一乘一,二乘二。
>
>三乘三,四乘四。

这是小女孩们做抓子游戏时所唱的儿歌,也可直接吟诵歌词,在游戏中学会了数数。当向上抛石子时开始演唱,捡起地上的石子并接住落下的石子时演唱完一句,依次类推,按照所唱数字抓子,直至第一盘游戏结束。第二盘开始后,重复演唱此歌,来回循环。因此,这首儿歌的唱词句式采取三字句结构,形成一种节奏上的重复叠加,音调也非常简单,不致因此转移孩子们的注意力。再请看这首流传广泛的《跳皮筋》(马志飞搜集):

>小皮球,驾脚踢,马兰花开二十一。
>
>二五六、二五七,二八、二九、三十一。
>
>三五六、三五七,三八、三九、四十一。
>
>四五六、四五七,四八、四九、五十一。
>
>五五六、五五七,五八、五九、六十一。
>
>六五六、六五七,六八、六九、七十一。
>
>七五六、七五七,七八、七九、八十一。
>
>八五六、八五七,八八、八九、九十一。
>
>九五六、九五七,九八、九九、一百一。

这是一首女童跳皮筋、踢毽子时所唱的儿歌,音节和谐,节奏整齐。跳皮筋时,由两名儿童将皮筋套在腿部至腰部的位置,撑开固定,或者三名儿童站成三角形,撑起皮筋。另一名儿童在其中来回穿插跳跃,两脚交替跑跳,并伴有钩、挑、跨、碰、压、踢、搅、绊、踩、掏等十余种动作。按照规定动作完成者,胜出;跳错者或没钩好皮筋者,换人跳。此类游戏中,为了配合各种跳跃动作,儿童便会唱起这首数字歌谣,在整齐划一的动作中念诵这些有趣有序的数字组合,在不知不觉中对数字的大小顺序有了初步概念,有利于锻炼她们的数学思维和运算能力。

河 南 传 统 儿 歌

下面这首采自社旗县的《抓子歌》①,不仅让孩子们学会了识数,而且还从中获得了很多生活知识,请看:

一月一,小虫飞,
飞河南,落河西。
两月两,打紧帐,
斤对斤,十六两。
三月三,茅芽尖,
成把茅芽往外钻。
四月四,包扁食,
包一碗,娘俩吃。
五月五,打老虎,
打死老虎过端午。
六月六,去割肉,
今个不吃明就臭。
七月七,要下雨,
牛郎织女哭啼啼。
八月八,摘棉花,
摘哩棉花放不下。
九月九,上山走,
摘来菊花好做酒。
十月十,烙馍吃,
烙的油馍香咝咝。
十一月,下大雪,
盖上被子暖不热。
十二月,十二郎,
大小娃子屋里藏。

---

① 中国民间文学集成全国编辑委员会,《中国歌谣集成·河南卷》编辑委员会.中国歌谣集成·河南卷[M].北京:中国ISBN中心,2003:625.

这首儿歌不仅让儿童了解到每年十二个月的自然变化,而且还穿插了生活习惯、社会习俗、自然知识、神话传说等知识,这些知识的获得有助于提高孩子们的生活技能,也促进了他们的智力发展。

三、模仿游戏类儿歌

此类儿歌主要用于模仿性游戏当中,如过家家、种地、浇花、采集、饲养、家务劳动、哄娃娃睡觉等。儿歌的演唱强化了儿童的角色扮演意识,发展了他们的生活技能,激发了他们的想象力和发散思维能力,为以后学习遵守社会准则和道德规范打下了基础。下面请看沈丘县流传的《浇花》①:

一碗水、两碗水,浇得花子咧着嘴。

一碗茶、两碗茶,浇得花子龇着牙。

一碗油、两碗油,浇得花子歪着头。

一碗水、一碗面,浇得花子真好看。

一身汗、一身泥,棵棵花子都开齐。

此游戏为多人扮作花朵围坐成一圈,中间站一人为浇花人,一棵一棵地浇花,一边浇一边唱,老蛮婆趁机偷花。浇花人发现后唱道:"老蛮婆、浪骚鸡,你知俺花咋来的?"抓住老蛮婆后再唱:"一碗水、一碗茶,谁偷花子打两下。"

下例来自淮滨县的《骑马歌》②,是小孩们对"当官骑马"行为的模仿,将他们对成人世界的观察化为游戏,展开了饶有趣味的集体活动:

甲:官官骑啥马?

乙:有啥我骑啥。

甲:又有骡子又有马,

乙:我骑骡子又骑马。

---

① 郑西民,蒋书亭.沈丘民间歌谣谚语选[M].香港:中国诗书画出版社,2011:181.

② 中国民间文学集成全国编辑委员会,《中国歌谣集成·河南卷》编辑委员会.中国歌谣集成·河南卷[M].北京:中国ISBN中心,2003:610.

这首儿歌是孩子们游戏时的对唱,参加者一般为三人以上。先由其中两人两手交叉握住对方的手腕,唱第一句,第三人接唱第二句。然后,第三人坐在他们用手搭成的"骡马"上,被抬着转几圈后下来。按照这样的顺序,每一个人依次当骑马者和骡马,然后再换人,游戏循环进行。

此类儿歌还有很多是对劳动生活的模仿,通过对劳动过程的模仿性体验,使儿童获得一定的劳动知识,有助于培养他们热爱劳动、珍惜劳动果实的优秀品质。请看流行在新乡的一首《耩芝麻》[①](王道美口述,罗秋月整理):

  耩!耩!耩芝麻。
  芝麻地,带打瓜,
  赤肚小孩去偷瓜。
  光明大道不敢走,
  顺着墒沟往里爬。
  蒺藜扎住不老盖,
  不敢吭声光龇牙。
  龇哈!龇哈!

这是一首儿童晃着椅子,模仿播种机种芝麻时的儿歌,里边出现了很多河南方言,如"赤肚"即赤裸身体的意思,"不老盖"即膝盖。这些充满河南乡土气息的词汇,吟诵起来朴素亲切,使儿歌的叙述方式简洁、生动、有趣、传神。同时,这些方言俚语也承载了更多的地方文化信息,在潜移默化中影响着儿童的审美情趣和文化接受能力,对树立儿童的文化本体意识有着积极的促进作用。

总之,河南广大地区的游戏类儿歌源自儿童的游戏活动,配合儿童的游戏内容,主要起到强身健体、启发心智、认识社会、了解自然等作用。游戏类儿歌一般具有鲜明的节律性,句式结构较为整齐,唱词和音调简单而朴实,题材

---

① 罗志升.中国歌谣、谚语集成·河南新乡县卷[M].新乡县民间文学集成领导小组,1989:132.

内容十分丰富，充满了河南乡土文化气息。此类儿歌的另一突出表现是唱词中采用了大量的方言俚语，在吟诵时采用河南话，充满了河南地方色彩。孩子们在游戏中，往往假想自己是游戏中的角色，与游戏中的角色或事物互为一体，这种假想是儿童认识世界、接受世界的重要途径，在欢笑愉悦的体验中获得自信，实现自我身份的融合。此类游戏性儿歌借由游戏而影响到儿童的审美接受力和文化本体意识，在当今工业化、城镇化的社会条件下，仍然具有十分重要的现实应用价值。

第二节 知识类儿歌：认知与迁移

知识类儿歌是指以学习和掌握各类知识为主的儿歌。这类儿歌多围绕动物、植物、劳动、学习等领域展开，将科学知识、自然知识、劳动知识、历史知识等融入儿歌演唱中，使儿童在玩耍中学习各类知识，培养儿童的兴趣爱好，激发他们的学习志向，起到激发求知欲望、开发智能的作用，为以后的知识学习打下基础。

孩子是父母的心肝宝贝，每一名家长都希望自己的孩子能长大成才，尤其是在河南广大城乡，"望子成龙""望女成凤"的传统观念深入人心。很多父母很早就开始让孩子背诵诗词、认写汉字、学习自然知识等，期望孩子在正式入学前有一个良好的基础。因此，很多知识类儿歌便被大人编创出来，教给孩子演唱。家长们赋予此类儿歌启智的重大职能，使儿童在儿歌演唱中获得认知，并实现知识由成人向儿童的迁移，为儿童未来认识世界、改造世界打下良好的基础。大体来说，知识类儿歌有以下几个分支：

一、自然知识类儿歌

自然知识类儿歌主要涉及儿童对动物、植物和其他自然界的了解，使儿童通过歌唱，加深对外部自然世界的感情体验，获得相关知识。儿童最先接触的无疑是身边的小动物，如小狗、小猫、小鱼、小鸡等，且有与之接触的强烈愿望。此类儿歌便是以描述动物的体貌神态、鸣叫特征、价值作用等为主，让儿童对动物有一个直观的了解。请看一首叶县流行的《小青蛙》[1]（侯喜凤讲述，侯殿英采录）：

　　　　小青蛙,哇哇哇,莲蓬上边打呱呱。
　　　　身穿一身珍珠纱,眼睛长得大又大。
　　　　消灭蚊子是行家,人人常把我来夸。

这首儿歌中的"哇哇哇""珍珠纱""眼睛大又大"抓住了青蛙形态的主要特征，"莲蓬上边打呱呱"点明了青蛙的生活习性，最后又指出它是消灭害虫的有益动物，利用儿歌的形式表现了青蛙的可爱形象，歌词生动活泼。此外，还有很多动物，儿童较少与之接触，如大象、海豚、鲸鱼、孔雀等，相关儿歌可以帮助孩子们间接感受这些动物的基本特征。请看这首流行于洛阳地区的《小白鸡儿》[2]（赵金昭搜集）：

　　　　小白鸡儿,皮儿薄,杀我不胜去杀鹅。
　　　　鹅说：我下的蛋大又大,杀我不胜去杀马。
　　　　马说：我会拉车走四方,杀我不胜去杀羊。
　　　　羊说：羊毛做衣暖又柔,杀我不胜去杀牛。
　　　　牛说：庄稼地,靠我犁,杀我不胜去杀驴。
　　　　驴说：磨道圈里我常走,杀我不胜去杀狗。
　　　　狗说：我今在家看门户,杀我不胜去杀猪。
　　　　猪说：光吃不做只有我,一刀杀死跑不脱。

这首儿歌在各地有很多变体，如开封的《门搭扣儿》、濮阳的《小包袱四角叠》、商丘的《木锨板挖胶泥》、淇县的《小鸡儿》、南阳的《杀谁》等，多在开头或结尾稍作增删变化，中间词句大同小异。这首儿歌采取拟人化的手法，说明了每一种家畜在人们生活中的重要作用，两句一换韵，合辙押韵，简单明了。

---

[1] 邹积余.中国民间文学集成平顶山市·歌谣谚语卷[M].郑州：中州古籍出版社,1990:291.

[2] 赵金昭.洛阳传统儿歌游戏[M].郑州：河南人民出版社,2009:31.

描写植物的儿歌也有很多,通过对各种植物形象的描绘,帮助儿童认识植物的形态习性和价值作用,培养他们热爱大自然、热爱生活的良好品质。请看开封地区流行的一首《小芝麻》[1](杨秀英演唱,刘俊玲搜集):

小芝麻,点点星,种到地里看不清。

出来苗,青又青;开的花,白生生。

结的角,四棱棱;倒出籽,喜盈盈。

磨成油,黄澄澄,炸的果子喧腾腾。

端起托盘往上送,捧到爷奶面前敬。

爷奶看见心欢喜,夸俺是个小能能。

这首儿歌的最大价值不仅仅在于描述芝麻的生长习性、食用价值,还在于突出敬老爱老的主题。通过这首儿歌的演唱,教孩子们学会孝敬老人,懂得与大家分享好的东西。这首儿歌的前半句采用了"三、三"句式,后半句采用"四、三"句式,一韵到底,具有鲜明的节奏感,通俗易学。

描写大自然的儿歌还有很多,在此不再赘述。需要指出的是,美丽的大自然是我们人类的生活家园,对于儿童来说具有永远的吸引力。通过儿歌掌握自然知识,可以促进儿童对自然界万事万物的感知与敬畏,引导儿童用美好的心灵提升德行的修养。

二、科学知识类儿歌

科学知识类儿歌主要是向儿童传输科学知识,涉及天文地理、自然现象、科学技术、交通工具等,促进学生对自然科学的认知,培养儿童的学习兴趣,进而培养他们的探索精神和科学思维。下边请看邓州市流行的一首问答形式的儿歌《什么圆圆在中天》[2]:

---

[1] 杜绪昌,张子英.河南民间文学集成地方卷·开封歌谣谚语集成[M].郑州:中州古籍出版社,1993:196-197.

[2] 刘平均,张国兴,常振会.传统儿歌选(上)[M].邓县妇联会、邓县教育局、邓县文化馆,1984:21.

什么圆圆在中天？

什么红红在天边？

什么红红长街卖？

什么圆圆姐面前？

月亮圆圆在中天，

日头红红在天边。

辣子红红长街卖，

线箔篮圆圆姐面前。

这首儿歌以问答的形式，将月亮、太阳的体征予以描述，再以辣椒、做针线用的线箔篮与太阳、月亮对应起来，形式活泼，饶有趣味，让儿童在不知不觉中掌握了有关的自然科学知识。再看下例：

一二三，年月天。

四五六，羊马牛。

七八九，石升斗。

我有十个小指头。[1]

这首儿歌是父母教孩子识数时教唱的，在教数字的同时，还将表示时间长短的"年月天"、动物"羊马牛"、计量"石升斗"等与数字相联系，既学会了十个数字，也对自然和生活知识有了更深入的了解。再看下面这首谚语类的儿歌《闪电歌》[2]（王叶搜集）：

东闪太阳红，西闪雨重重。

北闪当面雨，南闪三日晴。

这首儿歌假设了闪电在东西南北四个不同的方位，与天气的阴晴圆缺之间有一定的关联。这是将成人的自然知识经验传授给孩子，让他们对自然现象有

---

[1] 郑西民,蒋书亭.沈丘民间歌谣谚语选[M].香港：中国诗书画出版社,2011：224.

[2] 赵金昭,赵克红.洛阳传统儿歌(二)[M].郑州：河南人民出版社,2012：85.

一个初步的了解,起到普及自然科学知识的重要作用。进入现代社会,幼儿园和家长开始有意识地对孩子进行科学教育,于是,一大批科学知识儿歌产生并得到传播,如《彩虹》《春雨》《辨别方向歌》《小飞船》《大电梯》等,极大地促进了科学知识的普及。

三、劳动知识类儿歌

劳动知识类儿歌主要是向儿童传授农业劳动知识,培养儿童热爱劳动的优秀品质。我国传统社会以农业立国,人们的生产生活方式具有浓厚的农耕文化背景,因此,向下一代传授农业知识显得尤为重要。为了让儿童更好地接受劳动教育,大人们便编创了很多生动活泼的儿歌,让孩子们在玩耍娱乐当中学习劳动知识,了解劳动基本技能,珍惜劳动果实。请看下面这首流传于邓州市的《十二月歌》[①]:

> 正月拜年舞狮子,二月积肥担挑子。
> 三月天暖种豆子,四月栽秧割麦子。
> 五月端阳包粽子,六月天热扇扇子。
> 七月锄地赛金子,八月摘花收谷子。
> 九月红薯切片子,十月天冷缝袄子。
> 十一月新娘坐轿子,十二月杀猪翻肠子。

这首儿歌将农耕生活下人们在十二个月的劳动、生产、作息、习俗和娱乐方式进行了精准的概括,使儿童对农耕劳作的时令安排有了切身的感受。再看这首采自邓州市的《萤火虫》[②]:

> 萤火虫,萤火虫,
> 夜夜打灯闪闪明。

---

① 刘平均,张国兴,常振会.传统儿歌选(上)[M].邓县妇联会、邓县教育局、邓县文化馆,1984:17.

② 刘平均,张国兴,常振会.传统儿歌选(上)[M].邓县妇联会、邓县教育局、邓县文化馆,1984:98.

飞到西,飞到东,
飞过李家墙,
李家大娘织布忙。
飞到张家院,
张家姐姐在纺线。

这首儿歌描述的是典型的传统农家生活,中原妇女用自己勤劳的双手创造了美好的生活家园,一天的辛勤劳作之后,夜晚还要织布、纺线、纳鞋底、缝补衣服等生活场景在这首儿歌中有着鲜明的体现。这首儿歌的词句结构,既有三字句,也有五字句、七字句,但搭配得十分贴切,节奏感分明,每句都押韵,并不显得凌乱生硬。

四、历史知识类儿歌

历史知识类儿歌主要是向儿童讲述历史故事、历史人物、英雄事迹等,让他们对中国历史有一个初步的了解,在向儿童普及历史知识的同时,让儿童增强对中华民族的认同和荣誉感。中国历史悠久,历朝历代有很多可歌可泣的历史人物,也有很多曲折动人的历史故事。这些故事中有很多令人深省的社会经验和人生教益,如"二十四孝""岳母刺字"等故事,也有很多警戒世人的历史教训,如"东周列国志""三国演义""杨家将"等。从人在社会中的生存之道和如何做人的角度说,历史知识类儿歌可以让广大儿童了解我们国家的历史发展,了解历史人物的道德品行和伦理品质,启示做人和处世的基本道理。请看洛阳地区流行的《刘秀是真天子》[①](王叶搜集):

刘秀是真天子,
王莽是大长虫,
他想打下刘秀坐朝廷。
上马石,饮马坑,

---

① 赵金昭,赵克红.洛阳传统儿歌(二)[M].郑州:河南人民出版社,2012:85.

一下撑到白沙洞。

刘秀歇歇脚，

马吃庄稼也不多，

刘秀说：明年你一窝种两颗。

方圆左近四十里，

都是一窝种两颗，

收的倒比种的多。

这首儿歌表现的是"王莽撵刘秀"的历史故事，在南阳、洛阳一带盛行。传说刘邦在去芒砀山的路上，一条白蛇挡住去路，刘邦挥剑将之斩为两段。西汉末年，王莽代汉建新，民间传说王莽就是被刘邦所斩的白蛇，要报复汉朝。王莽为斩草除根，一路追杀刘秀，刘秀一路逃亡，在南阳、洛阳等地留下了很多相关的历史传说。这首儿歌的内容就是刘秀在逃亡路上所发生的事，虽然不尽是客观史实，却通过刘秀让百姓一窝种两颗庄稼种子而增收的故事，肯定了刘秀作为正统皇室国戚的合法性，褒扬了他的仁德功绩，间接表明了对篡位者王莽的贬斥。再看一首《儒家伦理》[①]（杨福茂搜集）：

三从四德对你讲，

三纲五常记心上。

受苦学那王三姐，

教子学那李三娘。

这首儿歌句式规整，内容明确，将"三从四德""三纲五常"等儒家伦理通过浅显易懂的历史故事呈现给孩子诵唱。唐代，出身官宦人家的王三姐（王宝钏）嫁给了平民薛仁贵。薛仁贵离家求功名，王三姐则住在破旧的窑洞中，苦熬十八年，最后，官至极品的薛仁贵回到了她的身边。李三娘的故事是指在明代，薛广远赴镇江，托友带银两归家，但朋友私吞银两后伪称薛死。薛妻张

[①] 赵金昭,赵克红.洛阳传统儿歌(二)[M].郑州:河南人民出版社,2012:119-120.

氏与姜刘氏先后再嫁,只剩第三妾王春娥(即儿歌中的李三娘)与老仆薛保,含辛茹苦抚养刘氏丢下的幼子倚哥。倚哥在学堂中被讥无母,负气辍学,不听春娥教诲。春娥怒以刀断机布,以示决绝。经薛保劝解,母子和好如初,倚哥遂发奋读书,后得中状元。薛广亦以军功还家,一家团聚。当父母将这两则故事讲给小孩听时,儿歌的动人音调加剧了这种教育效果。

总之,知识类儿歌的目的在于传授给儿童各类知识,帮助他们认识自我、认识自然、认识社会。儿童在学唱此类儿歌时,获得了有益的人生经验,同时,在这种认知的基础上实现知识的迁移,变为自己的认知能力,以从容应对未来的人生变化。

第三节 习俗类儿歌:模仿与再造

习俗类儿歌是指以反映当地风俗习惯、生活习惯、节庆假日、家庭生活为主的儿歌。这类儿歌的题材多围绕日常生活而展开,主要目的是培养儿童良好的生活习惯,提高儿童的生活技能,增进他们对社会的了解和认识,培养他们对生活的热爱,进而,对于培养儿童的世界观、人生观和价值观,具有积极的促进作用。

从小提高孩子的生活适应能力,可以培养孩子的情商沟通能力,使之从小就具有独立自主意识。因此,很多父母也愿意将生活经验编成儿歌童谣,教给孩子们演唱,让他们在优美的歌声里接受人生教益,初步认识外部的大千世界。大体来说,此类儿歌可以分为以下几种。

一、生活习惯类儿歌

生活习惯类儿歌旨在培养儿童良好的生活习惯,主要是指健康的卫生习惯、饮食习惯、睡眠起居习惯、个人行为习惯、交往习惯、做事习惯等,如吃饭、洗脸、刷牙、睡觉、穿衣、讲礼貌、爱劳动、勤思考等,使儿童形成良好的生活自理能力。人们注意到,生活习惯的养成不是一朝一夕的事情,不能急于求成,而是要采取儿童喜闻乐见的形式,循序渐进,循循善诱,才能收到良好的效果。于是,儿歌在其中便扮演了重要的角色,成为培养儿童良好生活习惯的有效途径。请看下面这首《爱清洁》①（李喆演唱）：

> 小鸭叫呷呷呷，叫我剪指甲。
>
> 小鸡叫叽叽叽，叫我擦鼻涕。
>
> 小狗叫汪汪汪，叫我换衣裳。
>
> 小猫叫咪咪咪，叫我去洗澡。
>
> 小朋友，爱清洁，人人皆欢笑。

这首儿歌采取拟人化手法，将动物的叫声与生活习惯联系起来，让小朋友在小动物的"催促"下自觉养成良好的生活习惯，这比单纯的说教起到了更好的效果。这首儿歌的词句结构特点是，上句采用六字句，下句采用五字句，具有浓厚的生活化气息。再看一首《噘人家挨嘴巴》②（王云先演唱，朱文举搜集）：

> 噘人家，挨嘴巴，一下挨到大年下。
>
> 大年下，贴对子，一下挨了一辈子。

这首儿歌是要告诫小朋友，骂人（河南话叫"噘人"）是要受到惩罚的。虽然挨嘴巴这种体罚方式不对，父母也不一定会真的打嘴巴，但是，这首儿歌让小朋友认识到，做人要有礼貌，有矛盾或愤怒的时候，不要骂人，而要采取其他方式表达自己的心情和看法。这首儿歌的格律比较规整，上句采用"三、三"结构的六字句，下句采用"四、三"结构的七字句，朗朗上口，易学易懂。下边这首是关于饮食方面的儿歌《不可随便吃东西》③（杨福茂搜集）：

> 小孩子，要懂事，不要随便吃东西。
>
> 桃吃饱，杏伤人，李子树下抬病人。

这首儿歌是教导孩子们吃东西不要太随便，有的东西可以多吃点，而有的东西不能吃得太多，这是人们长期的饮食经验的总结。在长期的饮食实践中，

---

① 李同春.中国民间歌谣谚语集成·河南泌阳县卷[M].泌阳县民间文学三套集成编辑委员会,1988:35-36.

② 中国歌谣集成·河南西峡县卷[M].西峡县民间文学集成编委会,1987:331.

③ 赵金昭,赵克红.洛阳传统儿歌（二）[M].郑州:河南人民出版社,2012:39.

人们发现,桃子有补气生津、润肠通便等功效,性温养人,可以多吃一些;而杏性热,吃多容易上火;李子性凉,吃多容易拉肚子。诸如此类的饮食习惯、饮食禁忌,都可以通过儿歌的形式教给孩子们,让他们吃出健康,吃得营养。

二、节日类儿歌

节日类儿歌表现的是人们欢度节日的动人情景,营造喜气洋洋的节日气氛,让儿童在欢乐祥和的节日里感受生活的美好和家庭的温暖。传统社会里,人们非常重视时令节庆,如春节、元宵节、清明节、端午节等,并根据节日性质的不同举行各类庆祝、祭祀、纪念、交游活动,孩子们在节日期间可以尽情玩耍娱乐,唱起优美动听的歌谣。在儿童眼里,春节无疑是最有吸引力的节日,因为新的一年就要开始了,平时难得一见的食物可以吃了,难得一穿的好看衣服也可以穿了,还可以买玩具、放鞭炮,与七大姑八大姨家的表兄妹聚在一起疯玩几天。因此,表现春节题材的儿歌最为多见。请看这首洛阳地区的《迎新年》[①](赵金昭搜集):

二十三,祭灶官。

二十四,扫房子。

二十五,割豆腐。

二十六,去割肉。

二十七,忙杀鸡。

二十八,贴嘎嘎。

二十九,去打酒。

年三十,包扁食。

过大年在中原地区的广大城乡是一年中最为隆重的大事,大人们很早就开始各种准备,包括购买年货、清理房屋、祭祀祖先神灵、准备美食等。这首儿歌表现的就是农历腊月期间的春节准备事项,按照日期顺序,将每一天的主要事情排列起来,清晰明了,合辙押韵,使孩子们对过年的过程有了更深切的体会。

---

① 赵金昭.洛阳传统儿歌游戏[M].郑州:河南人民出版社,2009:66.

下面这首《拜新年》①描写的是大年三十和春节期间的欢乐场景:

> 噼叭叭、噼叭叭,
>
> 天明就要过年下。
>
> 裤子新、衣裳花,
>
> 见了老爷往下爬。
>
> 先给老爷拜个年,
>
> 老爷笑得仰八叉。

这首儿歌首先以拟声词表现了鞭炮齐鸣的热闹景象,然后描绘了小孩子穿上新衣服的欢快心情,以及大年初一小孩子早上给长辈拜年的场景,体现了尊老爱幼的良好传统,表达了阖家欢乐的良好愿望,这种美好情景必将成为广大儿童一辈子的美好回忆,成为中原儿女追寻精神家园的重要载体。

三、诉苦类儿歌

诉苦类儿歌主要表现的是旧社会人们吃苦受难、地主剥削、官僚压迫、儿童失去亲人、儿童遭到虐待等内容,从儿童的视野揭示了旧社会的黑暗和不公平。有时,父母出于忆苦思甜的需要,也会编创一些诉苦题材的儿歌,让小孩从小懂得生活的不易,培养他们吃苦耐劳的优秀品质。请看这首《就怕爹爹娶后娘》②(吴秀荣演唱,汤世江采录):

> 南瓜花,一片黄,三岁小孩死了娘。
>
> 跟着爹爹还好过,就怕爹爹娶后娘。
>
> 娶过后娘三年整,对待弟弟比我强。
>
> 弟弟吃稠我吃稀,端起碗来泪汪汪。
>
> 弟弟天天穿新衣,我却穿的破衣裳。
>
> 弟弟上学去念书,我却成了放牛郎。

---

① 刘平均,张国兴,常振会.传统儿歌选(上)[M].邓县妇联会、邓县教育局、邓县文化馆,1984:159.

② 徐德瑞.中国歌谣集成·河南省光山县卷[M].河南省光山县民间文学三套集成编委会,1991:468-469.

跟河北民歌《小白菜》一样，这首儿歌表现的也是失去亲娘后的小孩的悲惨命运。爹爹娶了后妈，小孩不招后妈待见，甚至受到虐待，这是一个比较常见的家庭现象。失去亲娘的小孩就像断了线的风筝一样孤苦伶仃，比双亲呵护下的其他小孩有了更多的人生体验。因此，这类儿歌更能够触动儿童的心灵，其中的悲苦气氛更让儿童动容，对失去亲娘的小孩报以深深的同情。从词句结构看，这首儿歌以七字句为主，以一对上下句为单元，句式比较规整，风格朴实无华。下面这一首是清光绪年间流行在洛阳地区的童谣：

东村不敢西村走，西村不敢东村行。

妗子见了锅里捺，舅父见了剜眼睛。[1]

这首儿歌反映了光绪年间豫西大旱颗粒无收，竟发展到人吃人的骇人惨剧，有钱有粮的大户人家尚能维持生计，小户人家将家畜野菜吃尽也难以生存，最后竟出现了吃人的悲剧。在旧社会，灾害、战乱成为威胁人们生存的主要敌人，这种面对灾难无能为力的深刻记忆，在儿歌中也得到了鲜明的体现，提醒着孩子们不忘苦难。再看一首表现人们颠沛流离的儿歌《推着小车去逃荒》[2]（高东演唱，刘希功采录）：

月亮地，明晃晃，推着小车去逃荒。

头里推着小他爹，后边紧跟小他娘。

小他娘，你别哭，前边有个破庙屋。

支上大锅熬米饭，垒上小锅炒豆腐。

大人小孩各一碗，吃到肚里热乎乎。

河南历史上灾害频发，人们因此流离失所，出现了逃难至东北、西安、兰州、新疆、湖北等地的大量灾民，一家人推着小车，背井离乡，携家带口，一路上风餐露宿，只为谋得一口饭吃，活下命来。这种情景仍留存在至今健在的老年人记忆中，口口相传。这首儿歌便是这种历史记忆的留存，反映了中原儿女曾遭受的巨大苦难，警示着人们不要忘记过去，珍惜现在的美好生活。

---

[1] 赵金昭.洛阳传统儿歌游戏[M].郑州：河南人民出版社，2009：188.

[2] 刘希功.中国歌谣集成·河南清丰县卷[M].郑州：河南人民出版社，1989：172.

四、酒令类儿歌

酒令类儿歌是指儿童模仿大人喝酒划拳、游戏时演唱的儿歌。小孩子往往会模仿成年人的喝酒游戏,边模仿边演唱,将身边的有趣事情加进去,具有鲜明的儿童情趣。请看下例《高高山上一头牛》[①]（赵金昭搜集）：

> 高高山上一头牛,
> 两个犄角一个头。
> 四个蹄子分八瓣,
> 尾巴长在身后头。
> 魁五金,都不吃……

这首儿歌的歌词是大人在喝酒划拳时用的,边念诵,边出指头,猜中者罚对方喝酒。如果把最后一句出拳比数字的词句去掉,就可以成为一首具有完整意义的、饶有趣味的歌曲,用到儿童的游戏活动中。

这类儿歌的演唱往往伴随着大人的喝酒游戏。席间,小朋友在一起玩耍逗笑,在共同的歌声中增进了相互的了解和彼此的友谊,实际起到了促进儿童之间交往的积极作用。当代社会,随着对文明生活方式的提倡,喝酒划拳猜枚的活动越来越少,大人们一般不会让小孩加入到酒令游戏当中,这类儿歌也就越来越少。当然,此类儿歌并未就此灭绝,而是通过其他途径使极少一部分被保留了下来。如果将这类儿歌与产生土壤相分离,在其他场合演唱,对于锻炼儿童的思维应变能力,仍然有着一定的应用价值。

总之,习俗类儿歌旨在帮助儿童了解社会习俗,掌握生活技能,促进儿童之间、儿童与成人之间的互动交往,有助于提高儿童的社会适应能力。儿童在演唱此类歌曲时,实际上是在模仿成年人的行为模式,在掌握社会习俗的过程中锻炼自己的思维方式,在此基础上再造自己的行为模式,提高自己适应社会的生存技能,以社会认可的方式融入社会。从这一点来说,习俗类儿歌主要起到规范行为的价值功用,在儿童的精神世界中占有重要的一席之地。

[①] 赵金昭. 洛阳传统儿歌游戏[M]. 郑州：河南人民出版社,2009：96.

第四节 情感类儿歌：感知与表达

情感类儿歌主要是指反映儿童喜怒哀乐、表现他们情感变化的儿歌。此类儿歌一般围绕家庭生活展开，以身边的父母、兄弟、姐妹、朋友为倾诉对象，表达孩子们对亲情、友情，甚至爱情的感受、看法和态度，起到丰富儿童情感生活、发泄儿童不满情绪、调节儿童情绪平衡、满足精神需求等作用。

这类儿歌揭示了儿童精神世界的真实状态，家长可以借此了解他们的所思所想，进而帮助他们克服害羞、畏惧、孤独、伤心、孤僻、抑郁等不良心理，了解什么是真善美，什么是假恶丑。通过这类儿歌的学唱，还可以增进儿童与身边亲人和朋友的感情，使儿童在歌声中获得情感共鸣，增进彼此的了解和信任，进而促进广大儿童更好地融入社会，以良好的精神状态迎接每一天，健康成长。大体来看，情感类儿歌也分为以下几类。

一、尊老爱幼类儿歌

尊老爱幼类儿歌主要反映的内容是小孩要尊敬老人、孝顺长辈，成年人要爱护幼儿，幼儿之间要相互关心爱护，在生活中要关心他人，帮助爷爷奶奶和父母做些力所能及的家务活。中国历朝历代都有"以孝治国"的传统，将孝顺父母和长辈作为判断一个人是否具备治国理政的重要道德标准。"孝亲"与"忠君"成为取士的核心标准。统治者对孝道的大力提倡，影响到每一个中国人。"孝亲"和"仁义"已经成为中华传统文化的核心理念。对于家长来说，对孩子的付出是无私的、不计报酬的，都希望孩子在健康成长的同时，感受到父母的真爱，长大以后知道感恩。因此，尊老爱幼类儿歌也被大量地教唱给孩子们，使儿童在歌声中潜移默化地感受亲情的温暖和友情的珍贵。请看下例《奶奶奶奶您先尝》[①]（杨金荣讲唱，刘国军采录）：

[①] 张守树.中国歌谣谚语集成·河南浚县卷[M].浚县民间文学三套集成编委会，1989:212.

除夕夜,喜洋洋,孙女孙儿摆菜忙。

奶奶奶奶您先尝,辛苦一年别再忙。

这首儿歌表现了除夕之夜一家团聚之时,先让老人动筷进食的优良传统,让小孩从小懂得,尊敬老人是每一个人应该做的事情。唱词采用日常语言,口语化的语调让人感到十分亲切。再看下面这首《奶奶夸我孝顺小儿》[①](赵金昭搜集):

小板凳,三条腿儿,我给奶奶嗑瓜子儿。

奶奶嫌我嗑得脏,我给奶奶煮面汤。

奶奶嫌我煮得硬,我给奶奶剥花生。

奶奶嫌我剥得慢,我给奶奶蒸米饭。

大米饭,蒸得好,奶奶夸我孝顺小儿。

这首儿歌表现的是孙子(孙女)伺候奶奶吃东西的动人场景,面对老年人的挑拣与唠叨,作为晚辈的小孩子一直恭敬温顺,直到老人家开心满意。采用儿歌的形式来影响儿童,比口头说教的效果要好得多。再请看一首《报娘恩》[②](赵国俊口述,段相君采录):

一池莲花十二朵,从小俺娘抱着我。

怀里揣、被里裹,绣花枕头搁着我。

不看娘亲看谁亲,娘的恩情重十分。

等我长大成了人,一定要报娘的恩。

这首儿歌的特点是着重描写母亲养儿(女)的艰辛不易,表现出母爱的无私和伟大,句式整齐而富有韵律之美,语句通俗易懂,具有很强的感染力。

爱幼类儿歌也比较常见,多是成年人唱给小孩听,逗孩子开心玩耍时所唱。

---

① 赵金昭.洛阳传统儿歌游戏[M].郑州:河南人民出版社,2009:122-123.

② 刘平均,张国兴,常振会.传统儿歌选(上)[M].邓县妇联会、邓县教育局、邓县文化馆,1984:184.

下面这首是孟州流行的《哄外孙》[1]（马久智搜集）：

进城门儿、到瓮池儿,一街两行好东西儿。

麻丽糕、咸瓜子儿,豆腐脑、热凉粉儿。

竹笋叶、包粽子儿,山楂串、蘸糖泥儿。

芝麻烧饼夹牛肉,买块儿哄哄小外孙儿。

这首儿歌表现的是姥爷给外孙买好吃的情景,体现了老爷对外孙的疼爱与关心,同时展示了中原地方小吃的诱人魅力,具有鲜明的中原乡土特色。这首儿歌采用了儿化音的方式,增添了亲切的感情色彩。

再看下面这首《我家有个胖娃娃》[2]（戴欣演唱、记录）：

我家有个胖娃娃,

今年整三岁,方才会说话。

不吃馍、不喝茶,整天吃妈妈。

头戴小洋帽,身穿水红纱。

终日面带笑,好像海棠花。

爹爹妈妈爷爷奶奶人人都爱他。

两眼笑微微,小辫一边坠。

叫母亲,抱儿睡,放入摇篮内。

甜甜入美梦,醒来哭声哇。

脚踏木老虎,手拿洋笙吹。

一日三餐欢天喜地地抱住小宝贝。

这首儿歌采用长短句结构,配以《苏武牧羊》的曲调。由于歌词的作用,使得原来悲壮的音乐风格变得十分柔美,表现了母亲对孩子的精心呵护,描绘了一幅母子情深的动人画卷。

---

[1] 翟作正.中国歌谣集成·河南焦作卷[M].焦作市文艺集成·志编纂领导小组, 1990:369.

[2] 杜绪昌,张子英.开封歌谣谚语集成[M].郑州:中州古籍出版社,1993:175.

二、家庭生活类儿歌

家庭生活类儿歌主要表现的是家庭成员之间的互动往来,展示了成员之间丰富多样的家庭关系,甚至表现家庭成员之间的矛盾与冲突,让小孩逐步了解家庭生活的丰富多样性,感受亲情的温暖。在中国传统社会,人们的家庭观念很强,强调多子多福,往往以家族为单元,生活在同一村落。这样的结果便是家庭子嗣众多,亲友众多,如姑亲、姨亲、舅亲、叔伯亲、亲家母、干亲等,表兄、表弟、表姐、表妹的数量庞大,构成了多元立体化的社会关系网。因此,此类儿歌还起到认识和加强亲友关系、巩固家族地位的作用。请看下面这首尉氏县流传的儿歌《爷爷敲梆奶奶唱》[1](戴清玉演唱,牛秉旺搜集):

老公鸡,上磨杠,爷爷敲梆奶奶唱。

奶奶唱得不中听,爷爷唱得大憨声。

姐姐唱得哼咛咛,妈妈唱得清凌凌。

这首儿歌描写的是一家人闲暇时节唱戏的情景,将每一名家庭成员的演唱特点准确地点出,生动形象,给孩子们带来了声声欢笑。这样一种其乐融融的家庭氛围,让小孩感受到了亲人之间的温暖,加强了亲人之间的感情联系。再看下面这首流传在长垣县的《瞧姥姥》[2](王秀涛演唱):

大公鸡,喔喔叫,俺和娘,起得早。

洗洗脸,梳梳头,穿新衣,瞧姥姥。

挎着篮,提着包,包里装着鸡蛋糕。

姥姥喜得把我抱,我对姥姥眯眯笑。

这首儿歌表现的是妈妈带着孩子回娘家的场景,以"三、三"句式的六字句和"四、三"句式的七字句为主,格律整齐,符合儿童的演唱特点。在传统社会,姻亲关系是除了血缘关系之外最重要的社会关系,母系家族可以使父系

---

[1] 杜绪昌,张子英.开封歌谣谚语集成[M].郑州:中州古籍出版社,1993:183.

[2] 王震宇.中国民间歌谣集成·新乡民间歌谣[M].新乡市民间文学集成歌谣卷编委会,1992:322.

家族的社会势力得到扩展。同时,由于姻亲成员与本家族成员之间的经济矛盾和家庭冲突较少,相互之间的来往就比较密切,小孩往往与姥姥、老爷、舅舅、姨妈等的关系更亲近,很多小孩甚至从小就在姥姥姥爷家长大。因此,关于外婆题材的儿歌特别多,很多人的儿时记忆都深深烙上了姥姥慈祥的面容。

当然,家庭生活不尽全是和睦相处,也会出现很多家庭矛盾,如婆媳关系紧张、夫妻吵架、子女不孝、姑嫂对立、童养媳受虐、小女婿争吵等,均在儿歌中有所体现。例如,下面这首流传在南阳地区的儿歌《娶个媳妇忘了娘》[①](李国义演唱):

> 麻衣鹊、尾巴长,娶个媳妇忘了娘。
>
> 媳妇说话一台戏,老娘说话狗臭屁。
>
> 娘的裹脚茅缸味儿,媳妇裹脚粽子气儿。

这首儿歌表现的是儿子娶了媳妇而冷落母亲的情况,采用生活化的语言,形象地表现了老娘、儿子、媳妇各自的心理状态以及三者之间的微妙关系,谴责儿女对父母的忽视和不孝。此类题材的儿歌在各地有很多,对成年儿女有很强的警戒意味,对演唱的小孩来说,无形当中起到了良好的教育作用。再看下面这首《媳妇吓得红了脸》[②]:

> 摘、摘、摘豆角,
>
> 南坡有二亩好豆角,
>
> 摘一筐,煮一锅。
>
> 公一碗、婆一碗,
>
> 案板底下藏一碗。
>
> 婆子瞅见瞪着眼,
>
> 媳妇吓得红了脸。

---

① 阎天民.中国歌谣集成·河南南阳地区卷[M].河南省南阳地区民间文学集成编委会,1989:505-506.

② 刘平均,张国兴,常振会.传统儿歌选(上)[M].邓县妇联会、邓县教育局、邓县文化馆,1984:158.

这首儿歌反映的是婆媳关系，儿媳妇想偷吃一碗煮豆角，却被婆婆发现，弄得十分尴尬，表现了儿媳在婆婆权势面前的畏惧和无奈。婆媳关系的另一种表现是儿媳妇强势、婆婆弱势，甚至儿媳妇虐待公婆。这样题材的儿歌也较为多见，成为儿童窥视成人世界的重要窗口。此类儿歌多是成年人传唱给孩子，孩子们在学唱的过程中，虽然不甚懂得其中的含义，却也在懵懵懂懂中体会到了儿媳（孩子他妈）和婆婆（孩子奶奶）之间的对立矛盾关系，但由于孩子是维系亲情的重要纽带，往往会起到润滑剂的作用。

三、婚嫁类儿歌

婚嫁类儿歌的主要内容是男娶女嫁，描写了结婚的热闹场面和人们喜气洋洋的神情，孩子们在好吃好喝好玩的同时，对这一重要人生礼仪有了感性体验。此外，儿童从小就有性别意识，这也是父母对儿女进行性别教育的重要渠道。通过儿歌这一形式，父母可以引导孩子认识到男女有别，对自己的性别、行为及社会角色有一个初步的了解。这对于强化儿童的自我意识非常有帮助。请看这首流传于新乡地区的儿歌《哥哥娶个花媳妇儿》[①]（王保兰演唱，娄丽琴采录）：

> 小白鸡儿，卧门墩儿，
> 哥哥娶个花媳妇儿。
> 坐那椅儿，扑棱腿儿，
> 打胭脂儿，擦那粉儿，
> 拿那汗巾捂那嘴儿。
> 俺哥哥，笑眯眯儿，
> 一直偷看俺花嫂子儿。

这首儿歌表现的是哥哥迎娶新娘子的热闹情景。在传统社会，结婚迎娶是村子里的大事，几乎全村男女老少都会前往新郎家看大戏，小孩也自然都来凑

---

① 王震宇.中国民间歌谣集成·新乡民间歌谣[M].新乡市民间文学集成歌谣卷编委会,1992:301.

热闹,特别是新娘子进门和闹新娘的时候,场面热闹非凡。该儿歌着重描写了新娘子的容貌神态,特别是最后一句"偷看"一词,形象地描绘了哥哥的腼腆害羞。该儿歌每句结束处都使用儿化音,更衬托出了婚礼场面的喜悦欢快气氛。而下面这首《秫秫穗》①描写的是闺女出嫁前的场景:

秫秫穗,黑下下,张家女,要出嫁。

爹呀,你陪啥? 红柜子、绿箱子。

妈呀,你陪啥? 毛蓝布衫尽你拿。

哥呀,你陪啥? 一匹骡子两匹马。

嫂呀,你陪啥? 木梳篦子假头发。

放羊娃,你陪啥? 吹喇叭,嘀嘀嗒嗒上婆家。

对于女孩来说,嫁人是决定自己幸福的终身大事。旧社会强调女人要从一而终、三从四德,所谓"嫁鸡随鸡、嫁狗随狗"就是民间的通俗说法。娘家人对此自然也非常重视,尽心准备陪送的嫁妆,也可以借此抬高女儿的身价与地位。这首儿歌表现的是出嫁前的新娘向家里人"索要"嫁妆的情景,一问一答,生动活泼,体现了传统婚俗的丰富内涵。

当然,旧社会还有很多不合理,甚至违法的婚姻现象,如纳妾、指腹为婚、童养媳、小女婿、父母包办、媒婆骗婚、买卖妇女等,对女性造成了极大的身心伤害。请看下面这首《童养媳,实在难》②(吴秀荣演唱,汤世江采录):

韭菜叶,尖又尖,童养媳,实在难。

白日去耕地,晚黑要磨面。

小姑见了瞪着眼,婆婆见了骂一番。

丈夫打骂心最狠,不给吃喝谁可怜?

---

① 刘平均,张国兴,常振会.传统儿歌选(上)[M].邓县妇联会、邓县教育局、邓县文化馆,1984:139.

② 徐德瑞.中国歌谣集成·河南省光山县卷[M].河南省光山县民间文学散套集成编委会,1991:469-470.

这首儿歌描写了童养媳在婆婆家被逼干活、受责挨骂的悲惨生活。一般情况下，童养媳都是因为父母供养困难而不得不提前找婆家寄养，而婆婆家也多是因为娶亲成本太高而采取这种方式，全然不顾女孩的心理感受以及情感诉求。在这样的寄居生活环境中，女孩需要努力干活为婆家减轻负担，碰上善良的公婆还好，碰上强势或势利的公婆，往往会受到虐待，女孩的心情多是压抑痛苦的。童养媳的女孩长大成人后，婚礼举办往往比较简单，夫妻感情不睦居多。这一社会现象也在儿歌中得到了反映，使儿童对这一陋习有了初步的了解，对童养媳寄予深深的同情。

四、励志类儿歌

励志类儿歌主要培养孩子们的远大理想，树立孩子们的远大志向，一般由父母教唱给小孩，寄托了家长对子女成龙成凤的深切期望。中国农业社会的一个优良传统便是鼓励子女读书，通过科举选拔成为治国理政的贤臣良相。这是底层老百姓改变自身命运、提高家族声望的唯一渠道。中国传统社会阶层以"士农工商"为序，读书人获得秀才、举人、状元等功名后，便可跻身士阶层，得以光宗耀祖，于是，"渔樵耕读"便成为很多人家的家训。在这样的环境下，家长就编创了很多励志类的儿歌，希望小孩从小就有理想、有志气，长大后成为栋梁之材。请看这首各地普遍流行的《劝学歌》[1]（魏玉花讲述，白云天整理）：

从小读书不用心,不知书中有黄金。

早知书中黄金贵,高照明灯下苦心。

这首儿歌广为传唱，成为父母教育子女的常用语句，并辅以历史上鲜活生动的事例进行解说，如朱买臣打柴读书、匡衡凿壁偷光、孙敬头悬梁、苏秦锥刺股、车胤囊萤夜读、孙康映雪读书、欧阳修沙地写画，等等。这些历史故事激励着一代代的少年儿童勤奋读书，成为广大少年儿童的学习榜样。

励志类儿歌不仅仅局限于读书学习的范围，还有很多儿歌涉及其他领域的

---

[1] 白春堂．巩义市民间故事、谚语、歌谣集[M]．巩义市民间故事、谚语、歌谣编辑委员会,1991：349．

专业知识和社会知识的学习与教导,如天文、地理、建筑、医药、水利、武术、戏曲、说唱等。很多情况下这些专业知识的学习需要师傅口传心授,手把手地示范讲授,学生才能在某一专业领域内取得成绩。如这首《俺请师傅把俺教》[①]（杜瑞莲口述,王保珍记录）：

　　　　小木鱼,紧紧敲,俺请师傅把俺教。
　　　　一遍两遍俺不会,三遍四遍全忘了。
　　　　师傅一见冲冲怒,手拿拐棍把俺敲。
　　　　师傅打俺俺不恼,他是一心为俺好。
　　　　井淘三遍吃甜水,人识调教武艺高。

这首儿歌表述的似乎是民间技艺的传授过程,徒弟因为愚笨而受到师傅责打,不仅不躲避,还愿意诚心诚意接受责罚,因为父母已经教给他一个基本道理：要想学艺学得精,必须要接受调教,必须要吃苦耐劳。现实社会中有很多这样的实例,智商不很高的人只要肯努力吃苦,基本上能够在某一领域取得成功,而一些非常聪明的神童式的人物,往往由于沉不下心,难以专注做事,结果沦为仲永式的普通人。

也有一部分儿歌涉及为人处世的基本原则和道德观念的基本取向,父母借以传授社会经验,鼓励儿童团结合作、诚信待人、做事专心致志,培养子女良好的道德品质。请看这首《黄土变成金》[②]（杨福茂搜集）：

　　　　一人一条心,累断骨头筋。
　　　　众人一条心,黄土变成金。

这是一首强调团结一心的儿歌,也是父母经常拿来教育子女的典型实例。为人父母的人大多经历了人生的坎坷曲折,社会的复杂险恶让他们对子女的教育丝毫不敢松懈,所以从小就教育他们,心齐才能凝聚力量,团结起来力量大。

[①] 罗志升.中国歌谣、谚语集成～河南新乡县卷[M].新乡县民间文学集成领导小组,1989:119.

[②] 赵金昭,赵克红.洛阳传统儿歌(二)[M].郑州:河南人民出版社,2012:117.

这首儿歌表明,团结协作的精神在儿童德育工作中仍然具有较强的教育价值,只有依靠集体的力量儿童才能更好地发展,团结起来才能克服成长道路上的各种挫折和困难。再请看一首儿歌《莫说瞎话》①(杨福茂搜集):

  说瞎话,长包牙。
  包牙掉,害疙瘩。
  疙瘩落,跳油锅。

  这首儿歌表述的是做人的基本道理,通过将说瞎话的危害扩大化,夸张地描写不诚实的后果,警告孩子们做任何事情都不要说谎,与人交往要诚信。这种恐吓性的叙述方式和内容描述,当然不符合当代社会的基本要求和幼儿教育的基本理念,但是在一定程度上,对幼儿起到了惩戒教育作用,仍然是教育工作者不可缺少的辅助手段之一。今后我们还要认真研究这种教育方式在教育实践中的实现途径。

  总之,情感类儿歌反映了儿童的感情变化和情感需求,体现了成年人对儿童的体贴关爱和伦理道德要求,成为儿童成长过程中支撑精神世界的重要支柱。儿歌中透出的亲情、友情和懵懂的爱情意识,滋润着儿童幼小而可爱的心灵,成为他们成长路上的明亮灯塔,对于他们的情商培养具有至关重要的作用。在情感类儿歌的学唱中,儿童的心理状态首先是感知,即对父母、亲友、异性的情感表现开展心理辨识,感受他们对自己的爱,获得情感世界的感性体验。在此基础上,儿童就有了表达喜怒哀乐的强烈愿望,有了与身边亲友接触了解的欲望。儿童通过这种情感的纽带增加了与亲人相互之间的信任,丰富了自己的精神世界,增强了自己的自信,拓展了自己的社会关系,确认了自己的社会身份。因此,情感类儿歌的功能价值主要体现为感知与表达,在当代具有十分重要的现实意义。

---

① 赵金昭,赵克红.洛阳传统儿歌(二)[M].郑州:河南人民出版社,2012:119.

河南传统儿歌

第五节 时政类儿歌：接受与探索

时政类儿歌主要是指揭露旧社会政治黑暗和生活苦难、表现战争正义、歌颂战斗英雄、反映爱国情怀之类题材的儿歌。此类儿歌多是围绕时事政治加以展开，主要揭露剥削阶级对人民大众的残酷压榨和人民生活的水深火热，表达了对封建统治者和外国侵略者的痛恨，对人民战争的支持，对新中国社会主义建设的歌颂等，目的是对广大儿童进行爱国主义教育，培养他们热爱共产党、热爱祖国、热爱人民的情操。

对儿童进行爱国主义教育不仅是国家政权的必然要求，也是家庭教育的内在需要，更是学校德育教育的重中之重。对于父母来说，子女能够在和平稳定的环境中长大成人是他们的基本要求，家庭的稳定需要有国家的安全环境做支撑，家和国是内在统一的。在一个井然有序、公平竞争的社会环境中，培养儿童成长为一个具有良好思想道德意识、具备是非甄别能力的专业人才，是为人父母的最大期望。此类儿歌就是在这样的文化语境下产生的，编创此类儿歌的不仅有父母，还有很多社会人士。广大儿童在歌声中对国家、民族、和平、正义的含义有了初步的认识，学会了辨别是非善恶，强化了热爱国家的向心力。从内容来划分，可以分为以下几类：

一、革命类儿歌

革命类儿歌是指表现革命战争、歌颂战斗英雄等题材的儿歌，旨在对少年儿童进行革命教育，认识到社会主义新中国的成立是与革命战争的胜利密切相关的，革命战士用自己的鲜血换来了今天的和平环境和美好家园，我们要倍加珍惜。请看《小宝宝》[①]（孙灿祥演唱，赵凡湘搜集）：

小宝宝，快点睡，明天跟妈去赶会。

---

① 杜绪昌,张子英.河南民间文学集成地方卷·开封歌谣谚语集成[M].郑州:中州古籍出版社,1993:174.

>会上给你买支枪,挎到脖里上战场。
>
>上战场,当英雄,多给妈妈我争光。

这是一首母亲唱给幼儿的催眠曲,表达了希望孩子能够像战士一样保家卫国、在战场上杀敌立功做英雄的美好愿望。在革命战争年代,中国共产党广泛发动人民群众,共同抵御外寇,革命战争节节胜利,推翻了压在人们头上的三座大山。中国共产党领导下的广大革命群众团结一致,最终成立了中华人民共和国,为人们创造了和平美好的生活环境。从革命年代一直到新中国成立,人们的革命热情异常高涨,解放军战士成了新时代最可爱的人,人民英雄成为老百姓的崇拜偶像。这首儿歌表现的就是母亲期望孩子成为一名英雄的美好心愿,一代代的少年儿童就是在这样的熏陶下成长起来的。再看下面这首儿歌《刘胡兰》[①](袁玉芹演唱,杨武坤搜集):

>小包车,圆又圆,里头坐个刘胡兰。
>
>刘胡兰,十三岁,参加革命游击队。
>
>又拿枪、又拿炮,打得敌人哇哇叫。

这是一首歌颂刘胡兰的儿歌,刘胡兰的英勇事迹人人皆知,她的英勇就义鼓舞着中华儿女奋勇杀敌,激励着一代代的中国人不断前进,也促成很多以刘胡兰为题材的文艺作品的出现。这首儿歌词句结构整齐,内容昂扬向上,节奏铿锵有力,有助于培养儿童积极向上的优秀品质。我们再看这首儿歌《八路军来了咱欢喜》[②](赵金昭搜集):

>锵锵喊,锵锵喊,八路军来了咱欢喜。
>
>分了房、分了地,咱们感谢毛主席。
>
>鞠个躬、行个礼,毛主席请到咱家里,
>
>居家老少笑嘻嘻。

---

① 阎天民.中国歌谣集成·河南南阳地区卷[M].河南省南阳地区民间文学集成编委会,1989:505-506.

② 赵金昭.洛阳传统儿歌游戏[M].郑州:河南人民出版社,2009:207.

这首儿歌表现了军民鱼水情,表达了广大农民分得田地之后的喜悦之情。从革命战争一直到新中国成立,中国共产党带领人民群众打土豪分田地,实现了耕者有其田、居者有其屋的美好愿望。毛主席带领人民军队推翻了压在老百姓头上的三座大山,人民群众翻身做了主人,革命热情高涨,出现了媳妇送丈夫到前线、父母送儿子去当兵的感人景象。因此,革命类的儿歌具有广泛的群众基础,大家无意识中便将这类内容编成儿歌,教唱给儿童,使他们接受革命的熏陶和洗礼,为成为社会主义合格公民打下良好的基础。

二、爱国类儿歌

爱国类儿歌主要表现了人们热爱祖国、报效祖国、投身祖国建设的内容,着重对儿童开展爱国主义教育,使之认同国家意识形态和中华民族价值观,进而领会社会主义核心价值观,长大后成为一名爱国公民。下面请看一首儿歌《好嫂子》[1](赵金昭搜集):

> 好嫂子,上南洼,拔野菜、摘南瓜。
> 不穿新、不戴花,省下钱,捐国家。
> 买飞机、买大炮,轰轰隆隆打强盗。

这首儿歌表现的是抗美援朝时期人们踊跃捐款、支持志愿军正义战争的爱国行为。新中国成立后,以美国为首的所谓"联合国军"悍然发动了朝鲜战争,将战火引到了我国东北边境,威胁到我国的国家安全,毛泽东主席决定组建志愿军入朝作战,"抗美援朝、保家卫国"成为20世纪50年代初全国人民的共同目标。在大后方,人们有钱出钱,有力出力,纷纷捐钱捐物支援志愿军。这首儿歌表现的就是这样一个爱国主题,嫂子自己种菜,省下吃穿费用捐给国家,支持国家打跑侵略者。当时正是通过一首首这样的儿歌传唱,营造了一种全民支援抗美援朝的氛围,让广大儿童接受了很好的爱国主义教育。再请看下面这首《拨浪鼓》[2](杨福茂搜集):

---

[1] 赵金昭.洛阳传统儿歌游戏[M].郑州:河南人民出版社,2009:204.
[2] 赵金昭,赵克红.洛阳传统儿歌(二)[M].郑州:河南人民出版社,2012:272.

拨浪鼓，摇一摇，老日来了赶快跑。

夹心滩里躲一躲，可别吓坏俺宝宝。

这首儿歌表现的是日本侵略者侵犯中原、人们流离失所的悲惨情景。日军侵犯中原地区后，国军迅速溃败，广大老百姓失去了军队的保护，遭受了日军的疯狂蹂躏，纷纷出逃躲避，"跑老日"成为一代人的痛苦记忆。这首儿歌激起了人们（包括少年儿童）对侵略者的愤恨，激发了人们的爱国情怀，使儿童对国家命运开始关注，对国家的和平、发展和昌盛有了初步的认识和渴望。这样的儿歌传唱，有助于广大少年儿童不忘过去苦难，忆苦思甜，树立报效祖国的志向，至今仍有一定的社会价值。

三、讽刺类儿歌

讽刺类儿歌主要涉及揭露旧社会黑暗、讽刺压迫者的丑态、揭露敌人的罪恶等内容，表达了底层的老百姓当家做主后的自豪之情，风格以无情辛辣的揭露、调侃和嘲讽为主，以引起人们对反面人物的厌恶、反感或唾弃。也有一部分儿歌是对不良行为习惯和落后现象的反讽，以引起当事人对错误行为的纠正，对落后思想的批判和反思，以促进人们的言行更加规范，社会更加进步。请看下面这首邓州流行的儿歌《打官司》[①]：

从前有个登封县，县里有个糊涂官。

两人打官司，他只问一面。

这边戴高帽，那边给铜钱。

戴了高帽给了钱，他说这俩真好玩。

算了算了我不断，谁再告了坐南监。

这首儿歌反映的是旧社会糊涂官乱判糊涂案，两头索贿，两头糊弄的历史现象。在封建社会，老百姓最怕的就是惹上官司，因为他们深知"衙门朝南开，有理无钱莫进来"的残酷现实，宁可吃亏受气也不愿进官衙打官司。这首儿歌

[①] 刘平均,张国兴,常振会.传统儿歌选(上)[M].邓县妇联会、邓县教育局、邓县文化馆,1984:132.

以嘲讽的语气，描写了县官的贪婪无耻，揭露了封建统治阶层的糜烂和社会的不公，让传唱的少年儿童对旧社会的社会现实有了更深切的了解，对于今天的社会进步有了更多的体验。再请看这首儿歌《懒汉懒》[①]：

懒汉懒，织毛毯。

毛毯织不齐，只好学编席。

编席编不紧，只好学磨粉。

磨粉磨不细，只好学唱戏。

唱戏不入调，只好学抬轿。

抬轿抬得慢，光知吃好饭。

这首儿歌属于连锁调结构，前一句的尾词成为后一句的首词，首尾相连，形成一种连环衔尾的句式结构，趣味性十足，深得儿童喜爱。这首儿歌批判了好吃懒做者的行为与性格。这类人常常浅尝辄止、虎头蛇尾，什么事也干不了，原因在于怕吃苦，做一件事坚持不下来，结果事事失败，惹人耻笑。再请看这首在游戏中演唱的儿歌《一把抓住周扒皮》[②]（翟邦丽口述，翟邦玲采集）：

周扒皮，二十一，半夜三更来偷鸡。

我们正在做游戏，一把抓住周扒皮。

这首儿歌以戏谑的口气，对"半夜鸡叫"故事中的财主周扒皮进行了无情的嘲弄。儿童在游戏中扮演地主和长工的不同角色，并在唱游中体会着地主阶级对贫困农民的剥削压迫，这对于儿童世界观、人生观和价值观的塑造起到了潜移默化的作用。

从以上儿歌可以看出，对于成人世界，儿童的世界并不是封闭的，有他自己的视野，并有自己的选择。在这一过程中，儿童首先是被动接受成年人所给

[①] 刘平均,张国兴,常振会.传统儿歌选(上)[M].邓县妇联会、邓县教育局、邓县文化馆,1984:89.

[②] 翟作正.中国歌谣集成·河南焦作卷[M].焦作市文艺集成·志编纂领导小组,1990:385-386.

予的关于时局变化的观点和看法，但随后便会以自己的视角去审视周遭世界的变化，以自己的方式去探索社会的变化，做出自己的理解。因此，儿童的精神世界是丰富多彩的，他们对于政治、经济、军事、社会、文化等领域的现状是有感触的，他们有着独特的观察视角和探索方式，我们要理解他们，就要从他们的角度来看待问题，寻找共同话语，建构良好的对话平台。

第六节　宗教类儿歌：先验与发散

宗教类儿歌主要是指以神仙鬼怪、神话传说为题材的儿歌。此类儿歌主要围绕儿童的精神信仰而展开，主要内容是神话故事、历史传说、神灵鬼怪等，一些儿歌还涉及佛教、道教、伊斯兰教、基督教等题材。这类儿歌的主要目的是满足儿童对未知世界的认知、对精神世界的探索、对神仙法力的崇拜、对个人能力和外部世界的幻想，达到的主要效果是激发儿童的发散思维，树立一定的精神信仰。

儿童的思维天真而富于幻想，直率而富于真诚，充满着对外部世界的想象。他们期望自己也能拥有像神仙一样的法力，天马行空，上天入地，纵横驰骋，因此，他们总是对神话传说有着天然的亲近感。同时，儿童的这种发散性思维和丰富想象力与成人的艺术思维有着异曲同工之妙，也促使艺术家不断探索儿童的精神世界，试图为自己的艺术创作提供更多的灵感源泉。此外，还有一部分家长笃信宗教，也会有意无意地将佛教、道教、伊斯兰教、基督教，甚至民间宗教的神仙故事编成儿歌，给孩子教唱，希望孩子也像父母一样虔诚信仰自己的真神。由于历史原因，这类儿歌的题材内容良莠不齐，在当代社会条件下，需要甄别对待。

一、神话传说类儿歌

此类儿歌以神话传说内容最为多见，因为小孩子对于外部世界往往充满好奇，对于外部世界的探索总是乐此不疲，对于具有超凡能力的神仙灵怪往往崇拜模仿，希望自己也拥有上天入地、变化多端的法力。因此，神话类儿歌在宗

教类儿歌中所占比例最大,请看下例《唐僧取经》[①](王叶搜集):

> 唐朝和尚叫唐僧,师傅徒弟去取经。
> 带了一个猪八戒,又带一个孙悟空。
> 唐僧骑着白龙马,后头沙僧担着经。
> 猪八戒,没本领,
> 会走四十五里稀屎胡同,
> 七十二变是孙悟空。
> 孙悟空,怕唐僧,
> 紧箍咒,带头顶,
> 看你以后还能不能。
> 孙悟空回到花果山,大小猴娃把马牵。
> 大家欢迎他回来,花果山上当大圣。

这首儿歌描写的是西游记中唐僧师徒四人西天取经的故事,特别是孙悟空的艺术形象,深得广大少年儿童喜爱。在儿童的眼里,孙悟空本领非凡,坚持正义,不畏天庭戒律,同时又兼具机灵活泼的性格,于是,孙悟空便理所应当成为他们心中的英雄。这首儿歌的句式以七字句为主,并根据内容和语句灵活调整,形成长短句的结构。在韵律上,儿歌采用"中东韵",最后两个句子插入了"言前韵",最后仍以"中东韵"结束,具有一定的灵活性,这首儿歌的歌词距离生活化的口头语言较近,风格鲜活生动。下面请看一首儿歌《灶爷经》[②](陈玉厚、许素珍搜集):

> 灶爷经、灶爷经,灶爷穿着一身青。
> 骑乌马、扎金蹬,半夜走到大天明。

这首儿歌反映的是家神灶爷的内容。灶王爷在一般家庭的信仰体系中占有特殊地位,他主管人间饮食烟火,又代天监察人间善恶,人们对其心存敬畏,在厨

---

① 赵金昭,赵克红.洛阳传统儿歌(二)[M].郑州:河南人民出版社,2012:242-243.
② 赵金昭,赵克红.洛阳传统儿歌(二)[M].郑州:河南人民出版社,2012:255.

房设有灶王爷灵位,并有腊月二十三祭灶的神圣仪式,希望他能够在玉帝面前多多美言,保佑家人平安。通过此类儿歌,儿童对神仙的作用与职能有了更多的认识。再请看一首平顶山市郊区采集到的儿歌《财神爷》①（关秀英讲述,王玉浩采录）：

财神爷,迎门坐,金香炉,银供桌。

摇钱树,栽一棵,摇一摇,落一落,

又是拾来又是撮。

串成串、垛成垛,你看人家多快乐。

财神也是民间社会最重要的神明,主管财源,决定着一家人的生计和财富,可以说在人们心中占据了重要地位。这首儿歌描述了敬奉财神爷的场景以及摇钱树给人们带来金钱的祝愿式想象,表达了人们对财富的渴望和对美好生活的向往。这种超现实与实用主义相结合的思维方式也会通过儿歌的形式影响到儿童的信仰价值取向,使儿童在今后的成长道路上获得独特的心理体验。再请看一首汝州市流传的《捶金鼓》②（刘天平讲述,刘选民采录）：

捶金鼓,过金桥,观音老母摘仙桃。

摘一千,又一千,观音老母下北山。

北山有个爷爷庙,通、嗒！放两炮。

问问大官饶不饶！

这首儿歌的宗教意味稍显淡薄,是因为对观音老母和爷爷庙的描述不是歌曲表达的中心。这首儿歌应是儿童做游戏玩耍时所唱,没有特定的宗教信仰含义,但也说明在传统社会中,神灵信仰已经渗透到了人们的日常生活当中。下面请看舞钢市流行的《豌豆角》③（王三妮讲述,徐青梅采录）：

---

① 邹积余.中国民间文学集成平顶山市·歌谣谚语卷[M].郑州:中州古籍出版社,1990:215-216.

② 邹积余.中国民间文学集成平顶山市·歌谣谚语卷[M].郑州:中州古籍出版社,1990:231.

③ 邹积余.中国民间文学集成平顶山市·歌谣谚语卷[M].郑州:中州古籍出版社,1990:235.

豌豆角,两头翘,当街盖个姑姑庙。

姑姑来烧香,和尚来祷告。

木锨开莲花,你看奇巧不奇巧!

这首儿歌表现的是儿童视野中的宗教场所及相关活动,但他们对大人的信仰活动是没有兴趣了解的。这样的演唱或吟诵主要用于儿童的娱乐游戏活动中。当成年人郑重地举行宗教仪式、烧香磕头之际,在场孩子们的心理体验常常游离于宗教活动的场域之外,他们对宗教仪式活动的一些行为和现象比较感兴趣。再请看下面这首《烧罢香》[①](王叶搜集),反映了民间宗教的泛神化和开放性等特点。

烧罢香、那边转,墙上画的真好看。

这浜关爷斩蔡阳,那浜打虎是武松,

还有孔夫子教学生。

二、民间宗教类儿歌

中国除了佛教、道教、伊斯兰教、基督教之外,还有为数众多的民间宗教,在特定的区域传播。同时,很多民间宗教的元素也渗透到了全国性宗教的寺庙道观之内,出现了儒、释、道与其他宗教相融的局面。如上例儿歌中提及的关公斩蔡阳、武松打虎、孔子授徒等,具有鲜明的世俗气息,表现出国人信仰的多元化,对于儿童的思维方式也起到了重要作用。请看下面这首《金香炉》[②](赵金昭搜集):

金香炉,七寸高,俺今儿烧香头一遭。

进去庙门看耍笑,俺把香炉撞打了。

撞打一百六十块儿,哪个能人来对了?

从东来个银小生,担着担子对花瓶。

半个对的莲花姐,半个对的九条龙。

剩下中间没啥对,对得百鸟来朝凤。

---

① 赵金昭,赵克红.洛阳传统儿歌(二)[M].郑州:河南人民出版社,2012:242.
② 赵金昭.洛阳传统儿歌游戏[M].郑州:河南人民出版社,2009:185.

这首儿歌讲述了进庙烧香时小孩把香炉撞碎,于是请求卖花瓶的银小生把香炉对齐。儿歌围绕此事加以展开,而其重点在于以整齐的七字句结构和合辙押韵之美,体现出一种律动之美,情绪欢快,具有浓厚的生活气息,而没有宗教音乐所特有的庄严神圣气氛,这是宗教类儿歌所具有的重要特点。

综上,宗教性儿歌距离真正的宗教信仰还有较大距离,它是儿童以自己的视角对宗教活动进行的先验性认知,这种认知是表层化的、感性化的、生活化的,儿童只对宗教外衣下的神话传说、超凡法力、超越时空等幻化元素发生兴趣。神话故事伴随着每一个人的童年,给他们带来的无数幻想,也在无形中提升了他们的发散思维能力,一个人成年后的想象力和创造力,都与此有着莫大的关联。因此,将神话故事和宗教信仰融入童谣当中,可以极大地激发孩子们的幻想力,培养他们的创造性思维和创新意识。

第七节 其他类儿歌

儿歌的题材是丰富多彩的,还有很多儿歌难以划归某一类别,但具有相对稳定的表现内容和审美风格,在广大儿童的文化生活中占有一席之地。本节主要将这些类别的儿歌进行简要介绍。

一、摇篮曲

摇篮曲是指母亲、姥姥、奶奶等长辈哼唱给怀抱中或摇篮中的孩子的歌曲,优美动听的歌声可以让孩子安然入睡。催眠曲有安抚小孩情绪的作用,曲调轻柔,节奏舒缓,和着摇篮摆动的节奏感,能很快让孩子安静下来,在安静温柔的环境中进入梦乡。在一些地方,人们将摇篮曲称为"催眠曲",但实际上,催眠曲的内涵和外延比摇篮曲要大。催眠曲是指运用柔和或单调的曲子(声乐或器乐),使对象进入睡眠状态的音乐,还可使对象心理放松,获得心旷神怡的情绪体验。催眠曲的对象也包括成年人,所起作用不仅仅在于催眠,还具有情绪调整、心理暗示等作用,还被用于临床医疗领域,现今已发展成为一门独立的学科——音乐治疗学。

河南传统儿歌

　　一般来看，摇篮曲的曲词比较简单，句式和韵辙较为自由，前后带有很多"啊""嗯""噢"等抚慰性的语气词，旋律简单优美，节奏自由灵活，具有摇篮摇曳摆动的律动，风格安宁轻柔，充满了母亲对孩子的祝福和希望。请看下面这首太康县流传的《催眠曲》①（邱爱兰口述，井如德采录）：

　　　　噢——噢，睡着吧，

　　　　猫来了，我打它。

　　　　噢——噢，睡着吧，

　　　　猫走了，吃黄瓜。

　　　　噢——噢，睡着吧，

　　　　睡醒了，吃麻花。

　　　　噢——噢，睡着吧……

　　这首摇篮曲首先以拖长音调的叹词"噢"安抚小孩，然后以三字句格式的"睡着吧"带出后边的"三、三"句式。其后的两次反复中，上句皆与开头句式相同，最后也以此句结束，具有重叠回旋的艺术效果，强化了一叹三回、浅吟低唱的催眠氛围，这是摇篮曲中惯用的手段之一。再请看下面这首西峡县流传的《哄娃睡》②（杨粉婷演唱，符文娟搜集）：

　　　　拍娃睡，娘踏碓。

　　　　拍娃醒，娘跳井。

　　　　拍娃瞌，娘做活。

　　　　拍拍头，拍拍腰，

　　　　拍拍娃娃睡觉喽，

　　　　睡睡起，吃饱饱。

　　这首儿歌采用三字句结构，是两句一押韵，上下句韵脚一致。歌词内容简单，

---

① 中国民间文学集成全国编辑委员会，《中国歌谣集成·河南卷》编辑委员会．中国歌谣集成·河南卷[M]．北京：中国ISBN中心，2003：585．

② 中国歌谣集成·河南西峡县卷[M]．西峡县民间文学集成编委会，1987：303．

没有明确的主旨和含义，目的在于合辙押韵，造成一种韵律相谐、悦耳动听的睡眠气氛。小孩子精力旺盛，很多小孩不愿意睡觉，这时，父母便会唱一些趣味性的摇篮曲，先跟孩子戏耍逗笑一番，然后再设法使之安静下来，进入睡眠状态。这时候所唱的摇篮曲，内容生动活泼，甚至带有一定的游戏、故事情节。请看下面这首《这个小孩真是怪》[①]（王素美演唱，刘小江搜集）：

这个小孩真是怪,头上长棵大白菜。

我说给他割了吧,他说：凉快、凉快。

这首儿歌表现了父母和孩子互动的有趣场景，家长边吟诵边辅以表现大白菜的形状和收割大白菜等动作，让孩子在笑声中逐渐放松，逐渐安静下来。下面这首邓州儿歌《小乖乖》[②]则表达了母亲对孩子的无限期望：

小乖乖,娘揣揣,揣大了,进秀才。

你妈是个老太太,你看自在不自在。

这首儿歌表现了母亲对孩子长大后成为一名秀才的殷切期盼。在传统社会，"士农工商"是有社会地位排序的，"士"的社会地位最高，普通百姓通过考取秀才、进士、探花、状元等功名，便可获得一官半职，富贵加身、光宗耀祖，这是整个家庭值得骄傲的事情。因此，很多农民家庭里，孩子出人头地的唯一出路便是读书，勤奋学习，进入仕途，这是为人父母者的最大期望。这首儿歌虽然内容和形式非常简单，却体现了传统社会中人们的价值观。

二、绕口令儿歌

绕口令是锻炼儿童口齿机能，提高儿童语言表达能力的重要手段。在民间社会，很早已经出现用口头语言编创的绕口令，以供儿童念诵、吟唱，在人民群众中口耳相传。很多父母和老师会将相对简单的绕口令教给孩子，对孩子进

[①] 刘小江.中国歌谣集成·河南濮阳市卷[M].河南省濮阳市民间文学集成编委会.1990：169.

[②] 刘平均,张国兴,常振会.传统儿歌选(上)[M].邓县妇联会、邓县教育局、邓县文化馆,1984：92.

行语言训练,让孩子在风趣生动的语言游戏中学习发声技巧,领会妙趣横生的语言艺术,使孩子的头脑反应更加灵活,形象思维能力得到了锻炼。请看下例《凤凰山上凤凰台》①(赵金昭搜集):

    凤凰山上凤花香,

    凤凰台上落凤凰。

    红凤凰,粉凤凰,

    粉红凤凰黄凤凰。

  教给儿童的绕口令不宜复杂,宜通俗浅显,让小孩听得懂、说得明。上例采用了对偶式结构,两句对偶,节奏鲜明,富有音乐效果。"凤凰"与"粉红""凤花""黄""红"之间的发音相似,该儿歌将这些容易混淆的词语巧妙地组合成一首简单有趣的歌谣,使相对绕口的词语变得生动有趣。再看下面泌阳县流传的《小花鼓》②(张辉口述):

    一面小花鼓,鼓上画只虎,

    小锤敲破鼓,妈妈用布补,

    不知布补鼓,还是布补虎。

  这首绕口令式的歌谣将声韵相近的字组合在一起,将具有简单情节的小故事编成了拗口又风趣的句子,提高了孩子的学习兴趣。还有的父母将天文地理知识编成绕口令儿歌,让孩子在学唱的同时,对大自然有更多的了解和认识,请看下例《冬天夜里长》③:

    冬天夜里长,夏天白天长。

    夏天比冬天夜里短,冬天比夏天夜里长。

---

 ① 赵金昭.洛阳传统儿歌游戏[M].郑州:河南人民出版社,2009:85.

 ② 中国民间文学集成全国编辑委员会,《中国歌谣集成·河南卷》编辑委员会.中国歌谣集成·河南卷[M].北京:中国ISBN中心,2003:680.

 ③ 刘平均,张国兴,常振会.传统儿歌选(上)[M].邓县妇联会、邓县教育局、邓县文化馆,1984:77.

这首对偶结构的绕口令儿歌介绍了冬天夜长昼短、夏天昼长夜短的自然现象，词语的交错对比，形成一种饶有趣味的艺术效果，使小孩在语言的游戏中掌握了自然知识。当然，绕口令儿歌的题材内容十分丰富，数量庞大，我们需要倍加珍惜和仔细甄别，深入研究它们的艺术价值和应用价值。

三、颠倒类儿歌

颠倒歌在河南民间也叫"反打锤"，是将大家熟知的自然现象、社会常识、语言、文化等知识故意打乱原有秩序，将合理有序的生活常识故意颠倒，反着说，形成一种反差和错愕之感，造成一种出人意料的艺术效果，引人发笑，让孩子们的想象力自由驰骋。请看这首采自邓州市的颠倒歌《都来看》[①]：

> 都来看，都来看，公鸡絜个大鸡蛋。
> 都来瞧，都来瞧，老鼠拉个大狸猫。

这首颠倒歌将母鸡下蛋故意改为公鸡下蛋，将猫捉老鼠改为老鼠捉猫，将原有的动物生活习俗颠倒过来，内容虽然荒诞，但趣味性十足，孩子们也知道儿歌内容不是真实情景，纯粹是为了娱乐。再请看下面这首林州市流传的《颠倒歌》[②]（赵福生演唱）：

> 太阳西起往东落，听我唱个颠倒歌。
> 天上打雷不会响，地上石头滚上坡。
> 河里骆驼会下蛋，山上鲤鱼搭成窝。
> 冬天热得直流汗，热天冷得打哆嗦。
> 姐姐房中头梳手，门外面袋把驴驮。

这首儿歌采用七字句的句式和对偶结构，音律整齐谐和，将自然现象、生活方式等进行了反转式的夸张描述，吟诵朗朗上口，喜剧效果突出。下边这首

[①] 刘平均，张国兴，常振会. 传统儿歌选（上）[M]. 邓县妇联会、邓县教育局、邓县文化馆，1984：86.

[②] 王劲宣，刘二安. 安阳歌谣谚语集成（上册）[M]. 郑州：中州古籍出版社，1994：207-208.

《反唱歌，顺唱歌》[①]（潘建亮演唱，李家朝搜集）则以荒诞可笑的手法对家庭成员进行了调侃：

> 反唱歌，顺唱歌，河里石头滚上坡。
> 先有我，后有哥，然后才有我外婆。
> 哥有十七八，我有二十多。
> 接我妈时我煮肉，接我外婆我烧锅。
> 我从外婆门前过，外婆还在睡摇箩。
> 生我外爷我打鼓，生我外奶我敲锣。

这首儿歌将身边亲人的年龄颠倒过来，最小的变成了年龄最大的，年长者变成了年龄最小者，还需要被人照顾，让人听了捧腹大笑。

颠倒类儿歌几乎都是这样的模式，把自然规律、生活现象、亲朋好友进行颠倒、夸大和扭曲，四季被打乱，雄雌被混淆，弱者战胜强者等，形成一种反向的意象错觉，让孩子们在笑声中展开幻想，锻炼了他们的形象思维能力。

四、谜语类儿歌

谜语类儿歌即采用歌谣的形式让孩子们猜谜答题，通过对事物或人物的形态外貌、功能价值、运动过程、行为特点等进行描绘，让儿童展开丰富的联想。这是一种近似游戏的智力活动，主要锻炼儿童对外界事物的观察能力和抽象概括能力，提升他们对大千世界的探索兴趣和思考能力。下面请看这首洛阳市儿歌《什么弯弯》[②]（赵金昭搜集）：

> 什么弯弯挂两边，
> 什么弯弯挂在天，
> 什么弯弯会割草，
> 什么弯弯会种田？

[①] 中国歌谣集成·河南西峡县卷[M].西峡县民间文学集成编委会,1987：312-313.

[②] 赵金昭.洛阳传统儿歌游戏[M].郑州：河南人民出版社,2009：107.

牛角弯弯挂两边，

月亮弯弯挂在天，

镰刀弯弯会割草，

双手弯弯会种田。

这首儿歌将牛角、月亮、镰刀和手的共同特征"弯弯"提炼出来，然后给予每一个事物一定的提示，先问后答，让小孩在这互动性的游戏中加深认知，提高自己的应变能力。再请看一首以"雪"为谜底的儿歌[①]（陈雨门搜集）：

千朵万朵无数朵，没枝没叶不结果。

夏秋不开冬天开，火怕它来它怕火。

这首歌谣将雪花比喻为花朵，但是又没有一般花朵的生存特征，且将雪花的主要特点一一点出。如果孩子猜中，自然欢呼雀跃；如果猜不中，出题者说出答案后，孩子往往也会发出惊叹，有恍然大悟之感，从此对雪花的主要特点有了更深刻的印象。下面这首襄城县的问答体谜语儿歌《联谜语》[②]（邵宁采录）则提供了另外一种叙述方式：

从南来个獾，撅尾巴朝天。

逮住麦秸吃两垛，逮住井水能喝干。

啥呀？

窑。

说是窑、就是窑，四四方方水里漂。

啥呀？

船。

说是船、就是船，任啥都没那值钱。

[①] 杜绪昌,张子英.河南民间文学集成地方卷·开封歌谣谚语集成[M].郑州:中州古籍出版社,1993:230.

[②] 邹积余.中国民间文学集成平顶山市·歌谣谚语卷[M].郑州:中州古籍出版社,1990:267.

啥呀?

印。

说是印、就是印,任啥都没那有劲。

啥呀?

弓。

说是弓、就是弓,一头紧来一头松。

啥呀?

锁。

说是锁、就是锁,红皮包来白皮裹。

啥呀?

鸡蛋。

这首儿歌采用连贯体形式,将上一个谜语的谜底作为下一个谜语的导入,再提出新的特征描述。出谜者可以根据答案不断进行下去,让猜谜者不断猜下去,两人也可互换身份,让这种互动交流更加活跃热烈,内容和时间长短可自由控制。

第八节 本章小结

以上,我们对河南传统儿歌的题材内容进行了初步的分类和研究,认为每一类儿歌均有自己独特的表达主旨、作用、价值和叙述方式,艺术风格呈现出多样化的特点。总的来看,河南传统儿歌的语言精练、本土化,充分体现了童谣的语言之美,意韵深长,让人回味;题材内容丰富多彩,涉及儿童生活的各个方面,文化内涵丰富;叙事视角独特而多样化,表达了儿童对自然、社会的看法,对于提升幼儿的思维能力,激发他们的情商和心智,提高他们的认知水平,具有十分重要的现实价值,是幼儿艺术教育中不可缺少的重要素材。

第三章 河南传统儿歌的音乐风格

河南传统儿歌是中原传统文化的重要组成部分,承载着广大少年儿童的喜怒哀乐,表达了他们对外部世界的情感态度,其题材内容、艺术风格和审美取向具有很强的现实价值。本章通过对河南传统儿歌音乐本体的分析,探讨其音乐风格和审美特点,以期为学前音乐教育提供本土化的教学资源,为儿歌创作提供新的创作角度和素材,促使河南传统儿歌融入当代儿童的生活中。

第一节 音阶与调式

河南地处中原地区的核心地带,传统儿歌受到中原音调体系的重要影响,同时,河南方言在儿歌中的痕迹也非常鲜明,音调与河南话的结合较为紧密,因此,河南传统儿歌除了具有以五声音阶、徵调式与宫调式为主的北方儿歌的共性特征外,还具有自己独特的音阶与调式特点。

在音阶特点方面,儿歌中用得最多的是五声音阶。演唱时的音高关系相对简单,这与儿童发音器官稚嫩的生理特点有关,这一特点在各地儿歌中也普遍存在,在此不再赘述。最具代表性的音阶形式,是采用具有中原特色的正声音阶,即加入"变徵"和"变宫"的七声音阶,这是受到河南地方音乐的影响而形成的。下面这首《打倒东洋救国家》[①],属于旧曲新词,曲调中因为出现了"变徵"

---

① 《中国民间歌曲集成》全国编辑委员会,《中国民间歌曲集成·河南卷》编辑委员会. 中国民间歌曲集成·河南卷[M]. 北京:中国ISBN中心,1997:1152.

和"变宫",再加上独特的旋法,具有浓郁的河南风味。

谱例1:《打倒东洋救国家》(李社印唱,牛登荣补唱,靳玉卿、刘洪甫记)

清丰县

这首儿歌开头的两小节属于动机式的核心音型,在乐曲中反复出现,其中的"si"与"sol"构成大三度关系,强化了"si"的骨干音作用,再加上"#fa"的色彩性,使这首儿歌的音乐具有鲜明的河南风格。

其次,比较有代表性的音阶形式是在五声音阶的基础上加入一个变音,形成加"清角"的六声音阶和加"变宫"的六声音阶两种类型。例如,下面这首《得儿拉汤》[①],便采用了加"变宫"的六声音阶,该变音与主音"徵"形成大三度关系,因而具有独特的音乐色彩。

---

① 《中国民间歌曲集成》全国编辑委员会,《中国民间歌曲集成·河南卷》编辑委员会.中国民间歌曲集成·河南卷[M].北京:中国ISBN中心,1997:1148.

谱例2：《得儿拉汤》（汪明荣唱，李晓祥、张莉、闫茵丛记）

泌阳县

这首儿歌一共3个乐句，乐句的前半部分基本属于五声音阶，特性音级"si"出现在句尾，与主音"sol"构成了大三度关系，具有特定的音调色彩和文化标识意义。

河南传统儿歌的调式，大部分属于徵调式，其次是宫调式，这与河南其他类型的民歌、戏曲、曲艺唱腔的调式分布规律大致相同，形成原因主要在于河南地处中原，平原农耕生活对人们的性格有着直接影响，河南人民大多豪爽豁达，审美取向偏重于阳刚之美。而徵调式和宫调式同属于徵调体系，音乐色彩明朗，因此成为河南人民的音乐审美选择。河南传统儿歌的调式大致可以分为以下两大体系：

一、以纯四度框架为核心的徵调体系

在以徵调式为主的儿歌中，主音"徵"与下方四度音"商"之间构成纯四度关系，这一特性音程在歌曲中成为音调的基本元素，贯穿始终。之所以形成这一特点，一方面与河南方言中"四声"居多有关，很多歌词的音调多呈下行走向，"sol-re"的下行四度进行恰与此对应，这种腔词关系具有浓厚的地方特点；另一方面，这一特点与中原地区的西北移民有关，历史上的多次移民将西北音乐文化传入河南，西北音乐双四度框架的音乐特点也影响到了河南儿歌的音调结构。例如《拍豆角》[①]：

谱例3：《拍豆角》（张霞唱，钱林申记录）

新密市

上例一共3个乐句，第一句（1-4小节）开始处就出现了主音"徵"与"商"相结合的核心音型，先下后上，句末落于主音sol。第二句（5-8小节）出现了全曲的最高音do，旋律即四度下行至sol，接着还是sol与re的四度跳进。第三句（9-12小节）的句头和句尾均以四度跳进为特征。可以看出，全曲开始处的四度跳进音型成为第二句和第三句的发展基础。由这两个音所形成的纯四度框架贯穿全曲始终，表现出河南儿歌所特有的爽朗活泼的性格。

二、以大三度框架为核心的宫调体系

大三度在河南远古时期早已存在，如距今8 000—9 000年的舞阳贾湖骨笛，在实际吹奏时，其中已经出现了接近现代音乐的大三度音程。其他还有安阳后岗12号墓出土的商代殷墟二期陶埙、平顶山魏庄出土的西周早期编钟第二号（0770号）、淅川县下寺出土的春秋晚期王孙诰编钟（M2：11号、M2：19号、M2：20号）等，实际演奏中均出现了大三度音程。可以说，大三度已经成为河南音乐的核心基因之一。请看下例《滚铁环》[②]：

---

① 《密县文化艺术志》编纂小组.密县文化志[M].内部,1987:6.11.
② 《中国民间歌曲集成》全国编辑委员会,《中国民间歌曲集成·河南卷》编辑委员会.中国民间歌曲集成·河南卷[M].北京:中国ISBN中心,1997:1143-1144.

谱例 4：《滚铁环》（黄俊岭唱，王昌芝补唱，黄金永记）

郏县

上例一共 5 个乐句，乐句的前半部分变化较大，发展比较自由，但到了后半部分，除第四句最后落于属音"徵"外，其余皆落于主音"宫"，句末形成"mi-do"的下行进行。从腔词关系看，结束处歌词的语调都呈现窄幅下行走向，如五台山（55-42-23）、牡丹（55-31）、我玩（55-42）、丫鬟（25-31）等，与下行大三度音程的结合恰如其分，色彩明朗欢快，形象地表现了儿童嬉戏时的情景。

河 南 传 统 儿 歌

综上所述，河南传统儿歌的旋律采用的音阶以正声音阶为主，以五声音阶为旋律骨干，以"变徵"和"变宫"偏音为辅；同时，由于 si 对主音 sol 的支持，使得这一偏音获得了与其他音阶相同重要的地位，si 到 sol 的进行，成为突出河南音乐风格的重要标志。河南传统儿歌的音调体系以徵调式和宫调式最为多见，徵色彩突出，并形成了以纯四度框架为核心的徵调体系和以大三度框架为核心的宫调体系两大类别。这些特点的形成，既与中原儿女直爽豁达的民族品性有关，也与河南厚重的历史底蕴有关，使河南传统儿歌具有突出的地方色彩和独特的审美风格。

第二节　旋律展开手法

儿歌的旋律大多简单明快，以五声性的音级级进为主，节拍以 $\frac{2}{4}$ 拍为主，节奏简洁生动，具有活泼生动的韵律美感。儿歌的旋律发展手法主要有反复、对比、再现、模进、引申、变奏、转调等。除了这些共性特点，河南传统儿歌在旋律展开方面还具有自己的特点，主要表现在：

（一）建立在纯四度框架基础上的宽腔音列

建立在纯四度框架基础上的宽腔音列是河南儿歌旋律发展的主要手段之一，常见的宽腔音列有"do-re-sol""低音 sol-do-re"等，呈现出"纯四度"加"大二度"的音程架构关系。这样的旋律进行，有大跳音程所带来的跃动感，同时由于与大二度的结合，旋律也更加流畅生动，不致过于呆板，具有较强的发展动力和多样化的情感表现力。请看下例《拍小豆》[①]：

---

① 《中国民间歌曲集成》全国编辑委员会，《中国民间歌曲集成·河南卷》编辑委员会.中国民间歌曲集成·河南卷[M].北京：中国 ISBN 中心，1997：1140-1141.

谱例5:《拍小豆》(蹈红记)

新乡市

上例中,前两小节的动机式音调构成了全曲的发展基础,先是上行四度的大跳进行,接着是下行平稳进行,形成一种鲜明、活泼的情绪。这一核心音调随后出现在第2、3、5乐句的后半部分,而其前半部分则是第二小节的变化引申,尤其是第四小节的引申手法更为鲜明,旋律的平缓发展与前后的跳跃性形成对比。结束句第六句,是第一句的完全再现,结束于具有徵色彩的商调式上,给人以回味无穷之感。

二、建立在大三度框架基础上的大腔音列

建立在大三度框架基础上的大腔音列是旋律发展的另一特色手法,大腔音列只有一种,即"do-mi-sol"及其转位,呈现出"大三度"与"小三度"相结合的结构特点。在河南传统儿歌中,该音列围绕着主音do构成宫调式,旋律进行突出"mi"到"do"的下行大三度支持,具有鲜明的河南音乐风格。大腔

音列在旋律中的应用,可以使音乐风格显得更加明朗直爽,适合表现孩子们欢快活泼的天性和充满幻想的情绪。例如谱例4,以"sol-mi-do"为旋律骨干音,构成了各乐句的发展架构,在此基础上再加入其他音级及装饰技巧,使旋律的性格灵动丰满起来,表现力得到进一步加强。

三、建立在"小三度"加"大二度"框架基础上的窄腔音列

建立在"小三度"加"大二度"框架基础上的窄腔音列也是河南传统儿歌中较为常见的旋律发展手法。河南传统音乐的音调特色之一,便是大量采用窄腔音列,使旋律更加流畅生动,这是由河南人民的生活方式和审美习惯造成的。河南儿歌中常见的窄腔音列是"低音sol-低音la-do""低音la-do-re""re-mi-sol"等,核心音分别为"do""re""sol",具有明显的徵色彩。请看这首罗山县流传的儿歌《青竹棍,节节青》①:

谱例6:《青竹棍,节节青》(杨保云唱,杨保云记)

罗山县

---

① 《中国民间歌曲集成》全国编辑委员会,《中国民间歌曲集成·河南卷》编辑委员会.中国民间歌曲集成·河南卷[M].北京:中国ISBN中心,1997:1142.

此例中的核心腔音列是"低音 sol- 低音 la-do"及其转位,尤其是"do-低音 la- 低音 sol",在乐句的构成方面具有核心结构作用。整首曲子除了倒数第二小节出现了一个辅助音"re"外,其他乐句全部由这 3 个音构成。这一下行的腔音列落于主音"徵",再配以鲜明的节奏处理,使音乐风格具有强烈的舞蹈律动风格,形象地表现了孩子们在做游戏时的心理感受和情绪变化。

当然,在很多情况下,篇幅长大的儿歌的旋律往往不是由单一的腔音列构成,而是由两个或两个以上的腔音列组合而成,这样的处理,可以有效提升旋律的表现力,表现更加复杂多样的情感情绪。此外,河南传统儿歌中还有一些特定的旋律装饰手法,对于个性化的音乐表现起到重要的推动作用。常见的手法之一是六度、七度下行的润腔手法,主要有"高音 do-mi""sol-低音 la"等,如在谱例 2《得儿拉汤》中第 3、7、10 小节的"la",由高音"sol"迅速滑向"la",产生了特殊的审美效果。另一种常见的装饰手法是大幅度的下滑音唱法,如谱例 1《打倒东洋救国家》中的"sol",音高在刚开始演唱时比较明确,然后下滑。这样的旋律演唱效果,可以使乐音的带腔性更加突出,音腔效果更为明显,十分符合中国人的美学观念和娱乐习惯。之所以形成这样大幅度的下行润腔手法,主要是受到河南话以"四声"为主的影响,河南方言说起来显得语调硬朗、直接干脆,便影响到旋律的发展,逐渐形成这样的特性发展手法。

河南传统儿歌的旋律展开手法多样,其旋律框架有三种主要类别:建立在纯四度框架基础上的宽腔音列、建立在大三度框架基础上的大腔音列、建立在"小三度"加"大二度"框架基础上的窄腔音列。此外,旋律中还有一些特定的润腔手法,如六度、七度下行的润腔手法,大幅度的下滑音唱法,等等。这些旋律特征的形成,主要与河南方言和人们的审美习惯有关,旋律的展开受到唱词音调和欣赏趣味的影响,于是逐渐形成了特定的旋律音调,成为河南传统儿歌的标志性音乐特征。

第三节　曲式结构布局

传统儿歌的曲式结构以一段体为主，乐句大多短小，这是由于少年儿童的身体发育还不成熟，发声器官正处于成长阶段，肺活量有限，不能支持长时间的乐句演唱。一些儿歌的题材内容比较丰富，于是常采用分节歌的形式；个别儿歌采用比较长大的多段体结构，以表达更为复杂的思想情感，因不具有典型性，不再赘述。总体来看，一段体的河南传统儿歌，可以分为方整性乐段结构和非方整性乐段结构两大类型。

一、方整性乐段结构

在方整性乐段结构中，两句式的乐段结构所占比例最多。一般来说，两个乐句的结构也较为短小，音乐材料同源，第二句往往是第一句的变化反复，形成平行性的乐段结构。有时，两个乐句会形成应答式的对应关系，音乐材料相异，形成一定的对比。请看这首新乡的儿歌《肚疼歌》[①]：

谱例7：《肚疼歌》（瑞莲唱，松针记）

新乡市

此例一共2个乐句，每个乐句共4小节，结构规整。从音乐素材的使用情况看，两个乐句音乐材料相异，属于对比性乐段结构。第一句落在属音"re"上，与第二句的落音"sol"构成纯五度关系，相互应和，形成融汇而又对应的整体结构。

[①] 新乡市民间歌曲编辑组．新乡市民间歌曲集成[M]．内部，1981：189．

在两句式基础上，进而可形成四句式的乐段结构，例如上面这首儿歌传至邓州市，便由2个乐句变成4个乐句，音乐材料稍做变化进行反复，唱词得到扩充，结构依然规整。下例《催眠曲》也属于四句式的乐段结构：

谱例8：《催眠曲》(杨花堂唱，陶立坤记)

宁陵县

此例是母亲唱给孩子听的摇篮曲，一共4个乐句，每个乐句4小节，第一句是歌曲的核心音调，构成了其后音乐发展的基础。第二句前半句采用四度上行移位，由"re-sol"上移而为"sol-高音do"；后半句则采用四度下行移位，由前面的"sol-re-sol"变化为后边的"re-do-re"。第三、四乐句都是第一乐句的衍展变化，于是，形成了由同一音乐材料构成的结构均衡的四句式乐段结构。很多情况下，儿童在演唱时会加入很多衬词虚字，导致乐句扩展，整体结构发生变化，不再那么规整，这是儿歌演唱中经常存在的情况。

方整性曲式结构形成的原因，主要是少年儿童基本处于以家庭和学堂为主的生活环境，这恰是结构规整的小调和俗曲的产生环境，成年人在教唱儿歌时，往往把成人的审美习惯灌输到儿歌演唱当中，尤其是这种讲究对称规整的结构原则，产生自人们天然地追求平衡的审美心理，对于少儿通过游戏歌唱促进身心发育，具有积极的现实意义。

---

① 商丘地区民族音乐集成办公室.商丘民歌[M].内部,1981:171.

二、非方整性乐段结构

非方整性的乐段结构,乐句数量多为单数,尤以三句体、五句体多见,易于为儿童掌握。音乐材料的使用方面,既有重复相通,也有对比相异,根据儿歌的主题灵活应用。请看下例《宝贝儿睡着了》[①]:

谱例9:《宝贝儿睡着了》(高凌阁唱,刘海记)

遂平县

此例一共3个乐句,第一句共3个小节,第一小节的音调框架"sol–la–高音 do–高音 re–la"构成了乐句的发展基础,具有动机的一般特点,句末落于主音的上方三度音"mi"。第二句继续引申发展,长度2小节,是第一乐句第一小节的变化发展,旋律上下回环进行。第三句是新材料,与前面两句形成一定对比,最后落于主音"do"。

儿歌中还有一类是多句体结构,主要用于游戏场合。由于要适应游戏的律动特点和欢快的情绪表达,加上游戏的时间往往较长,因此,儿歌的曲式结构和曲调旋法就相对简单,突出唱词,强调的是节奏性和律动性,篇幅一般较长。请看下例《拍皮球》[②]:

---

① 张艺迪.驻马店地区本土音乐教程[M].内部,2010:92.
② 《中国民间歌曲集成》全国编辑委员会,《中国民间歌曲集成·河南卷》编辑委员会.中国民间歌曲集成·河南卷[M].北京:中国ISBN中心,1997:1143.

谱例10：《拍皮球》（傅金玉唱，傅金玉记）

安阳市

注：唱词中的"幺"，河南方言读"约"，是"一个"的意思。

此例的前两个小节为第一乐句，前十六后八的节奏型提示了这首儿歌风趣活泼的风格特点。第三、四小节的旋律在此后不断反复出现，一共反复了8次，第九次反复时时值拉长，使之具有终止结束感。因此，这首儿歌是由10个乐句组成的、单一音乐材料的、非方整性的多句体结构。

河南传统儿歌的曲式结构，不仅有一段体结构，甚至还会采用两段体、三段体结构，乐句的长短也随着唱词和律动而改变，与常规乐句的划分标准不太一致，而是受到儿童演唱习惯和生理条件的影响。同时，还存在一些特性终止式，起着标识音乐风格、体现审美趣味的重要作用，主要有：（1）"四度上行终止"是指属音四度上行到主音，这种终止式造成的终止感最为强烈，如谱例3中的结束处。（2）"半音上行终止"是指导音（变音）与最后的主音之间形成上行的小二度关系，终止倾向明显，如"#fa-sol""si-do"等。（3）"回环式终止"是指终止句围绕主音上下回环，最后落于主音，如谱例8中的结束句，先是出现主音"do"的上方音"mi"和"re"，接着出现下方音"低音la"，最后落于主音,这种环绕主音的旋法适宜表现舒缓的情绪。

总之,河南传统儿歌的曲式结构以一段式的乐段结构为主,分为方整性和非方整性两大类别,乐句大多短小精练,这与儿童的生理特点和生活环境有直接关系,儿童的发声器官稚嫩,肺活量有限,不能演唱过于复杂和篇幅过长的旋律。同时,由于儿童的天性活泼好动,生活方式较为自由,言行举止比较发散,因此,也有很多非典型性的曲式结构出现,如非方整的乐段结构,两段体、多段体的结构等,并形成了地域性明显的特性终止式,如"四度上行终止""半音上行终止""回环式终止"等,以满足他们的各种娱乐生活需要。

第四节　美学特征与现实价值

尽管时代风尚发生了许多变化,当代广大少年儿童所传唱的儿歌,距离传统社会已经渐行渐远,但是,传统儿歌的文化基因仍然顽强地存在。广大城乡仍然流传着无数的传统儿歌,其所承载的审美特质,时至今日仍具有重要的现实价值。从美学角度看,河南传统儿歌具有如下特征:

一、朴拙知心

河南传统儿歌首先具有朴实无华、不加雕饰的形式美感,曲调以简单朴素取胜,演唱时流畅生动;歌词直白简洁、朗朗上口,具有口语化和生活化的艺术特点。其次是稚拙简易的表现手法,比较适应儿童的身心特点和现实需要,与道家"大道至简"思想不谋而合。请看这首流传于商丘市睢阳区的《四十五天喝疙瘩》[①](邓先德、邓少敏采录):

板凳板凳摞摞,里面坐着大哥。

大哥出去买菜,里面坐着奶奶。

奶奶出来烧香,里面坐着姑娘。

---

① 商丘市地方史志办公室.商丘民间歌谣[M].郑州:河南人民出版社,2011:155-156.

姑娘出来磕头,里面坐个孙猴。

孙猴出来作揖,里面坐着公鸡。

公鸡出来打鸣,里面坐着豆虫。

豆虫出来爬爬,里面坐着蛤蟆。

蛤蟆出来哇哇,四十五天喝疙瘩。

这首儿歌广泛流传于中原各地,曲词在各地稍有变异,其语汇来自儿童身边的人、事、物,句式适合儿童的演唱和嬉戏律动,押韵以两句为单位,灵活多变,具有浓郁的生活气息。正是由于河南儿歌这种"朴拙简洁"的审美取向,才使得曲词更加接地气,以生活化、情趣化的叙述方式,彰显童心童趣,迎合孩子们的审美感受,将美的种子撒播到儿童的心田。再请看下面这首西峡县流传的《小板凳歪歪》①(乔天运口述):

小板凳歪歪,

我是妈的小乖乖。

刮大风,我凉快;

下大雨,我回来。

妈做饭,我择菜;

妈烧锅,我抱柴。

吃罢听妈唱曲来,

我是妈的小乖乖。

二、灵动传情

河南传统儿歌具有灵光乍现、跃动云天的想象空间,曲词灵气十足,艺术形象活灵活现,展现了儿童丰富多彩的想象力和创造力。儿童的这种视角和思维方式,与其他艺术创作过程中的想象有异曲同工之妙,这也是千百年来艺术家们意欲"回到童年"、在儿童世界里追求创作灵感的美学内因。请看这首流

---

① 中国歌谣集成·河南西峡县卷[M].西峡县民间文学集成编委会,1987:336.

河 南 传 统 儿 歌

传于林州市的《月亮圆圆》①（张玉英口述，赵福生采录）：

> 月亮圆圆，像个盘盘。
> 我要上去，找你玩玩。
> 小星晶晶，好像明灯。
> 我要上去，拿你照明。
> 天河长长，好像长江。
> 我要上去，坐船逛逛。

此例以儿童的眼光来观察浩瀚天空，将月亮比作圆盘，星星比作明灯，天河比作江河，给想象插上翅膀，飞到天空任意翱翔，展现了儿童对世界美轮美奂的联想。这种灵动激荡的审美取向，大大拓展了儿歌的审美时空，以开放性的表现方式彰显童趣，突显孩子们的审美表达，其中体现的赤子之情是儿童审美意识的自然萌发，从中可以窥见人类的原始审美思维。再看下例流传于泌阳县的《菜成精》②（赵世云演唱，史安东搜集）：

> 闲来无事到村东，遇着青菜成了精。
> 辣椒登基坐大殿，胡萝卜心想做正宫。
> 东园北瓜当宰相，西园南瓜做总兵。
> 南园葫芦要挂帅，北园茄子先出征。
> 冬瓜西瓜当火炮，丝瓜当个引火绳。
> 只听轰隆一声响，打得菜园乱哄哄。
> 气得茄子浑身紫，气得菠菜满肚空。
> 气得黄瓜出身刺，气得菜瓜白又青。
> 吓得大葱把地拱，萝卜吓得拱个坑。

---

① 中国民间文学集成全国编辑委员会，《中国歌谣集成·河南卷》编辑委员会. 中国歌谣集成·河南卷[M]. 北京：中国 ISBN 中心，2003：645.

② 李同春. 中国民间歌谣谚语集成·河南泌阳县卷[M]. 泌阳县民间文学三套集成编辑委员会，1988：43.

豆角吓得快张嘴,亡命自薄去搬兵。

前面走的独头蒜,后面紧跟羊角葱。

……

三、入景达意

在儿歌演唱和游戏活动中,儿童的审美体验特点是将自己的感性体验融会到表现对象中去,并在不知不觉中,将自己看成表现对象本身,开始以局内人的身份参与角色活动,导致审美体验的零距离实现,成为实现"本我—自我—超我"审美意识的天然途径,这与一般意义上的艺术思维的转换模式何其相似!请看邓州市流传的一首儿歌《小老鸹》[1]:

小老鸹,呱呱呱,站在树上叫它妈。

小猫咪,心里急,想吃老鸹爬上去。

爬上树,老鸹飞,小猫气里了不的。

小老鸹,飞得高,又落树尖呱呱叫。

小猫咪,喵喵喵,没有翅膀逮不到。

此例通过角色扮演,形象地表现了小猫与老鸹之间的斗智斗勇。儿童在演唱和游戏时,往往不自觉地将自己融入角色之中,把自己看作是小猫或老鸹,在情景交融的游戏中,获得了高于感性体验的审美意象。再请看沁阳市流传的《小猫》[2](陈秀琴口述,罗务本搜集)

小花猫,咪咪叫,又站岗来又放哨。

小老鼠,真是孬,半夜三更不睡觉。

偷吃米来把绳咬,打个洞洞想逃跑。

小花猫、静悄悄,一扑捉住老鼠了。

---

[1] 刘平均,张国兴,常振会.传统儿歌选(上)[M].邓县妇联会、邓县教育局、邓县文化馆,1984:113.

[2] 翟作正.中国歌谣集成·河南焦作卷[M].焦作市文艺集成·志编纂领导小组,1990:367.

这种以情入景的审美方式,通过模拟和再现现实生活的场景,表达了儿童对外部世界的审美感知,以内化的审美方式突显童真童趣,从而营造出一种独特的审美意境。

第五节 本章小结

综上,河南传统儿歌并不是存在于儿童世界的封闭空间中,而是呈现出开放性的发展势态,这是因为儿童的社会生活也是开放性的,与成人世界的联系非常紧密。河南传统儿歌的音乐形态是由位居中原腹地的地理环境、农耕生活及其娱乐方式所决定的,形成了以纯四度框架为核心的徵调体系和以大三度框架为核心的宫调体系两大音调体系,旋律展开手法主要有宽腔音列、大腔音列和窄腔音列,曲式结构以一段体为主,分为方整性结构和非方整性结构两大类型,这些特征对民族化的儿歌创作无疑具有积极的借鉴作用。河南传统儿歌的美学特征表现在"朴拙知心""灵动传情"和"入景达意"三个方面,虽然当代儿童的生活方式发生了极大的改变,但时代更替和社会变迁反而映衬出这一美学特质的独特性和不可替代性。传统儿歌带给我们的是"重温童趣""回归家庭""反思传统"的向心力,成为中原人民精神家园的重要根基,也为学前音乐教育提供了源源不断的精神财富,从这一点来说,河南传统儿歌作为中原音乐文化的重要组成部分,实属名至实归。

第四章 河南传统儿歌引入学前教育专业的教学实践与改革

在河南各地,千百年来流传着许许多多简洁明快、朗朗上口的儿歌童谣,它们以儿童的视角审视着客观世界,以活泼风趣的语言描述着儿童的社会生活和人际关系,用美妙动听的歌声表达着儿童的情感变化,深受广大少年儿童的喜爱。流传至今的河南传统儿歌,融入当代社会获得发展的重要途径,便是引入学前教育专业中,以培养具有文化自主意识的优秀幼教毕业生,使他们在幼儿园开展富有地方特色的音乐教学活动,帮助儿童认知和掌握优秀传统文化,促进河南传统儿歌的应用价值由家庭向学校的扩展,进而促进传统儿歌的转型发展。

第一节 人才培养模式的创新发展

传统音乐融入学前教育领域,在古今中外已有大量教学实践和相关研究。例如,美国北卡罗来纳大学教堂山分校(UNC)教育学院博士生导师、美国FPG儿童发展研究中心研究员瑞贝卡·斯台普斯·纽尔等人于2007年出版的《幼儿学前教育》一书中,系统地分析了世界各大洲、各个国家的幼儿学前教育(包括音乐教育)问题。其中在论及中国的相关篇章中,作者不仅强调了中国基于传统音乐的学前教育在西周时便已兴起(即"六艺"),并将20世纪中国传统音乐在学前教育中的发展分为20—70年代、80—90年代两个阶段。瑞贝卡·斯台普斯·纽尔认为:"传统音乐涉及学前教育规划中的歌唱教学、音乐节奏律动、音乐感知、打击乐器学习以及音乐欣赏等多个方面。"[1]国外有关传统音乐引入学前教育的教学实践工作也已持续多年,并有学者采集实验数据开展学术研究。例如,1994年,学者费策尔选取30名美国学前班的儿童参与实验,其中有15名儿童参与了一周30分钟的传统音乐课程,其余15个儿童则只学习常规课程。通过20周的教学训练,他对所获得的分数进行分析,结果证明:参与传统音乐课程的儿童成绩明显优于常规课程儿童,学习传统音乐课程对促进儿童单词识别能力具有促进作用。[2]传统儿歌作为传统音乐的重要组成部分,可以作为学前教育专业开展传统音乐教学的最佳切入点。

一、基于传统儿歌的人才培养定位

当前,我国学前教育专业的音乐教学还处于摸索建设阶段,人才培养的体系化、地方化、特色化发展还远远适应不了社会需要。人才培养模式的同质化倾向,使得各高校难以形成各自独特的学前教育优势。例如,很多学前教育专业的音乐教师将奥尔夫或柯达伊等教学法引进到自己的课堂教学中,但基本上是照搬照抄,未做本土化的课程设计,但由于音乐艺术的语境是不同的,结果不仅使教学效果打了折扣,更重要的是学生无法从中得到本土化"熏陶"。学前教育专业的学生就是将来的幼儿园教师,针对他们进行传统儿歌的教学,具有极高的现实价值与推广可行性。当传统儿歌被不断引入之后,我国学前音乐教育亦完全可以形成属于自己的"奥尔夫"教学法。集中华传统文化精粹的传统儿歌,可通过其灵活多变的曲目风格,展示地域风貌,使学生的专业素养得到极大的提升。

在学前教育领域,很多高校已经开展课堂引入传统儿歌的教学实践和学术探索。根据当前我国学前教育专业教学的现实情况和存在问题,目前亟须开展

---

[1] Rebecca Staples New. *Early Childhood Education: The countries*. Greenwood Publishing Group, 2007:995.

[2] Fetzer Lorelei. *Facilitating print awareness and literacy development with familiar children's songs*. Marshall: East Texas University, 1994.

基于传统儿歌的人才培养模式探索，如在声乐教学中加入传统歌谣，使学前教育专业学生在学习过程中体会其艺术风格，增强审美感知，加强文化认同感。在深化课程改革的今天，将传统儿歌融入学前教育专业课程体系，明确建立民族化、本土化的人才培养目标，可促进对学前教育专业学生的特色化培养，具有深远的意义。在文化意义层面上，这也是一种文化传承，是中华优秀传统文化不断得到传承的基础之一。

  笔者认为，通过传统儿歌来建立特色化学前教育体系，首先要构建本土化的人才培养模式，将传统儿歌渗透到学前教育专业的课程体系当中，培养学生对传统儿歌的认知和欣赏能力，培养他们传承传统文化的自觉意识。构建基于传统儿歌的人才培养模式，必须牢牢把握不同年龄段儿童的生理特点与认知习惯，这是实现学前教育专业人才培养方案的前提条件。根据儿童的音乐发展规律，在教学过程中应把握两个基本原则：一是横向层面的多元性发展，二是纵向层面的递进式发展。

  横向层面的多元性发展，即要求教师在课堂教学中贯穿多元化的教学理念，以加强儿童的音乐感知为目标，通过不同的课堂形式——如声乐、音乐欣赏、乐器表演等，将河南传统儿歌付诸教学实践活动，让学前教育专业在校生掌握河南传统儿歌的不同形式类别和艺术风格，追求多元要素介入的教学方法。具体措施是：让学生抓住儿童对音乐律动感知较早这一特点，可在授课中大量引入可歌可舞的游戏类儿歌，如《拍手歌》《盘脚盘》《筛箩箩》《丢豆豆》等，让儿童在歌唱的同时，能简单地模拟动物神态或做舞蹈动作等。另外，根据1至4岁的儿童难以集中注意力的情况，可在音乐欣赏课程中引入旋律性更强的传统儿歌，如《拍豆角》《月奶奶明晃晃》《编花篮》等，并通过简单的图片内容来辅助教学，以加深儿童对传统儿歌的感性认识。这是一种强调多元化的教学措施，在传统儿歌的教学中结合舞蹈、游戏、律动等方式，将丰富多彩的儿歌素材与其他艺术元素相结合，有利于发挥学前教育专业学生的专长与特质，使他们在未来幼儿园音乐教学工作中突出特色化教学。

  纵向层面的递进式发展，是要求教师针对儿童的不同年龄段，设计出不同梯度的、渗透着传统儿歌内容的培养目标。由于不同年龄阶段的儿童在音乐认知方面存在显著的差异，所以，在教学中就应提醒学前教育专业的学生注意，要对不同年龄段儿童的教学内容进行把控。例如，在4-6岁这一年龄段内，儿童的音乐感知能力已得到明显加强，幼儿园教师应充分把握这一梯度特点，将传统儿歌渗透到日常教学中。同时，教师还需要注重教学内容的延续性，加强不同年龄段儿歌曲目的编选，注意曲目的可唱性要由易到难。这种梯度把握的教学方法，有利于学前教育专业学生有效把握各个年龄段幼儿的认知特点，从整体上掌控幼儿认知与兴趣的承续和过渡。

在学前教育专业的人才培养定位上，民族化的发展道路一定要立足本土，而河南传统儿歌则为此提供了很好的切入点。以此促进学前教育专业的特色化发展，对于学前教育专业的一线教师来说，还需要将河南传统儿歌与专业音乐体系、新的教学手段相结合，从而使人才培养目标变得更为具体丰满。人才培养定位的明确，将为下一步的教学改革打下良好的基础，并将促进河南传统儿歌在新的社会条件下薪火传递。

二、基于传统儿歌的音乐教学模式

教学模式是人才培养模式的具体化，学前教育专业的音乐教学模式要走民族化、本土化的发展道路，将传统音乐作为音乐教育的主要内容之一，重视教学活动中学生的主体性，重视学生的教学参与度，以切实提高学生对传统音乐的兴趣爱好。学前音乐教育最终的服务对象是幼儿，因此，研究将传统儿歌融入音乐课堂教学中，探索相适应的教学模式，是我们面临的重要命题之一。

基于传统儿歌的音乐教学模式的特色化发展，应该突出主题式的教学模式，即按照儿歌的不同题材、不同风格、不同功能，建立模块化的教学内容，将每一种儿歌拓展成为一个专题系列，让学生系统地、多方面地了解传统儿歌的多样性风格。例如，上声乐课时，教师可多选择带有表演特点的儿歌，如《拍小豆》《花喜鹊》《数瓜》等作品，让学生在歌唱的同时带上表演动作和角色扮演，体会儿歌的原生态语境。在钢琴课中，教师可以将儿歌编配成钢琴谱，加入专业化的钢琴伴奏，鼓励学生利用多种形式弹唱传统儿歌。而在舞蹈课中，教师可以将儿歌融入舞蹈游戏中，如游戏型儿歌《编花篮》，让学生一边唱着歌谣，一边蹦跳转动，在儿歌的优美歌声中做游戏。这样的模块化教学有利于学生对传统儿歌的审美接受，有利于学前教育专业学生有效掌握幼儿音乐教育的课堂教学方法，懂得这样的教学模式既锻炼了幼儿的肢体协调能力，更可以培养孩子们的团结协作精神。

探索基于传统儿歌的音乐教学模式，还要坚持融合性的教学方法，即将相关课程进行巧妙的结合，通过一系列的课程联动，将传统儿歌的艺术特点贯穿在学前教育专业的课堂教学中，促进学生的身心发展，使学生在学习过程中保持高涨的学习状态。例如，教师可以鼓励学生开展情景融合式的音乐教学实践，有意识地创设富有审美色彩的、富有儿童情趣的生活、学习环境，将儿歌的教唱与舞蹈、游戏、多媒体等结合在一起，引导学生参与到所创设的情境之中，多通道地作用于儿童的听觉、视觉、触觉、运动感等，运用多种感官进行审美感知，让儿童在感受体验的基础上，实现内化迁移。

中国传统音乐有很多是歌、舞、乐融为一体的综合艺术形式，要形成具有民族特色的学前音乐教学体系，就要使学生通过最直观的视觉、听觉、触觉、运动感等体验方式去了解传统音乐的艺术形态，以感受与理解传统音乐淳朴自然的艺术特色和其中包含的艺术价值；融合多种教学方式，强化学生对传统音乐的立体化、多层次认知，让学生从中发现美、感受美、表现美。

三、彰显传统儿歌特色的教学方法改革

正是由于传统儿歌在学前音乐教育中具有独一无二的学科和课程优势，与未来幼儿园教师的职业内涵高度契合，因此，在人才培养模式的创新发展方面，突出以传统儿歌为特色的教学方法改革，是实现学前教育特色人才培养目标的重要途径。在具体实施过程中，可以从以下几个方面入手：

（1）在学前音乐课程中推行综合教学，将儿歌有机地融入声乐、钢琴、音乐欣赏、中国传统音乐概论、中国音乐史等课程中，引导学生在演唱儿歌的基础上，创编一些具有河南地方特色的舞蹈动作，用民族乐器给儿歌进行伴奏，

鼓励学生在学习中边弹边唱、边歌边舞,开展形式多样的唱、弹、舞的综合音乐活动。这样唱、奏、跳相结合的综合音乐教学形式,既能增强学生自主性、创造性学习的能力,提高了学生学习传统儿歌的兴趣,也更能在未来的幼儿园音乐教学工作中找到适合幼儿身心发展的教学方法。在幼儿园的音乐教学中,通过对幼儿进行这种综合教学,可加强对儿童在旋律、音高、节拍、节奏等音乐要素方面的训练,使幼儿通过耳濡目染来感受和学习传统音乐文化。

(2)这种综合教学方法可积极推进第二课堂实践活动,开展各类丰富的课外音乐活动,促进学生的个性化发展,丰富校园文化生活。为增进学前教育专业师生对河南传统儿歌的了解,可以利用第二课堂和教学实践环节,积极组织以传统儿歌为特色的课外活动,例如组织儿歌演唱、器乐编配弹唱、儿童歌舞剧、儿童音乐剧等兴趣小组;组织开展校园民歌、儿歌、舞蹈等比赛,组建以河南传统儿歌为特色的女子合唱队等,为学生提供开放的儿歌表演平台,满足不同学生的发展需求。还可以邀请地方民歌手走进校园,开展系列讲座和专题演出,让学生感受最本土、最纯正的传统儿歌表演,这不仅活跃了校园文化生活,更增进了新时代青年与传统音乐之间的情感,增强了学生的民族自豪感和热爱家乡的思想感情。

(3)这种教学方法可在高校专业课堂中引入个性化教学,将民间口传心授的师徒传承与专业课堂教学相结合。随着学前音乐教育理论研究的不断深入、教学与课程改革的持续开展,广大学前教育专业教师的教学理念、幼儿园教师与儿童之间的关系也在发生深刻的变化。学者加德纳在论及幼儿音乐教学改革时,提出了"多元智慧理论"[1],认为每一个教师身上都具有不同而特别的智慧倾向,并罗列了教师身上出现的八大智慧核心。其中,音乐部分不仅包括对音乐专业的学习,还包括对传统音乐之表现、创作和欣赏技巧的学习。加德纳还指出,在以音乐(包括传统音乐)为主的智慧核心外,还应注意"个体式教学"

---

[1] Howard Gardner. *The disciplined mind: What all students should understand.* New York: Simon & Schuster, 1999.

(individually configured education)。所谓"个体式教学",强调幼儿教师在授课时应以学生为中心,将有限的教学"内容单元"转化为多元的学习机会。河南传统儿歌内容丰富广泛,形式类别多样,如能有效提炼,则可以在有限的课堂教学中提供更多元的教学选择。从学前专业音乐教师的角度出发,通过对传统儿歌的分解与整合,尝试将民间儿歌传承人、幼儿园音乐教师等请进课堂,可进行面对面的个体化教学,让学生了解口传心授的教学特点,体会"个体式教学"与专业音乐教学之间的区分和优劣,加强授课的针对性,强化传统音乐在专业课堂的无限延展,提升他们对传统儿歌在幼儿园音乐教学中的掌控能力。

匈牙利著名音乐教育家柯达伊曾经说过:"通过音乐教育是通向民歌最短的一条道路。"[1]幼儿教育是人一生的起始阶段,学前教育承担着继承和发扬中国传统音乐的重要责任,学前音乐教育更是传承传统儿歌的重要途径。作为学前教育专业的音乐教师,我们有责任把地方特色的音乐教学资源融入自己的课堂和艺术实践中,积极推进学前教育专业人才培养模式的改革,促进传统音乐教育在新时代的更替发展,构建传统音乐文化可持续发展的新局面。

第二节 课程体系的特色化建设

将传统儿歌作为切入点,积极开展学前教育人才培养模式的特色化建设,是学前教育专业建设的重要抓手,是地方高校培养实用型人才、服务区域社会经济建设、促进本土文化传承的重要突破口。为此,我们仍需研究基于传统儿歌的特色课程体系建设,将传统儿歌的教学资源加以开发利用。

一、学前教育专业音乐课程中存在的问题

课程是教学的载体,科学的课程体系是培养高素质幼儿教师的前提条件。目前,学前教育专业的音乐课程受到专业音乐教育的影响很大,普遍重视音乐

---

[1] [匈] Z.柯达伊.论匈牙利民间音乐[M].廖乃雄,兴万生,译.北京:人民音乐出版社,1985:159.

专业技能的学习,但忽视了音乐教学能力的提高和职业意识的培养。学前教育专业培养的不是专业音乐人才,而是适应幼儿园音乐教学需要的教师,因此,学前教育专业的学生除了具备基本的音乐技能,还需全面提升音乐教学素质,重点在于培养学生的音乐实践能力和课堂教学能力,使之能够在幼儿园熟练运用音乐手段展开教育教学工作。

在学前教育专业的音乐课程体系方面,很多学校的设置难以体现学前教育特色,最突出的问题是课程结构不合理或分科过多,课程之间缺乏内在关联,不能做到相互联系、相互渗透,影响了各门课程之间的融会贯通。在课程内容方面,主要表现为理论与实践脱节,音乐教学停留在单纯的知识传授与技能练习上,更多地强调"教"而忽视了"育",抑制了学生学习的主动性与创造性。学前音乐教育的最大特点是"综合性",合格的幼儿教师既要会歌唱、会演奏,还要会组织乐队、训练合唱,还要会教授乐理知识、音乐体验和音乐创造等,是一个全科型的教师。这种"综合性"不是多种音乐课程与教学内容的简单堆砌,各项课程内容既有各自的目标和任务,又有一个共同目的,即培养音乐教学的综合能力。

当前,学前教育专业的课程体系基本以西方专业音乐为主体,基本乐理、视唱练耳、声乐、钢琴等课程,大多以西方音乐为主,传统音乐教育在课程体系中所占的比例极小,传统儿歌的数量更为有限。可以说,学前教育专业的音乐课程设置,很少考虑以地方文化为背景的特色教学内容。例如,笔者所在的幼儿师范院校,大多数学生受通俗音乐的影响很大,对我国传统音乐作品的认识极为有限,不少学生不熟悉、不了解民族音乐,一听到戏曲唱腔就皱眉摇头,一听见老腔老调就转换频道,缺乏对传统音乐的基本认知,更缺少对传统儿歌的兴趣。由于学校音乐课程建设对民族音乐的忽视,我国传统音乐,尤其是传统儿歌在年轻一代很难被认同和传承,学校的音乐教育很可能因此失去传统文化的根基,进而失去文化身份的存在合理性。

二、以传统音乐为特色的课程体系构建

鉴于传统音乐在我国学校音乐教育体系中并未获得与其地位相当的话语

权,在高校音乐教育专业的课程体系中处于边缘化的地位,很多有识之士呼吁建立以中华母语文化为核心的音乐教育体系,将民族音乐文化作为音乐教育的重要资源,以本民族音乐文化传承为主要目标,使学生真正掌握传统音乐文化的精髓要旨,成为具有本土文化意识的一代新人。学前音乐教育培养的是幼儿音乐教师,直接面对的是祖国的未来,属于传播传统音乐文化的起始阶段。以传统儿歌为切入点,构建中国传统音乐为特色的学前音乐课程体系,有助于对传统音乐的系统化整理、科学化研究和在学校音乐教育中广泛推动传统音乐文化的传承发展。

将优秀的传统儿歌作品纳入学前音乐课程之中,使学生通过学习传统儿歌提高对我国传统音乐文化的了解,培养学生的爱国主义精神,增强民族自信,这是学前音乐教学改革的主要目标。在这一点上,我们应遵照学前教育专业音乐课程标准和《3—6岁儿童学习与发展指南》中关于艺术的学习与发展目标,确定学前音乐教学内容改革和教材编写的基本原则:思想与艺术性有机结合,加强对音乐作品的聆听与欣赏,注重音乐的表现和创造,让学前教育专业学生掌握幼儿音乐教育的规律。在学前教育专业的音乐课程中,应以综合性的教学实践活动为主体,选用具有浓郁地方特色的教学曲目,尤其在声乐课、舞蹈课、钢琴课教学中,融入本地特色的传统儿歌,让学生们了解传统儿歌的艺术风格。

学前教育专业的音乐教材开发,要坚持系统性、延续性和创造性,注重教学内容的多元化、多层次和综合性。传统儿歌的资源开发、整合与创新,对于学前教育专业的音乐教材是一个很大的拓展。教师可通过与学生的共同努力,广泛搜集儿歌音乐素材,查阅音乐书籍、音像资料等,让学生深入民间采风调查,深刻感受本土民间音乐文化的魅力。对收集到的儿歌音乐素材要进行筛选和整理,选择具有典型风格的、适合当代儿童演唱和表演的儿歌作品,并经过规范记谱和整理,才能编入到教材中。也可将一部分儿歌作品进行适度创新改编,在保留原有风格的基础上,将曲调和节奏进行简化或润色,将不适应时代的歌词加以改动,使之成为适合学前教育专业学生学习需要的教学内容。还有一些律动感较强、节拍规整的童谣,可以编配成钢琴伴奏,纳入到学前教育专业的钢琴、儿歌弹唱课程当中,还可以将一部分民歌改编成合唱,配上多声部旋律，进行儿歌的合唱教学，改编时可以参照已有的成功案例，如云南民歌《猜调》、浙江民歌《采茶舞曲》、贵州民歌《摘菜调》等。

开发乡土音乐教材是传承河南传统儿歌的重要途径。在构建乡土音乐课程时，要突出"本土性、乡土性、表情性、审美性"等特点，遵循学前音乐教学规律，正确处理好课程体系的内在关系。同时，还要结合《幼儿园教育指导纲要(试行)》倡导的"整合"与"渗透"的理念，合理设计传统音乐（包含儿歌）的教学内容结构，不断提高乡土音乐课程的教学艺术。在乡土教材的教学过程中，教师应以提高学生的综合素质和职业技能为出发点，以学生的职业发展为中心，注重不同课程模块之间的融合，打破过去划分过细、相互脱节等问题，切实提高学生对本土音乐的鉴赏能力和儿歌应用能力。

随着时代的变迁与课程理念的更新，部分开设学前教育专业的高校顺应学前教育发展的要求，改革"以学科为中心"的陈旧模式，开设了音乐综合课，把传统音乐课程进行整合，进行综合性的教学设计，如声乐课程中融入了视唱练耳和儿歌曲目，钢琴课程中融入了乐理内容，儿歌弹唱课程中融入了和声、曲式的内容，等等。这样的课程设计，既保持了音乐学科的主要特征，又使不同学科相互联系、相互渗透，有利于教学活动"由点及面"地展开，使学生达到幼儿教师所需要具备的基本音乐知识和技能，适应未来幼儿园音乐教学的现实需要。

三、教学内容改革与传统儿歌的贯穿与渗透

当前，学前教育专业的民族化、本土化音乐教育，成为提升学前教育专业人才音乐教学能力的迫切任务，教师首当其冲的便是对音乐教学内容的改革，需要认真研究传统音乐的授课内容与教学方法，尤其是传统儿歌的教材编选。首先，要注意教学内容的剪裁与不同地域传统儿歌的比例问题，尤其要加强传统儿歌的贯穿和渗透，以此突出本土化的音乐教学改革。例如，应以本省份的传统儿歌内容为主，并以此为中心进行全国性的"辐射"和观照。这一措施有两点优势：一是可以加强学生对本地区传统音乐，尤其是传统儿歌的认同感；二是保证了培养方案的有效实施，为特色化的人才培养目标创造了良好条件。

河南省的传统儿歌有着悠久的历史和浓郁的地方特色，可以广泛运用到学

前教育的声乐课教学当中。例如，安阳儿歌《拍皮球》，通过优美的曲调和鲜明的节奏，将小孩拍皮球的神态、心情，表现得淋漓尽致，流露出浓郁的河南地方风味。这首儿歌可以经过音乐教师的改编，通过集体游戏的方式，营造一种模拟小孩边游戏、边歌唱的氛围，让学生充分参与进来，增强其感性体验，突破学前声乐教学的传统教学模式。类似的儿歌还有很多，如《数瓜》《花喜鹊》《麻利麻利索》等。在此基础上，增加一定比例的其他省份的传统儿歌，让学生逐步了解传统儿歌的音乐风格、演唱技巧和表演方法。

民族乐器的教学中也可以融入传统儿歌，如古筝、琵琶、二胡、笛子等课程。教师可通过将传统儿歌改编为器乐独奏曲、器乐合奏曲的形式，让学生了解传统儿歌的旋律特点、结构特点和音腔特色，借此使学生掌握民族乐器的演奏技巧，从而提高学生的演奏水平和对作品风格的理解能力，了解中国传统音乐的魅力，从而对传统音乐的传承起到重要的促进作用。

合唱教学也是融入传统儿歌的重要途径，合唱的音响层次感和艺术表现力十分突出，在学前教育专业学生中的基础较好，受众面广泛。近代，出现了很多优秀的中国合唱作品，但是童声合唱的佳作却一直比较匮乏，而传统儿歌恰能为此提供更多的合唱教学资源，可以为学前音乐教学实践提供更多更好的音乐资源。例如，云南彝族儿歌《猜调》被改编成无伴奏合唱之后，成为童声合唱和女声合唱的经典曲目。因此，合唱教学应该突出地域性，找到具有地方特色的儿歌童谣，加以改编。

传统儿歌的另一应用领域是《中国民族音乐》课程，《全国普通高等学校音乐学（教师教育）专业必修课程教学指导纲要》指出："以情感、态度及价值观的形成目标，注意知识掌握与情感、态度及价值观的形成相结合。在关注学生学习和掌握各民族、各地域音乐相关知识的同时，重视激发学习兴趣，形成正确的态度和音乐审美价值观。"[1]笔者认为，在这一学科教学内容上要多选

---

[1] 教育部.全国普通高等学校音乐学(教师教育)专业必修课程教学指导纲要[Z].2006.

择一些学生喜闻乐见的民歌作品,因为这些民歌的旋律简洁生动,内容丰富多彩,学生易于掌握。尤其是传统儿歌,教师更需要在学前教育专业的《中国民族音乐》课程中加大比例,对我国各地的传统儿歌进行分门别类的介绍,尤其是要侧重对本土传统儿歌的介绍。在教学中,通过教师演唱示范、多媒体展示、师生互动、游戏模仿等教学手段,让学生充分了解本地人民的文化娱乐、生活习俗、风土人情等内容,引起学生的好奇心和兴趣,使学生深刻感受本土文化特色,从视觉和听觉上得到良好的感性体验和审美体验。

在学前音乐教育《视唱练耳》教材中,教师也可以融入更多的民族音乐素材,通过传统儿歌的视唱,提高他们对民族乐理的把握。学生在掌握基本识谱能力的前提下,通过正确的声乐理论基础与演唱技巧来演唱各地的儿歌,通过歌唱直观地感受和体味地方传统音乐的风格和神韵。例如,河南传统儿歌的调式丰富多样,基本包括了中国民族音乐"宫、商、角、徵、羽"五种调式,尤其以徵调式和宫调式最具代表性,旋律中特有的五声音阶与中国七声音阶的运用,让音乐具有更鲜明的地方特色。教师要在演唱教学中因势利导,开展生动活泼的讲解,让传统儿歌的音乐渗透到视唱练耳的曲目中来,帮助学生逐渐了解和掌握传统民族音乐的风格特点。

音乐必修课是提高学前教育专业学生专业素质的保证,保证学生具备基本的音乐知识和教学技能;在此基础上,很多高校还设有音乐选修课程,给具有突出才能和潜力的学生以个性化的发展空间,这是传统儿歌贯穿音乐教学改革的另一重要途径,以不同的方式得到广泛传播。例如,可以开设《中国音乐史》《民族器乐选修》《幼儿合唱训练》等课程,让学生更系统地了解传统儿歌的本体特征;通过二胡、古筝、竹笛等民族乐器来改编儿歌,将儿歌改编成合唱曲目进行推广,让学生在艺术实践中学习丰富的河南儿歌;用各地不同的方言来演唱传统儿歌,进一步了解中国各地的文化特点。经过一段时间的专业教学,这些具备传统儿歌表演技能、具有民族文化自信的学生将会成为幼儿园的骨干教师。他们培养出来的儿童,将会更加认同本土传统儿歌、认同中国传统音乐。这一代人长大成人之时,距离构建以中华母语文化为特色的学校音乐教育的目标,将会愈加接近。

第三节 以创新为导向的艺术实践

在全球化、信息化快速发展的今天，社会发展更需要具有创新能力的应用型人才。而加强实践教学环节，是培养应用型人才的重要环节，其优势在于有效促进理论与实践的衔接，学生可根据自己的兴趣和需要，有选择地拓展自身的实践应用能力。在高等教育不断普及的今天，人才培养质量的突出问题是大学生掌握的专业理论与实践需求无法良好衔接，大学生进入工作岗位后的实际工作能力良莠不齐，因此，素质教育和职业意识成为高等教育的重要目标，开展实践教学研究也成为高校教育教学改革的重要部分。实践教学以培训学生的基本技能和提高学生的职业素质为重点，以丰富的教学资源和广阔的职业空间为载体，展开一系列开放性活动，与第一课堂共同构成完整的教育体系。对于学前教育专业的音乐教育来说，在艺术实践环节引入河南传统儿歌，有助于提升学生的职业技能，在幼儿园有效开展传统音乐教学，培养幼儿的本土文化意识。

一、传统儿歌融入学前艺术实践的现状

传统儿歌贯穿学前教育专业的音乐教育全过程，最直接的表现方式是在艺术实践环节。目前，传统儿歌融入艺术实践存在以下问题：

第一，传统音乐在学前教育专业学生心目中的认知度很低，传统儿歌在艺术实践活动中处于边缘化地位。全球化的浪潮以及音乐生活的多元化冲击着人们的娱乐感官，尤其是流行音乐对传统音乐的冲击，更为明显。笔者对郑州幼儿师范高等专科学校学前教育专业（五年制）2012级部分学生展开音乐调查，共收到有效调查问卷386份，结果表明，喜爱流行音乐的学生占92.2%以上（356名），而喜欢传统音乐的只有10.6%（41名），这41名学生中，有43.9%的学生（18名）对民歌、戏曲有浅显的了解，29.2%的学生（12名）知道两至三种传统音乐种类，如豫剧、曲剧、山歌等，还有26.8%的学生（11名）完全不知道什么是传统音乐；在已学歌曲中，能准确区分传统儿歌的有69.7%（269名），占

30.3%的学生（117名）不能明确。

　　从以上数据可以看出，当代学前教育专业学生对传统音乐的了解情况并不乐观。当问及原因时，大部分学生表示不愿意听传统音乐，觉得不如流行音乐新潮，传统儿歌太简单、太土气、不时尚。这种现象背后的内因是"多元化"发展对传统文化传播的阻碍。当今先进的科技水平和迅捷的传播媒介，在促进流行文化深入各个社会角落的同时，却造成了对音乐文化的偏向性选择，传统音乐没有搭载上现代传媒的快车，存在着很大的接受障碍。一个民族如果丢失了自己的传统音乐文化，也就丧失了民族灵魂，这是很可怕的文化灾难。

　　第二，很多学生对传统儿歌的学习目的不明确，艺术实践的参与度不容乐观。在调查中，笔者发现，学生对参不参与艺术实践和参加哪个类型的艺术活动，矛盾心理居多。一部分学生觉得参与艺术实践占用课余时间，认为第二课堂没有明确的学习价值和意义，不明确自己的学习目标是什么，不明白传统儿歌所具有的现实指向性。还有一部分学生不知道如何选择艺术实践活动，认为只要自己喜欢就可以选择，不喜欢的就不加入，不明确艺术实践的现实引导意义。还有一小部分学生，虽然参与了艺术实践活动，但是找不到学习提高的方向，认为与自己的想象相距较远，态度比较消极。

　　之所以出现这些问题，笔者认为，学校和教师应该担负主要责任，对艺术实践重视不够、宣传不够，缺乏必要的顶层设计和制度建设。目前，很多学校的艺术实践活动课由专业任课教师担任，任课教师的第一课堂任务较重，难以有精力开设更多的学生喜爱的艺术实践活动，学生的选择机会有限，学生很难选择适合自己的课程方向和教师。音乐艺术实践的特点决定了，选择艺术实践活动的学生一般在某个专业有特长，因此，音乐教育专业的活动课就存在双向选择的问题，有某方面特长的学生会选择与自己专长一致或近似的活动类别，教师也愿意选择自己所教课程中较为突出的学生，这样的话，学生只能"取长"，很难"补短"，全面发展的目标容易落空。例如，某校选修古筝活动课的学生，必须在古筝方面达到一定的技能，其他没有基础的学生，教师可能不愿意招进来，因此，尽管古筝课是传统音乐融入学前教育专业教学的重要传播途径，但参加的学生人数却甚少，每年只有20~30人参与。

第三，艺术实践活动的不同主办部门，相互之间缺乏沟通协调，有些活动过分注重宣传效果，而忽视了传统音乐本身就是活动的主要目的之一。学校组织的各类文艺活动的主管部门往往有学生处、教务处、音乐系、团委等部门，各自的服务对象和预期目标也不相同，以至于学生在音乐课堂上学到的传统音乐知识，尤其是传统儿歌知识，很难应用到此类比赛和演出中。例如，很多开设学前教育专业的高校，每年都会举办很多主题合唱活动，配合国家宣传和社会发展需要，而随着时代变化和素质教育的推动，单纯的宣传演出已不能起到激发学生学习积极性的作用，无法拓展学生的知识面。因此，艺术实践活动必须顺应时代要求，逐渐拓宽演出内容和范围，尤其要体现学前教育特色，传统儿歌的创编表演应是顺理成章，以丰富多彩的作品风格，让学生耳目一新。

第四，学校关于艺术实践的管理规定缺乏灵活性和可操作性，过度强调过程的规范性，限制了传统儿歌的有效传播。在调查中，笔者采用了对教师进行专访座谈的方式，以了解教师对艺术实践环节如何渗透传统儿歌的想法。例如，合唱是一门综合性艺术学科，学生要有视唱练耳基础、声乐基础，同时要有合作意识，因此，在训练时间上每次应至少保证3个小时，但很多学校的活动课规定时间为两节课，这样常常造成与其他活动课发生冲突，艺术实践效果因此打了许多折扣。此外，一些教师还提出，活动课一般是教师自己组织，大部分会选用自己所授班级的学生，但学生的素质往往参差不齐，当参加比赛和活动时，达不到应有的标准和水平。

随着社会对高素质人才的迫切需求，开设学前教育专业的院校仅仅靠第一课堂的传统教学已经不能满足人才培养的需要，要坚持开设第二课堂，开展丰富多样的艺术实践活动，加强校园文化建设，为拓展学生的知识结构、增强学生的实践能力、促进学生的多元化发展等而不断探索，为培养实用性人才提供良好的实践基地，实现课堂教学与艺术实践的相互补充、相互融合。

二、传统儿歌融入艺术实践的目标定位

明确了传统儿歌在艺术实践环节的重要地位，我们还需建立起适合学生实

际情况和发展需要的艺术实践体系,将传统儿歌融入其中。首先,要明确和完善传统儿歌在艺术实践体系中的目标定位,进而构建地方特色的传统音乐教育模式。根据学生对传统儿歌认识不足和对艺术实践目标不明确的情况,我们要合理构建学前教育专业的传统音乐教育培养体系。在改革创新的过程中,要遵循《教师教育课程标准》和《幼儿园教师专业标准》,发挥艺术实践活动培养应用型人才的重要作用,着重培养学生的创新发展能力。通过艺术实践活动的常规化开展,持续贯穿、融入传统儿歌的表演实践,全面有效地继承和发展传统音乐,提高学前教育专业学生的乡土文化意识和民族自豪感,引导学生成为具有地方文化情怀的合格幼儿园教师。

传统儿歌融入艺术实践体系不是一朝一夕的事情,需要在广大师生充分参与的情况下,加大顶层设计和政策引导,从规章建制入手,加快体系构建。在这一过程中,需要遵循以下基本原则:

第一,遵循以学生为主体、教师引导方向的原则。通过艺术实践活动的开设,有意识地融入河南传统儿歌,突出地方特色,突出学生参与,让学生明确艺术实践的意义和学习目的,根据自身实际情况,自觉选择学习内容和实践演出。教师在活动中主要起引导的作用,引导学生走正确的学习方向,在学习过程中时时给予提醒和指引,从而保证传统儿歌有效融入学生的艺术实践中,进而促进传统音乐的传承发展。

第二,遵循理论与实践相结合的原则。利用有效的艺术实践,深化第一课堂的理论内容。具体到学前教育专业的艺术实践,可以各类文艺活动为主,使学生们在艺术实践中展示课堂所学的传统儿歌,如举办传统儿歌的演唱比赛、专题音乐会等,有目的性、有针对性地开展艺术实践活动,让传统儿歌在潜移默化中深入学生心中,化为他们未来从事幼儿园音乐教学的基本素养。

第三,遵循继承传统、发展创新的原则。传统儿歌的教学和演出,既要讲求原生态的继承,让学生体味传统儿歌的艺术风格,也要在继承中不断发展,在学习传统儿歌的同时,将传统儿歌加以改编、创编,紧密结合幼儿教师发展目标和时代风尚,让学生爱听、爱学,提高学生的学习兴趣,培养他们的创新能力，把传统儿歌灵活运用到幼儿园的音乐教学实践中。

三、传统儿歌融入艺术实践的实施操作

第一，应建立健全艺术实践活动的规章制度，为传统儿歌融入艺术实践提供刚性的制度保证。要加快建立比赛、演出、第二课堂等制度，加强对各类艺术活动的组织领导。各类比赛，特别是与传统儿歌有关的比赛，需要确定比赛目标和方向，从参与第二课堂的学生中优先选择，给学生提供艺术实践的平台。这样的活动制度，能够充分调动学生参与第二课堂的积极性，丰富学生的传统儿歌知识，对艺术实践的进行提供保障措施。开设学前教育专业的院校，音乐艺术实践一般由音乐院系为主要组织方，学校其他职能部门相互配合。在艺术活动课中，开展声乐、民族器乐、合唱等类别的艺术实践活动时，每个类别的开课教师和实践内容，应由学生自主选择；教师可以通过考核选择学生，课程考核方式以传统儿歌的演出实践为依据。在有关文艺活动中，要加强宣传力度，鼓励全校学生参与，专业教师进行把关筛选，在全校范围内择优选择学生，根据学生特长确定实践内容。

第二，创建传统儿歌实践基地，增强学生对传统音乐的认识。学前教育专业音乐教学的培养目标是学生能胜任幼儿园的音乐教育工作，因此，儿歌在幼师音乐教育中占重要地位。但目前的第二课堂中涉及传统儿歌内容的较少，特别是对民间儿歌的搜集不够，内容匮乏。作为学前音乐教育的主要阵地，我们应该建立传统儿歌实践基地，对传统儿歌开展专业的田野调查和系统研究。首先，可以让学生利用寒暑假回到自己的家乡进行田野调查，搜集当地的传统儿歌，重点对老年人开展调查采访，获得一手资料。同时，要与各地的幼儿园、文化局、群艺馆等开展合作，建立传统儿歌的教学实践基地，共享传统儿歌的资源，定期开展相关教学和演出活动，促进河南传统音乐的传承和发展。

第三，建立完善的艺术实践评价体系，加强过程监管、效能反馈和纠正机制建设。艺术实践活动的开展，除了强有力的组织保障，还需要对全过程进行有效监管和及时反馈，及时发现和处理出现的各类问题。因此，要根据活动目标，从学生和教师两方面入手，建立完善的评价体系。学生在第一课堂的学习效果

主要通过考试机制体现,艺术实践环节的考核主要根据学生参与第二课堂的学习、演出活动级别、次数和效果等要素进行,一些院校还将之记入学分,大学期间必须获得相应的学分才能毕业。对教师的评价,主要是通过辅导学生的演出成果来进行,也可引入第三方评价机构,对教师开展艺术实践的效能进行评价。

传统儿歌的普及工作,应在学前教育领域予以贯彻和体现。当前,加强学前音乐教育中的传统儿歌教学显得尤为迫切。为了培养符合时代要求的应用型人才,传统儿歌的传承发展还必须在艺术实践中延伸,需要建立完善的管理机制、丰富的学科建设、科学的评价体系,为传统儿歌的教学和演出提供强有力的保证。通过开展内容丰富、形式多样的艺术实践活动,突出传统儿歌的实践应用,可以开拓学生的艺术视野,为学生提供自由的发展空间,培养学生的创造能力和创新意识。同时,第二课堂为传统音乐(包括传统儿歌)有效地融入学前教育体系、深入开展课程改革,提供了更为广阔的平台。

第四节 本章小结

河南传统儿歌在当代的传承发展,最重要的途径是将之融入学前教育专业的教学之中。我们要做的首先是人才培养模式的创新发展,将传统儿歌融入相关课程,明确建立本土化的人才培养目标,促进学前教育专业学生的特色化培养。同时,要创建基于传统儿歌的音乐教学模式,学前教育专业的音乐教学模式必须要走民族化、本土化的发展道路,突出以传统儿歌为特色的教学方法改革,使之成为实现特色人才培养目标的重要途径。其次是积极开展学前教育人才培养模式的特色化建设,研究基于传统儿歌的特色课程体系建设,将河南传统儿歌的教学资源加以开发利用,在教学内容改革过程中加强传统儿歌的贯穿与渗透。再次是突出以创新为导向的艺术实践,明确传统儿歌在艺术实践体系中的目标定位,使传统儿歌融入艺术实践的实施操作,进而构建具有地方特色的音乐教育模式。

第五章 河南传统儿歌引入幼儿园的实施策略与评测

《幼儿园教育指导纲要（试行）》指出："幼儿教育是基础教育的组成部分，是学校教育和终身教育的起始阶段。幼儿教育应为幼儿的近期和终身发展奠定良好的素质基础。艺术是实施美育的主要途径，应充分发挥艺术的情感教育功能，促进幼儿健全人格的形成。"传统音乐作为一种承载传统文化的艺术形式，自然就担负起了培养幼儿情感、健全幼儿人格的重要责任。因此，将传统儿歌引入幼儿园的音乐教学和艺术实践中，便成为提高幼儿音乐素质、促进幼儿全面发展、培养幼儿本土文化意识的重要途径。

第一节 音乐教学模式的改革创新

幼儿园的音乐教学活动主要有音乐欣赏、歌唱、韵律、节奏、演奏、音乐游戏等模块，还有各类课外音乐活动，如文艺演出、音乐会、歌唱比赛等。通过丰富多彩的课堂教学和课外艺术实践，幼儿教师应对儿童开展音乐启蒙教育，让儿童感知音乐之美，尝试运用音乐来表达自己的情感，促进儿童健全人格的形成。围绕着幼儿对音乐的感受与欣赏、表现与创造，国外逐渐形成了几种有影响的音乐教学体系，如下：

（1）柯达伊音乐教学法

匈牙利音乐家柯达伊（Kodaly Zolton）创立的这一流派倡导"儿童自然发

展法",按照儿童成长的各个时期的不同生理、心理特点和能力,编排音乐课程的顺序,首要任务是培养儿童的艺术情趣和鉴赏能力。他还主张,民间歌曲和歌唱游戏应该成为幼儿园音乐教学的主要形式,民族民间音乐应该成为学校音乐教育的基础,尤其是民间儿歌,是儿童积累民族音乐语言、增强民族意识的重要基础。基于以上理念,柯达伊教学法主要采用集体歌唱的教学形式,以五声音阶贯穿教学,以四分音符和八分音符作为节奏训练的起点,以首调唱名法、节奏读法和柯尔文手势作为基本的教学工具,形成了自己的一套音乐教学模式。

(2)奥尔夫音乐教学法

德国音乐教育家奥尔夫(Carl Orff)创立了这一流派,追求原本性的音乐教育,认为音乐只是手段,教育人才是目的,在教学过程中激发儿童的学习兴趣,让他们参与音乐实践,教师引导他们在实践中感受、体验和创造,教师与儿童是合作者、好伙伴的关系。奥尔夫教学法的最大特点是结合动作、语言、舞蹈开展音乐教学,强调从节奏入手,运用朗诵、拍手、拍腿、跺脚、捻指等培养学生的节奏感,设计了一套音条乐器和打击乐器,开展多声部的节奏训练。奥尔夫教学法还强调即兴性和创造性,引导学生边唱、边拍、边奏、边动作,运用手中乐器或手、脚,创造性地开展表演。因此,奥尔夫教学法是一种综合性的教学法,将音乐与舞蹈、美术、话剧等相互关联,让儿童获得一种综合性的审美体验。

(3)达尔克洛兹音乐教学法

这一教学法由瑞士音乐家达尔克洛兹创立,又被称为"律动教学法",主张音乐教育要从身心两方面入手,把身体作为乐器,把听到的音乐用体态律动表现出来,通过身体动作来体验音乐的节奏、速度、力度、时值等,培养儿童对节奏韵律的感受。达尔克洛兹音乐教学法的另一内容是视唱练耳,主张通过耳、口、身体,并配以语言和歌唱,采用体态律动的方式培养孩子的听觉和记忆能力,培养他们的绝对音高感和内心听觉。

(4)铃木教学法

这是由日本音乐教育家铃木镇一创立的幼儿小提琴教学法,致力于开发儿童的音乐才能。他认为,环境比遗传更能影响人的能力的发展,早学是发展孩子特殊才能的首要条件,家长要尽量创设一个良好的学习环境,培养孩子成为最优秀的人才。在具体的音乐教学中,他强调一切能力的形成都取决于上千次的重复刺激,其"母语教学法"通过外部刺激和强化训练来发展儿童的音乐才能,逐渐形成了"接触、模仿、鼓励、重复、增加、完善"的教学步骤,并提倡集体教学,为孩子提供最优秀的教材和作品。

(5)综合乐感教学法

这一流派产生于20世纪60年代的美国,注重挖掘儿童的创造能力,着眼于全面提高儿童的综合音乐素质,来创设生动活泼的课堂形式,通过儿童主动的探索和思考,达到自己预先确立的目标。这种以"发掘创造力"为特色的教学法,鼓励儿童充分讨论和分析音乐作品的基本特点,然后提出各自对作品的处理方案,教师协助孩子解决有关表演技巧的问题,然后选定几个典型方案在课堂排练,由儿童来指挥,最后组织相互评比。"综合乐感教学法"以听觉为教学手段,逐渐形成了稳定的教学环节:"自由探索—引导探索—即兴创作—有计划的即兴创作—巩固概念",教师着重进行听觉、演出、创作、指挥、分析和评论估计6个方面教学活动的安排。

其他还有美国音乐教育家Satis Coleman开展的"儿童创造性音乐教学"实验,以乐器制作、即兴表演、歌唱、跳舞和音乐创作为内容,以儿童自我创造活动为目的开展音乐教学。日本田中堇子创立的彩色音符教学法,提出了色彩与音乐相结合的教学方法,注重儿童兴趣和能力的培养,采取单独指导与集体授课的教学方式,歌唱与弹奏紧密结合,有效促进儿童的音感培养。纵观以上教学法,其共性都是以儿童的身心特点为基础,注重儿童对音乐的体验,以兴趣培养为学习动力而开展教学。

中国传统社会深受儒家思想影响,强调社会等级秩序和个人对集体的顺从,因此,我国近代学校的音乐教学法,基本上以教师为中心,以教师的全程灌输和学生的被动学习为主。我国常规的音乐教学模式往往是:学生跟随教师演唱(奏),先把乐曲的音准、节奏、歌词等都学会,然后教师讲解作品内容、音阶、调式、曲式、风格等,并对演唱(奏)技巧提出要求,督促学生完成教学任务。这种传统的教学模式已遭到诟病,于是人们开始采取启发式教学法,虽增强了师生互动,但这种学生有限参与的教学模式是在教师的循循善诱下达到既定教学结果的,还是一种求同思维主导的教学模式,仍然不足以解放学生的思维,没有达到以学生为中心的目标上来。

自20世纪70、80年代以来,上述五种音乐教学法相继传入我国,许多音乐教育工作者通过幼儿园、早教机构、社会培训机构、学前教育院系等机构,展开了卓有成效的实践,取得了较好的教学效果。但同时,这种移植还存在许多问题,同中国民族音乐的风格特点和教学传承方式存在较大的差距,不利于培养学生的中国民族音乐思维,也不利于民族音乐教育体系的构建。中国传统音乐的重要特征是以"音腔"为基础的结构层次和以"渐变"为特点的结构原则,一个乐音的发音过程常常会出现音高、音色、力度等方面的细微变化。演唱(奏)时,速度的快慢有一定的随机性,节奏会有些许的伸缩变化,呈现出独特的审美韵味。在记谱时,采取音高定量与时值定性相结合,骨干音的记录相对明确,而时值的记录较为模糊,乐曲的节奏韵律需要演唱(奏)者自行揣摩。而纵观以上几种教学法,核心的教学模式是紧紧抓住"节奏"这一基本要素,再结合其他方式综合训练,这种以西方的音乐思维和教学方式来组织教学,当面对中国传统音乐作品时,便会出现"水土不服"的情况,教学效果便打了折扣。

河南传统儿歌引入幼儿园的音乐教学活动中,其教学模式的改革创新,既要善于借鉴利用国际上比较成熟的教学法,也要根据中国传统音乐的特色和教学实际,积极探索本土化的音乐教学模式。笔者认为,基于传统儿歌的幼儿园音乐教学模式的改革创新,应是多方位、多维度,多元化的,以适应我国千差万别的幼儿园音乐教学实际。在探索的过程中,需要注意以下原则:

一、多维视角原则

多维视角原则即以多维度的视角来观照幼儿园的音乐课堂教学,尤其要从儿童的视角来组织音乐教学,在音乐教育学科的基础上吸收文化学、社会学、心理学、运动学、舞蹈学、民俗学等学科的研究方法和科研成果,充实幼儿园音乐教育的内涵，丰富课堂教学手段，探索立体化、多层次、多手段的教学方法，使课堂教学的形式与内容更加符合中国儿童的身心特点。同时，还要加强组织管理，从制度层面保证教学改革的持续开展，建立实时跟踪与反馈机制，及时将实验数据进行统计、保存和分析，为下一步的实验改革提供可靠依据。这一思路摒弃了以往音乐教学中局限于单一视角的教学方法或思维固化，有利于组织开展多角度、全方位的教学，从而使传统儿歌能更准确、生动地反映复杂的、多元的本土社会生活。

二、即兴创造原则

儿童音乐教学不是为了让儿童简单地接受音乐知识与技能的训练，而是为了培养他们的音乐审美能力，激发他们对音乐诸要素（音高、节奏、节拍、力度、速度、音色、音阶、调式等）的审美感知，通过有效的音乐教学活动引起他们的审美体验，培养对本民族、本地区传统音乐的把握能力，树立文化自信。因此，在幼儿园的音乐课堂教学中，教学目标是明确的，但是组织课堂教学却不能是固化的，应以激发幼儿的即兴性和创造力为核心，来帮助孩子们充分地发挥其创造性潜能。为此，教师要起到引导的作用，帮助孩子们处理儿歌感知过程中出现的各类问题。在倾听和理解传统儿歌的过程中，只要孩子们有想法，就可以通过唱歌、跳舞和演奏等表现出来，教师应允许他们根据传统儿歌做出即兴演唱或演奏，同时要建立激励评价机制，促进培养幼儿的再现、表现和创造能力。

三、"师—生"互融原则

当代音乐教学法的演变，最主要的标志便是从以教师为中心，转化为以学生为中心，注重学生课堂体验和创造能力的培养，教师变为儿童的伙伴、教学的引导者和辅助者，因此增强了幼儿的课堂参与度，提升了幼儿对音乐作品的持久兴趣，为今后的音乐学习打下了良好的基础。但是，这种以学生为中心的教学模式实际上将教师变成了导演兼编剧，忽略了教师在促进儿童感知音乐、表达情感、创造音乐过程中的核心灵魂作用。音乐教育是长期的课堂教学，定位的错误很难保证每一节课准备得充分和有效，如果教师没有很强的驾驭组织能力,很可能将课堂教学变成无序而混乱的嬉闹玩耍,教师只能疲于课堂纠错,无法按照预定的计划进行,降低了课堂效率,这样一节课下来幼儿并未学到什么,自然也就不会达到预期的教学目标。

笔者认为,应该建立一种教师与学生互为主体、互融互动的新型关系,既突出儿童视角的全程贯穿,也强调教师角色的全面介入,在对幼儿进行音乐启蒙的同时,也让他们获得初步的感性——审美体验、理性——文化思考能力。在传统儿歌的教学实践中,尤其要注意给予孩子们自由表现的机会,加强师生互动交流,努力使他们体会到自由表达音乐的快乐,从原生态的儿歌演唱活动中体验音乐,并表达自己的音乐感受。

四、情景创设原则

单纯的音乐学习无法让孩子产生持久的兴趣,注意力也难以长时间的集中,因此,教师在课堂教学中需要创设一定的情景,让课堂教学的形式更加活泼生动,课堂内容更易于接受。一般来说,通过游戏的形式开展教学最为有效,教师和学生在故事情节中扮演一定的角色,让孩子如临其境,表演欲望被激发,此时,儿童的思维最为活跃,对音乐诸要素的感知最为敏感,教师便可以因势利导地开展教学。教师也可以置身于游戏之外,组织幼儿自己做游戏,边游戏、边感知,在故事的展开过程中,激发他们的艺术想象力。传统儿歌的题材和曲调非常丰富,教学中可以创设孩子们熟悉的生活场景,通过听觉、视觉、动觉等多种感官的通感触发,令幼儿有身临其境之感,产生与之相联系的情感和想象。

总之,河南传统儿歌引入幼儿园的音乐教育中,在给幼儿音乐教学带来新的艺术元素的同时,也必然促进教学模式的改革创新。鉴于已有的音乐教学法的不同特色,在我国推行过程中还需要本土化的转型。我们完全可以将传统儿歌作为幼儿园的音乐教学内容,吸收利用已有的教学法,积极开展教学改革,探索本土化、民族化的幼儿园音乐教学模式,为河南传统儿歌在新时期的实践应用开辟新的发展道路,促进传统儿歌的传承。

第二节　音乐实践活动的介入模式

　　幼儿园的音乐实践活动既包括专门的音乐教学实践，也包括综合性、开放性的艺术实践活动，如课外的各类演出、竞赛、展演、游戏等活动，以及日常生活和节日活动中的音乐实践活动等。在这些音乐实践活动中，河南传统儿歌的介入渗透，会引起其教学组织和教学模式的相应变化。笔者认为，可以建立以下几种类型的介入模式：

一、合作—探索模式

　　合作—探索模式即老师和学生相互配合，形成高效的课堂秩序，学生在充满乐趣和新奇的音乐探索中获得对音乐的充分感知，这是有效提高音乐实践水平的一种介入模式，可以充分提高学生的参与度，培养孩子们的合作意识，提高他们的自主学习能力，挖掘孩子们的音乐学习潜力。将河南传统儿歌引入幼儿园的音乐实践活动中，建立合作—探索型音乐实践活动模式的先决条件，便是要确定活动的行动主体、活动方式、实践成效，教师角色由设计者变为合作者，突出学生的主体地位，将师生的交往与互动作为主要的展开方式，鼓励学生采取自主式的学习方式，自觉探索教师呈现给他们的音乐作品，在导向性的音乐活动中尝试表现、表演和创作，赋予儿歌作品新的人文内涵。

　　为此，要建立"家—园"合作机制，即幼儿园与家庭相互协作，共同营造儿童接受传统儿歌的社会氛围。具体来说，在幼儿园的音乐实践活动中，需要建立家长、教师与幼儿三位一体的合作机制，这更便于集中地方儿歌教学资源，开展针对性很强的音乐表演活动。在这一过程中，教师尤其要注意学生与学生之间的互动情况，以小组合作形式为主，以培养幼儿的合作精神为目标，让学生在合作中完成活动任务，在合作中找到学习乐趣，在合作中拓展创新意识，注重学生体验，强化情感教育。这种模式的最大优势在于带动了幼儿参与的自主性，孩子们全程介入教学实践，自我管理，有助于对传统儿歌的内化吸收。

河 南 传 统 儿 歌

教学案例1：密县儿歌《板凳板凳摞摞》①（大班）

活动目标

· 初步熟悉歌曲的旋律，理解歌词，学会演唱这首儿歌。

· 师生合作演唱儿歌，并体验儿歌风趣幽默的风格。

活动准备

相关图片，多媒体，钢琴。

活动指导

1. 设置情景，谈话导入

教师在教室中央摆放一个凳子，提议：今天我们做一个游戏，每一个人扮演一个人物或动物角色，轮流坐在凳子上，好不好？

2. 引导讨论、了解特征

教师在多媒体上播放大哥哥、老奶奶、小姑娘、秀才、公鸡、虫子、蚂蚱、蛄蛹（蚕蛹）的图片，让幼儿一一指出。教师要特别将"秀才"的含义和特征告诉幼儿。

3. 启发想象，扮演角色

（1）提问启发：大哥哥玩了一天，可累了，就坐在了板凳上，谁愿意扮演大哥哥呀？那么，谁愿意扮演老奶奶、小姑娘、秀才、公鸡、虫子、蚂蚱、蛄蛹呀？

（2）鼓励幼儿把自己扮演的角色，用动作表现出来。

（3）教师与幼儿比比，谁扮演的角色最像，给予纠正指导。

（4）教师朗诵歌词，幼儿根据内容的变化，依次坐在凳子上，随后按顺序让位给下一位。

4. 学唱儿歌

（1）教师慢速弹唱儿歌，幼儿小声模仿。

（2）教师继续慢速弹唱，幼儿大声跟唱。

（3）教师中速弹唱，与幼儿一起演唱整首歌曲。

---

① 开封地区民歌编辑组.开封地区民歌选[M].内部,1981:97.

（4）教师播放伴奏，让幼儿按照原来的顺序轮换坐凳子，轮到谁的角色上场，谁就演唱自己的那一句。

5.动作表达，协作表演

（1）教师：大哥出来买菜的动作是什么样子？（教师可以先示范，然后与幼儿一起做，帮助幼儿尽快掌握）

（2）教师亟须启发学生，将奶奶烧香、姑娘礼拜、秀才作揖、公鸡打鸣、小虫鸣叫、蚂蚱蹦跶、蛄蝶爬动的动作一一示范，然后与幼儿一起，边演唱边做动作。

（3）将幼儿的角色进行调换，然后按照新的顺序表演唱。

活动建议

可以利用身边的纸张和其他物品，制作成各个角色的面具或头饰，戴在头上，增强现实体验感。

儿歌谱例

密县　汉族

（毛石头演唱）

河 南 传 统 儿 歌

二、心理—行为模式

这是着眼于人的社会属性而展开的音乐实践活动，首先从人的行为模式的根源——需要入手，认真研究幼儿的需要动机与音乐行为之间的关系，通过操作性条件作用于实践过程，获得预期的实践效果。心理学实验表明，人们一旦做出某种承诺，便希望能够遵守承诺，在心理上有一种要与过去的所作所为保持一致的内在愿望。在教师的引导下，幼儿一旦做出了某个决定，或选择了某种立场，无形中便会有一种心理暗示要与它保持一致，证明之前所做的决定的正确性。

在幼儿园的音乐实践活动中，教师要充分利用人的这一普遍性的"心理—行为"特质，给予学生一定的心理暗示和行为引导，让学生在音乐表演活动之前，预先形成一个有倾向性的音乐审美预判，然后在活动的组织实施中创造条件，强化学生的音乐行为刺激，使之反应强度不断提升，从而形成特定的行为模式。具体到河南传统儿歌，教师在开展音乐实践活动时，尤其要注意儿歌表演与行为模式之间的关联性，让幼儿逐渐养成对河南传统儿歌的心理认同，为培养他们对传统文化的感知，潜移默化地打下坚实的基础。

教学案例2：泌阳县儿歌《锣鼓歌》[①]（小班）

活动目标

- 感受儿歌的节奏与强弱特点，理解歌词内容，初步学唱儿歌。
- 能用动作表现敲鼓打锣的动态，体验边唱边表演的乐趣。

活动准备

小鼓，小锣，敲锣打鼓的图片，多媒体，钢琴。

活动指导

1.随着音乐玩手指节奏游戏，初步感受儿歌的旋律与节奏。

---

① 《中国民间歌曲集成》全国编辑委员会，《中国民间歌曲集成·河南卷》编辑委员会.中国民间歌曲集成·河南卷[M].北京：中国ISBN中心,1997:1148.

（1）教师出示敲锣打鼓的图片，引导幼儿观察

教师：今天，有一位贵客要来到我们幼儿园，我们怎么欢迎他呀？

（2）在多媒体上播放这首儿歌，教师首先示范，然后带领幼儿做手指游戏，让学生感受儿歌的旋律和节奏。

教师：我们大家一起来听这首好听的歌曲，小朋友们，我们伸出手指一起玩吧。

游戏：第一遍，左右手各伸出食指，1-4小节时一拍一下，有节奏地交替上叠。5-8小节时双手食指相互对碰。9-12小节时双指绕圈，自上而下滚动。13-16小节时双指再次对碰。第二遍时，左右手各伸出食指和中指，玩法与第一遍相同。第三遍时，左右手握成拳头，玩法与第一遍相同。

2.用律动和游戏的方式，引导幼儿在表演过程中感受歌词内容和歌曲情绪。

教师：贵客来了，我们就要打起鼓敲起锣来，欢迎他的到来。哥哥敲鼓是什么声音？弟弟打锣是什么声音？

（1）教师利用PPT播放歌词，引导幼儿有节奏地念诵歌词，感受歌词的韵律，理解歌词的内容。

（2）教师拿起小鼓，挎在身上，边演唱边击鼓，幼儿跟着模仿敲鼓的动作。

（3）教师又拿起小锣，边演唱边打锣，幼儿也跟着模仿打锣的动作。

3.幼儿学唱歌曲，边演唱，边拿起锣鼓击奏，身体也跟着节奏律动。

（1）第一遍，教师弹琴并慢速示范演唱儿歌，幼儿小声跟唱。

（2）第二遍，教师继续以慢速范唱，钢琴伴奏，幼儿大声跟唱。

（3）第三遍，教师中速弹琴伴奏，幼儿独立演唱儿歌。

（4）第四遍，教师弹琴伴奏，幼儿拿起乐器，边歌唱边律动。

活动建议

学习儿歌的次数，要根据幼儿的学习进展而定。如果幼儿学习较慢，次数可以增加，击奏乐器和律动部分可放到延伸部分进行。

河南传统儿歌

儿歌谱例

泌阳县　汉族

哥哥敲鼓我打锣，大家三击不要多，

咚咚咚　噔噔噔，咚咚咚　噔噔噔。

变了花样打鼓锣，锣鼓声音要相和，

咚噔咚噔咚咚噔，咚噔咚噔咚咚噔。

（杨启明演唱）

三、任务—目标模式

这一模式主要基于教师相信学生有解决音乐表演中存在问题的能力与潜能，预先确定明确的活动目标，以提高实践活动的效率，强调发挥师生的主观能动性。教师在界定目标与处理问题上有决定权，在任务的执行上必须依靠自己的力量组织活动，通过学生的一致行动完成教学任务。这一模式所确立的任务是具体的、有限的、外在的目标，其更具有完成的可能性。在这一任务达成过程中，教师预先教习幼儿解决问题的方法，提高他们解决问题的能力，有助于学生自我表演功能的提升。

在基于河南传统儿歌的任务—目标教学模式中,教师在开展音乐实践活动时,需要具备以下条件:(1)问题意识,知道问题存在的客观性。(2)让学生意识到河南传统儿歌在音乐实践中的适应度问题。(3)幼儿愿意处理这一问题。(4)幼儿有能力处理这一问题。

教师在介入活动时,要做好以下保证措施:(1)提高幼儿承担任务的积极性。(2)确定执行任务的各种细节与步骤。(3)估计可能出现的阻力。(4)预防发生阻碍任务的行为。(5)及时总结经验并不断给幼儿鼓励,使学生保持乐观期望的态度。此外,教师要非常注意沟通,通过探讨、鼓励、组织、指引等途径,保证师生之间信息的充分交流,及时更正实践中存在的各类问题。

教学案例3:驻马店儿歌《蝴蝶飞》[①]**(中班)**

活动目标

· 随着音乐的变化能够使幼儿合拍地变化动作,生动地扮演角色,培养幼儿对儿歌的直观感受。

· 在教师的提示下,探索理解和记忆儿歌内容的有效策略。

· 体验通过自己的探索学会唱歌的快乐。

活动准备

蝴蝶、花朵和花园的图片、视频、头饰、多媒体、钢琴。

活动指导

1.形象导入,预设问题

(1)教师:首先播放蝴蝶在花园里飞舞的视频,然后教师引导提示:春天来了,一大早,美丽的蝴蝶就起床了,想要出去玩耍。可是,要到哪里最好玩呢?

(2)教师:蝴蝶想去花园里玩,因为里面有很多鲜花。可是,花园离蝴蝶的家还有很远,蝴蝶怎么去呀?

---

① 马紫晨.中国民族音乐集成·民歌·驻马店卷[M].河南省驻马店市文化局、文化馆民间音乐采编组,1981:10.

提示幼儿蝴蝶飞舞的姿势特点,让幼儿边看视频,边模仿蝴蝶飞舞的动作。

2.感受作品,理解歌词内容

(1)完整欣赏一遍这首儿歌,告诉幼儿需要扮演歌曲里面的蝴蝶和鲜花,并提示幼儿蝴蝶和花朵的种类很多,自己选择一种,说出选择的理由。

(2)欣赏第二遍,让幼儿感受音乐的变化,教师提出问题:蝴蝶怎么往高处飞呀?怎么往低处飞?怎么往东飞?怎么往西飞?(可让幼儿自由表演)

(3)欣赏第三遍,让幼儿随着音乐的旋律和节奏,模仿蝴蝶飞舞,模仿花朵随风摆动的神态。

3.学唱儿歌,熟悉曲调

(1)教师弹琴伴奏并范唱,幼儿模仿跟唱。

(2)教师伴奏,幼儿集体演唱,学会曲调。

(3)教师伴奏,幼儿分角色演唱,熟悉蝴蝶飞舞的动作与曲调之间的联系。

4.音乐与游戏相融合

(1)教师示范讲解旋律与蝴蝶飞舞之间的结合,请扮演蝴蝶的幼儿现场模仿。

(2)请扮演花朵的幼儿戴上头饰,练习花朵随风摆动的神态。

(3)教师讲解游戏规则:蝴蝶往花朵处飞,飞的过程中要随着音乐做出高、低、东、西的飞舞动作,找到自己喜爱的花朵,两人拉手转圈舞动。若发现哪位幼儿做错动作,或找不到花朵,就替换另一位幼儿。同时,其余同学一起跟着歌唱。

(4)随着音乐进行游戏。教师也可扮演蝴蝶,也可让孩子们互换角色,随着音乐的节拍变换动作,扮演好自己的角色。

活动建议

教师可通过各种形式,循序渐进地引导幼儿反复感受音乐风格,鼓励幼儿大胆表现自己对蝴蝶飞舞的理解,同时可辅以相关舞蹈视频,让幼儿直接模仿。

儿歌谱例

驻马店　汉族

（郭传芳演唱）

第三节　基于传统儿歌的幼儿乐感培养

所谓"乐感"，是指对音乐的基本感受能力，既包括对音乐基本要素的准确感知，也包括对音乐作品的审美体验。乐感的具体内容包括音高感、节奏感、旋律感、调式感、结构感、审美感等。乐感培养是幼儿园音乐教育的主要目标和基本任务，前述几种代表性音乐教学法，都是围绕着幼儿的乐感来设计教学思路及实现路径，并尝试将语言、视觉、动觉、触觉等感官系统与音乐相结合，通过营造特定的艺术化场域而实现乐感的培养。再如，美国学者霍华德·加德纳提出的多元智能理论，将人的智能分为八种，其中之一即"音乐—节奏智能"（Musical-rhythmic intelligence），将音乐诸构成要素中的节奏提炼出来，以此为切入口，培养幼儿的节奏感、音域的宽度、音乐情绪感受力、音色感受力、音区感受力、音乐表达能力。

中国音乐有别于欧洲音乐体系和波斯—阿拉伯音乐体系，具有独特的音乐形式、审美特质和表现方式，那么，开展将传统儿歌引入幼儿园音乐教育的做法，就是尝试探索以中国音乐为主导的学前音乐教育体系,着力培养幼儿的中华母语乐感,通过对中国音乐作品的感知,从而在他们的心里种下中华传统文化的种子。中华母语乐感的培养,离不开我国各民族、各地区音乐文化的深厚土壤,而在学前音乐教育领域,传统儿歌的引入不失为一条绝佳途径。为此,需要做到以下三个转变:

一、转变视角

转变视角即从西方音乐教育的视角转为中国音乐的视角,以中国人的音乐思维来审视和思考当前的幼儿园音乐教育,构建中国化的幼儿音乐教学体系。为此,我们要在有关中国音乐、中国音乐教育体系研究成果的基础上,积极在幼儿园的音乐课程中引入中国音乐作品,尤其是与幼儿审美趣味相一致的传统儿歌,按照由易到难的原则,筛选符合幼儿身心发展的传统儿歌,编写中华母语文化的音乐教材。同时,要将中国传统音乐教育方法引入到幼儿园的音乐教学中来,研究"口传心授"的教学优势,与现有的音乐教学法结合起来,优化音乐教学方法。同时,避免对国外音乐教学法的照搬照抄,以实现国外幼儿音乐教学法的本土化,探索适合我国幼儿园音乐教学实际的音乐教学法。

当然,笔者不是说幼儿园的现有音乐教学模式要摒弃、排斥西方音乐作品,也不是说国外的音乐教学法不可采用,而是说,我们目前的幼儿园音乐教育目前基本上还是以西方音乐视角作为参照系,来设计音乐教学内容和组织音乐教学,幼儿园的音乐老师接受的基本是西方专业音乐教育,这种状况要改变过来。我们的幼儿园音乐教学内容要加大中国音乐作品的分量,特别是中国传统儿歌的大量引入;在教材编写和课堂组织教学时,要以中国音乐的思维和视角来贯穿渗透。而在涉及西方音乐作品时,则要求老师以西方人的思维和视角向幼儿展示西方音乐之美,让学生了解西方音乐风格特点,了解西方文化,这与中国化的幼儿音乐教育体系的构建不仅不矛盾,而且还要让学生借此了解音乐文化的多样性,培养他们的多元思维方式。

二、转变角色

幼儿园的音乐教师要从西方音乐文化的维护者转为中华音乐文化的维护

者，从文化平等和多元主义的角度来对待中国音乐教育。或许有人认为，我们现在已经很重视中国音乐了，欧洲音乐中心论的观点已经被抛弃了，怎么还会提"西方音乐文化的维护者"呢？大量的事实表明，我们的专业音乐教育体系还是以西方音乐为主，很多人还是认为西方的歌剧、交响乐、室内乐、协奏曲等音乐体裁高雅时尚，美声唱法和咏叹调仍然占据高校音乐教育与表演活动的中心位置，而我们的戏曲、说唱、民歌却被认为是不登大雅之堂的，我们的传统音乐教育被认为是落后的。殊不知，中国音乐的音符只能记录下显性的音乐信息，而很多演唱（奏）中的润腔方法和情感表现是无法体现在西方音乐专业课堂教学中的，只有依靠教师面对面的提示和示范，将隐性知识传授给学生，而这正是中国传统音乐"口传心授"最为擅长的教学方法。

目前，我们的幼儿园音乐教育还是以西方音乐的视角为主，很多音乐教师有意无意地、或隐或现地在音乐教学活动中，不自觉地突出西方专业音乐的文化优越性，容易给学生造成一种西方音乐先进高雅、中国音乐落后土气的印象，这是一种文化偏见，不利于培养幼儿的本土文化意识，不利于中国音乐的健康发展。因此，转变角色还需要从教师做起，老老实实承认这一问题的严重性，认认真真研究中国音乐的教学适应性，积极进行音乐教学改革，尝试将地方音乐文化引入到幼儿园的音乐教学活动中，尝试开发利用本地流行的传统儿歌，让学生在感知传统音乐之美的同时，培养他们的中华母语乐感，借此了解本土传统文化的魅力，为今后的中国音乐传承发展储备人才。

三、转变方式

转变方式即教学方式要把从西方音乐的本体特征论出发转为从中国音乐的本体特征论出发，课堂教学重心要根据中国音乐的思维特点和叙述方式加以展开。欧洲音乐的主要特征之一是音乐的纵向思维，多声部音乐要求演唱（奏）者必须遵循同一音高和节奏体系，在同一时间内发出多个乐音，为此，他们的音高和节奏全部被量化，以数学般的精准来把握这门时间艺术。在实际演唱（奏）中，西方音乐的乐音连接是阶梯状的，每一个乐音的频率是恒定不变的，这样才能保证纵向音响的和谐性；而节奏则是量化的，时值的长短经过分类而精细确定，乐音的进入经过了严格规定，这样才能保证声部的横向进行不被打乱。也因此，源自西方的教学法基本以"节奏"这一核心要素为抓手，通过节奏感的训练培养孩子们的音乐感知能力。

中国音乐的一个重要特点是音乐的横向思维，讲究线性思维，以横向的单一旋律来展开乐思，即使有多声部的音乐织体，也以旋律为主，以支声声部的形式依附于主旋律。当然，我国各地还有一些民族采用了对比性的多声部织体，如西南少数民族的双声部、三声部民歌，但并不具有主体意义。中国音乐的另一特点是乐音的腔音化，即某一乐音在展开的过程中，频率不是一成不变的，而是会有音高、力度、色彩的微妙变化，乐音与乐音之间的连接是圆滑无痕的，大量使用滑音、倚音、波音、甩腔等手法。同时，节奏也是有一定的伸缩性的，节拍的重音位置变化也会时时发生，造成一种回味悠长的审美体验。因此，以"节奏训练"为中心的音乐教学法，显然是不完全适合我国音乐教育的国情，中国传统音乐的核心要素和文化内涵没有突显出来。

那么，以培养中华母语乐感为目标的幼儿音乐教学法应该如何探索？笔者认为，不能紧紧抓住某一音乐要素加以展开，而是应该采用多向度、多层次的音乐教学法，一方面要对幼儿进行节奏、音高的基本训练，积极借鉴国外成熟的音乐教学理论成果，这对于我国传统音乐的传承是非常必要的；另一方面也要融入中国传统音乐特有的润腔手法和线性思维，吸收传统的教学方法，形成一种符合时代要求和儿童需要的综合性的音乐教学法。这一过程是漫长而艰苦的，但传统儿歌的引入，可以使广大幼儿园音乐教师有更好的资源依托。利用本土传统儿歌进行教学试验，可以为中国化的音乐教学法改革提供更多的经验。从这一特点来说，河南传统儿歌引入幼儿园的音乐教学活动中，具有引领和示范作用。

教学案例 4：新乡儿歌《抓毛蛋儿歌》[①]（大班）

活动目标

- 初步学会儿歌，了解歌曲的窄腔音列特点，感受河南音乐的音调特色。
- 通过学习体验抓毛蛋游戏的乐趣，激发幼儿热爱河南、热爱祖国的情感。

活动准备

图片，毛蛋（毛线缠绕做成的拍球），多媒体，钢琴。

活动指导

1. 做游戏，找音高

幼儿听到教师弹奏的不同音高时，用手势的高低表示出来。

2. 练声

引导幼儿感知换气、共鸣等基本发声状态，让幼儿倾听和观察教师的示范发声。

3. 学习儿歌

（1）老师演唱，幼儿欣赏。

播放传统抓毛蛋游戏的图片，引导幼儿明白这一游戏的特点和玩法。

（2）再一次弹唱，学生小声模仿。

教师指导幼儿做抓毛蛋的游戏。

（3）然后让幼儿跟着念诵歌词，理解歌词的含义。

（4）第三次弹唱，幼儿模唱。在老师的提示下，幼儿学习换气。

（5）重点对窄腔音列"sol-la-高音 do""sol-mi-re"的乐句进行训练模唱，老师要注意音高的准确性。

（6）教师伴奏，幼儿集体演唱，要求幼儿要带着愉快的心情演唱。

（7）分组演唱，进一步熟悉音调和歌词。

活动建议

- 教师要注意提示幼儿在演唱"高音 do"时，不要憋着嗓子演唱，而要注意用呼吸来支持发声，口腔要张开。
- 针对窄腔音列的训练，教师可设计一些简单的音型，在钢琴上模唱。

[①] 周建贵,郭松针.新乡市民间歌曲集成[M].新乡市民间歌曲编辑组,1981:191.

河南传统儿歌

儿歌谱例

新乡市　汉族

（冀林英演唱）

第四节　本章小结

　　综上所述，河南传统儿歌引入幼儿园的音乐教育中，在给音乐教学带来了新的艺术元素的同时，也必然促进教学模式的改革创新，教师既要善于借鉴利用国际上比较成熟的教学法，也要根据中国传统音乐的艺术特色和教学实际，积极探索本土化的音乐教学模式，将我国各地的传统儿歌作为教学内容，积极开展教学改革，探索本土化、民族化的幼儿园音乐教学模式。河南传统儿歌介入幼儿园的音乐实践环节，必然引起其教学组织和教学模式的相应变化，教师可采取合作—探索模式、心理—行为模式、任务—目标模式等介入模式。在幼儿园的音乐教育领域，传统儿歌的引入是培养儿童中华母语乐感的绝佳途径，为此，教师需要转变视角，即从西方音乐教育的视角转为中国音乐的视角，以中国人的音乐思维来审视和思考当前的幼儿园音乐教育，构建中国化的幼儿音乐教学体系。教师需要转变角色，即要从西方音乐文化的维护者转变为中华音乐文化的维护者，从文化平等和多元主义的角度来对待中国音乐教育。幼儿园教师还需要转变方式，即教学方式要从西方音乐的本体特征论出发转变为从中国音乐的本体特征论出发，使课堂教学重心根据中国音乐的思维特点和叙述方式加以展开。

第六章 基于时空维度的文化迁移

河南传统儿歌的生存土壤是以农耕生活为主的乡俗社会,其曲词均取材于乡民的土语俚曲,具有浓厚的地方特色。进入当代,河南快速进入工业化发展时期,据《2015年河南省国民经济和社会发展统计公报》统计,"截至2015年,河南省的三次产业结构为11.4∶49.1∶39.5,规模以上工业增加值增长8.6%,城镇化率达到46.85%;全年全省居民人均可支配收入17 125元,比上年增长9.1%,扣除价格因素,实际增长7.7%。"[1]随着人们生活方式和娱乐方式的改变,依附于传统社会的儿歌正面临着生存环境的急剧变化,很多传统儿歌已逐渐消失。因此,必须实现河南传统儿歌在新时期的文化迁移,实现其生存语境、艺术风格和功能价值从传统社会转化到当代社会,以家庭传播为主转变为以社会传播为主,由河南地区扩散到全国各地,与当代社会文化环境相适应,从而促进河南传统儿歌的转型发展。

第一节 时间维度的价值传递

从时间维度来看,河南传统儿歌的文化迁移主要体现在其价值的传播与应用方面,主要体现在以下几个方面。

---

[1] 河南省统计局,国家统计局河南调查总队.2015年河南省国民经济和社会发展统计公报.大河网,2016年02月28日,http://newpaper.dahe.cn/hnrb/html/2016-02/28/content_1367306.htm.

河 南 传 统 儿 歌

一、题材内容的价值选择

河南传统儿歌的题材内容主要取自河南广大乡村生活,具有浓厚的乡土性和民俗性,主要反映了广大农村儿童的生活和情感,但是,随着当代儿童生活方式的变化以及娱乐方式的变迁,很多儿歌的内容距离他们的生活越来越远,不再具有传唱的土壤。然而,还有很多河南传统儿歌的题材构思巧妙、内容生动活泼,只要稍加改动,便可成为符合当代儿童审美趣味的艺术作品。在对这些儿歌进行选择时,首先要从题材内容入手,坚持一定的价值尺度,需要做到:

1.传统与现代的有效衔接。河南传统儿歌有很多题材反映的是农村生活和农村儿童的生活方式,如淇县儿歌《大斑鸠》[①]:

小斑鸠,咕咕咕,
我跟奶奶摘葫芦。
葫芦轻,拔大葱,
大葱辣,挖地瓜,
地瓜粗,喂母猪,
母猪不吃草,色兔吃个饱。

此类儿歌虽然描写的是儿童眼中的农村劳动场景,但是歌词中的小动物和蔬菜对于当代儿童是比较熟悉的,可以借此向他们讲授劳动知识,体会劳动的快乐,认识周围的动植物。这类儿歌经过艺术加工之后,便可以在学前教育专业和幼儿园的音乐教学活动中应用。

传统儿歌的现代化,要着眼于当代儿童的身心特点和生活现状,根据他们的心智发展和接受能力,进行选择甄别,既要符合当代儿童的审美情趣,也要增进他们对传统习俗的了解,以更好地传承河南传统儿歌的优秀成分,培养他们对河南儿歌的热爱。

---

① 于德伦.中国歌谣谚语集成·河南淇县卷[M].淇县民间文学集成编委会,1988:203.

2. 由一元主导向多元共生的演化发展。河南传统儿歌的题材内容虽然十分丰富，但是其原有价值却体现为一元主导下的生存状态。所谓"一元主导"，即以娱乐价值为主导，其他价值为辅助，这与旧时幼儿主要以家庭为主的活动时空有密切关系。旧社会很少有专门的幼儿教育机构，绝大多数儿童到了6~7岁才有可能进入学堂私塾。因此，幼儿的教养老师多是自己的母亲、姥姥等，基本囿于家庭生活，他们所唱的儿歌主要是为了娱乐，教育和审美价值相对薄弱。

而进入当代社会，孩子很早便进入早教中心、幼儿园学习和生活，他们的生活是集体化的，老师和小朋友是他们很熟悉的人。因此，家长便对孩子的学前教育有了更多的期望，提出了更多要求，希望自己的孩子在学习生活中所接触到的儿歌，体现出更多的艺术性、思想性、适宜性、生活性和启蒙性，引导孩子在人生价值观方面具有初步的判断和辨别能力。这种大众期望，要求我们加大对传统儿歌的价值扩展，既要注重儿歌的娱乐性，也要强化儿歌的教育意义和审美价值，形成一种价值多元共生的发展格局。

3. 本土与国际的交流对话。在众多的河南传统儿歌当中，既有全国各地流传的儿歌，也有很多本地特有的儿歌，这些儿歌的独特文化内涵，长期以来被河南人民所认知、所接受，地域性十分突出。如这首桐柏县的儿歌《尖巴橛》[①]：

尖巴橛、尖又尖，哪头不尖再旋旋[②]。

苍蝇噙个米，撑了十来里。

苍蝇噙坨饭，撑了几道院。

不是屋里忙，撑到麦子黄。

不是屋里孩子哭，一气撑到割稻谷。

在进行这些儿歌的文化迁移时，除了积极向全国其他地区推广之外，还要加强向国际社会的推广，让世界各国的广大儿童接触到河南传统儿歌，了解我

---

① 马卉欣.中国歌谣集成·河南桐柏县卷[M].桐柏县民间文学集成编委会，1987：312.

② "尖巴橛"即吝啬鬼、小气鬼。"尖"是指尖酸刻薄。"旋旋"即削、磨。

们传统儿歌的艺术风格，感知它们的艺术魅力。为达此目的，可以先通过学前教育的国际合作办学、少儿文化交流等途径，先行介绍到港澳台、东南亚、欧美华人生活区，通过他们再向国外人士推介，促进儿歌的国际化交流和中外对话。当国外众多有识之士对河南传统儿歌的艺术风格和现实价值有了更多认识之后，可以提升和优化河南传统儿歌在人们心目中的文化印象，改善传统儿歌的生存环境，加快转型发展。

二、音乐风格的审美选择

河南传统儿歌的音乐风格也要适应当代儿童的审美选择，只有这样，才能够让他们对传统儿歌喜闻乐见，在优美曲调的感染下，进一步加深对儿歌唱词和内容的理解，从而实现价值传递。河南传统儿歌的曲调具有鲜明的中原文化色彩，承载着广大儿童对乡土文化的感知和记忆，因此，其音乐风格在一定程度上也会影响到当代儿童的价值判断和审美取向。在筛选时，要把握以下原则：

第一，从音乐本体的角度看，儿歌能否获得当代儿童的喜爱，主要有三个标准，即旋律的优美动听，儿童易懂易唱，风格的天真简约。优美动听的旋律能够吸引儿童的注意，触动他们的心灵，引起他们的情感共鸣。做到这一点还不够，儿歌还必须符合儿童的发声器官状态和接受程度，要让儿童容易演唱，听得明白。关于这一点，柯达伊等音乐教育家早已总结出了儿童音乐发展的普遍特点，即歌曲的音域不能超过六度，最容易唱的音程是小三度，下行演唱比上行演唱更容易，跳进比级进更容易演唱，五声音阶比七声音阶更容易掌握，四分音符和八分音符的节奏训练最容易入手，等等。此外，音乐风格要活泼天真、简洁有力，才符合儿童生性好动、可爱活泼的天性。

第二，从表演形式来看，要注意儿歌的演出方式、演出环境，要适应当今儿歌的综合性、多元化、层次化的文化语境。传统儿歌的传播以家庭为主，儿童多在院落、村落的生活环境中成长，在游戏中传唱儿歌。而当代，广大儿童的生活方式发生了很大改变，最大的变化便是3岁进入幼儿园后，身边多了老师和许多小朋友，一起学习生活，少了身处田野时的嬉戏玩耍和奔放高歌，很多传统儿歌因此失去了生存的土壤。也因此，当代创作儿歌大多结构方整，音调规整有序，节拍节奏重复规律，却没有传统儿歌的那份纯真自由。在对传统儿歌进行选择改编时，既要结合当代儿歌的审美特点，又要保留原生态的表演特色，尤其要适应当代儿童的生活方式和社会环境。

第三，从风俗习惯来看，需要进行审美体验的转换，以满足当代儿童的审美要求。首先要创设生活化的体验方式，让传统儿歌与当代儿童的现实生活紧密结合，儿歌的演唱要与生活化体验结合起来，营造儿童熟悉的生活环境，满足他们的审美心理需要。"我们必须通过日常生活（动作或说话的节奏）来设计，创造机会让孩子们自发本能地反应音乐。"[1]其次，要创设游戏化的体验方式，在游戏中熟悉传统儿歌，在游戏中演唱传统儿歌，因为游戏是儿童的天性，"儿童是以游戏的眼光看待和拥有世界的，游戏是最符合幼儿身心发展需要的活动"[2]。因此，要重点对那些律动性较强的河南传统儿歌进行选择改编，与当代儿童的游戏活动结合起来，让他们在游戏之中接受传统儿歌，热爱传统儿歌。

三、基于传统儿歌的教学实践

河南传统儿歌传承的主渠道是学前音乐教育和幼儿园音乐教育，最终目的是让幼儿园音乐教师和广大儿童熟知和传唱这些传统儿歌，从而实现价值传递和文化认同。在幼儿音乐教学实践中，实现传统儿歌的价值迁移，需要注意以下几个问题。

第一，正确处理价值传递与价值选择的关系。价值传递的主体是教师，教师要以社会公共立场来影响学生，传送主导价值，因此，在选择河南传统儿歌作为教材内容时，除了注重教学内容的乡土性外，还要注意多元化的价值选择，在教学过程中进行价值澄清，即将儿歌中所蕴含的价值取向进行详细地、全方位地揭示，帮助幼儿进行价值判断和价值选择，确立正确的价值信念。从教育目的来看，这是一种信仰教育。例如浚县儿歌《编花篮》（见附录1第116首），

---

[1] 尹爱青,曹理,缪力.外国幼儿音乐教育[M].上海：上海教育出版社,2010：28.
[2] 尖高洁.追寻幼儿教育的游戏精神[M].北京：高等教育出版社,2013：16.

表现的是爷爷编制花篮的场景,除了对编花篮的事情进行游戏模拟和儿歌教唱外,还要让孩子们体会到编花篮的爷爷对孩子的爱,学会尊重爷爷的劳动果实,学会与兄弟姐妹及朋友们分享这份亲情。

第二,追求道德传递与情感诉求的内在统一。教师在教学中一定要避免单纯的说教灌输,这样不仅不会触动孩子们的心弦,更难以达到价值传递的初衷。价值传递要基于情感诉求,通过满足孩子们的情感需要,让他们在欢乐的情绪体验中感受儿歌的内在价值。在教学实践环节中,教师不要急于表达自己的观点,而是要创设一定的情景和氛围,加强师生互动,由单向的价值传递转变为双向的情感交流,启发学生通过传统儿歌的学习,学会直观感受、自我评判、自我思考,强化他们的自我意识。传统儿歌承载着传统社会的基本伦理道德规范,是一种着眼于未来生存能力的责任教育,可以帮助孩子们体会人与人之间的情感联系,学会人与人相处的基本道理。

第三,加强基于学生发展能力的价值引导,培养学生善于聆听的音乐欣赏习惯。首先教师要根据儿童身心发展的阶段性特点,在选择河南传统儿歌时注意难易程度,循序渐进地安排不同题材的传统儿歌,让学生在学习中加深对社会的了解,初步认识到个人与社会的基本关系,培养他们的独立生活能力,因此,这也是一种独立意识教育。教师在选择传统儿歌让儿童倾听欣赏时,要以积极的心态和鼓励的表情,为孩子们提供愉快的听音乐环境,教孩子学会欣赏,鼓励他们用自己的动作、舞蹈,甚至乐器伴奏,与所唱儿歌相应和,个别优秀的传统儿歌要反复聆听,养成健康的欣赏习惯。

第四,加强对幼儿的音乐听觉的培养。在教学实践环节,教师应采取各种方式让幼儿多听河南传统儿歌,同时给予不同角度的分析讲解,使他们体会音调、节奏、速度、音色等音乐要素的对比差异,体会到河南传统儿歌的独特音乐风格,如前所述的大三度、大腔音列、六度下行甩腔等等,都体现了河南传统音乐的典型艺术特点,有助于学生对本土音乐的认知和认同,激发他们对本土传统文化的热爱和自豪感,使他们具有浓厚的本土情怀。强化听觉培养的重要手段便是歌唱,教师可采取多种多样的演唱方式,帮助孩子们唱会经典儿歌的旋律。

四、基于传统儿歌的创作实践

河南传统儿歌传承的另一应用领域是通过当代儿歌创作，为儿歌的词作者、曲作者提供更多更好的素材，创作出具有河南风味的儿歌。当前儿歌创作面临的主要问题是儿歌佳作少之又少，一味模仿欧美风格的儿歌创作倾向比较突出，导致民族风格、地方风格儿歌的严重缺失。问题的主要原因是儿歌创作者对传统文化、传统儿歌的忽视，或者是没有做好传统与时代的结合，沉溺于自我的封闭世界而导致乐思枯竭、乐感贫乏，这样创作出来的儿歌也就难以在广大儿童中传唱开来。笔者认为，将传统儿歌引入当代儿歌创作领域，不仅可以为儿歌创作者提供更多更好的灵感，也可以借此影响广大儿童，实现价值传递。当前，传统特色儿歌创作可以主要集中在以下领域。

1. 高校儿童文学理论与创作实践领域。部分高校开设有儿童文学本科专业，很多学前教育和小学教育本科专业开设有儿童文学课程，还有部分高校开始招收儿童文学专业的硕士研究生，如浙江师范大学、北京师范大学、上海师范大学等。高校的儿童文学研究依托这些专业，形成了包括外国儿童文学、中国儿童文学、民间儿童文学在内的学科体系，为儿童动漫、电影、电视剧、音乐、玩具和文学著作等，提供了专业人才和理论支撑。将河南传统儿歌和童谣引入儿童文学的理论研究和创作实践中，有助于提升儿歌歌词的文学性和艺术价值，创作出更好的儿歌歌词，为儿歌音乐创作提供更好的文学构思。

2. 高等音乐教育中的作曲理论与创作实践领域。音乐学院、艺术院系和师范院校的音乐院系基本都开设有作曲专业或作曲技术理论专业，拥有众多作曲理论研究和创作人才，主要培养作曲专业人才和作曲理论师资，成为我国儿歌创作的主要阵地，出现了谷建芬、秦咏诚、龚耀年、陈科连、宋小兵等优秀儿歌作曲家。而河南传统儿歌的引入，有助于专业作曲者对传统儿歌的关注和了解，体会其音乐特点和文化特质，为创作民族化、乡土化的儿歌提供源源不断的音乐资源。

3. 社会领域的儿歌创作与表演领域。很多歌舞院团、群艺宫、青少年宫、儿童艺术剧院等单位机构，一般都会有各种儿童节目的演出，需要专业的儿歌创作者,为他们创作各类形式的儿歌作品或相关背景音乐。还有一些热爱儿童音乐的专业或业余爱好者,也会创作出供儿童演唱的歌曲。将河南传统儿歌引入以上领域,可以激发这些曲作者更多的创作激情和灵感,为他们的儿童音乐创作提供更加贴近生活的艺术形象。

4.幼儿园的儿歌创编与演出领域。截至2016年年底,我国在园幼儿达4413.9万人,18万余所幼儿园,其音乐教学基本以儿歌为主,除了教材中的儿歌外,还需要大量的符合孩子思维特点的歌曲,以供教学实践和艺术表演使用,如游戏、文艺演出等。大量的教学实践表明,有故事性、鲜明动作形象、符合孩子想象的歌曲,特别受孩子们喜欢,河南传统儿歌的音乐风格正好与此相符,可以进行形式多样的创编,作为幼儿园音乐教学的重要课程资源。

基于传统儿歌的儿歌创作,为曲作者提升儿歌作品的艺术性和思想性,提供了文化源泉,据此创作的儿歌作品必定具有鲜明的民族性和深厚的文化内涵。这些优秀儿歌的传唱,必然会内在地影响儿童的价值观,影响他们的文化认同,有利于保持文化的本土化和多样性发展,提升儿歌的传播能力。

通过价值传递,河南传统儿歌实现了时间维度上的文化迁移,完成了自身的华丽转身,适应了新的生存环境,满足了广大儿童对优秀儿歌的现实需要。在此基础上,可有效提升儿童的社会认知和适应能力,促进儿童对社会的文化认同感,促进个体价值与社会价值的有机结合,从而实现个体与社会的有机统一。

第二节 空间维度的功能更替

从空间维度来看,河南传统儿歌的文化迁移主要体现在其功能的传播与更替方面,主要可以通过以下途径。

一、传统儿歌融入学前音乐教育体系的实现途径

如前所述,传统儿歌的传播范围基本以庭院和村落为主,传统儿歌以娱乐功能为主,其他功能居次要地位。而进入当代,社会正朝着城镇化迅速发展,

儿童的生活环境已经发生了巨大变化，儿歌的传播范围除了家庭外，主要以学校为主，社会活动空间得到了扩展。因此，儿歌的娱乐功能逐渐让位于审美功能、教育功能和学习功能，承载着更多的育人功能，呈现出多种功能并重、审美体验层次化发展的特点。因此，需要认真研究河南传统儿歌融入儿童音乐教育体系的可行性举措，为传统儿歌的文化迁移提供更多的实现途径。

在学前教育专业的音乐教学中引入河南传统儿歌，是实现特色人才培养目标的重要途径，传统儿歌的引入，为学前教育人才培养的民族化、地方化方向提供了有力支持，突出了课程教学内容的乡土性和人文性。为此，教师要转变思维方式，以开放的姿态来吸纳河南传统儿歌，以强烈的人文情怀来观照河南传统儿歌，以鲜明的创造精神来融合河南传统儿歌。在广大幼儿园，幼儿教师在教学中要主动寻找传统儿歌功能与当代儿童审美趣味的契合点，促进学生的全面发展。

幼儿教师对学生的成长负有道义责任，在教育过程中除了传授音乐知识和提升审美能力外，还可以通过内涵丰富的河南传统儿歌的乐曲教育，促进儿童人格的完善。具体来说，在河南传统儿歌的讲授学习中，可以利用特色鲜明的曲调来影响儿童的情绪，情绪的变化会触发他们的情感体验，从而产生丰富的联想。在具体的教学过程中，可以采取轮唱、合唱、角色扮演等方法，创造出一种符合儿童心智特点的想象空间。可以说，培养儿童丰富的想象力，既是引入传统儿歌的主要目标，也是促进传统儿歌实现文化迁移的重要方式。

二、非物质文化遗产视角下的传统儿歌保护

近年，我国开展了广泛的非物质文化遗产保护工作，有力地促进了传统文化的发展。但在各地的非物质文化遗产保护工作中，重保存而忽视传承、重开发而忽视发展等问题比较突出，实施过程中忽视了音乐文化服务社会的公益性，商业化气息过浓，导致出现异质化、浅肤化、庸俗化的不良发展倾向。2011年2月，《中华人民共和国非物质文化遗产法》颁布，我国的非物质文化遗产工作进入了新的发展阶段。为了保护传统音乐的固有文化基因，合理利用河南传统儿歌的丰富资源，我们必须坚持"保护、研究与开发并重"的基本原则，具体来说，要做到以下几个方面：

一是必须对传统儿歌进行抢救性调查与整理，加大保护力度，促进其有效传承。由于工业化和城镇化的快速发展，我国社会结构发生了巨大变化，依附于传统农耕社会的传统音乐面临着新的挑战，许多音乐种类由于难以适应观众的审美新需求和娱乐新变化，常常是一个民间歌手去世，导致当地的传统民歌消亡，令人痛心疾首。因此，各级政府部门和研究机构承担着对传统儿歌进行抢救性保护的历史责任，需要进行广泛的搜集、调查和记录，建立传统儿歌的非物质文化遗产资源库和代表性传承人保护名录，保存住传统音乐文化的根，守护好中国人的精神家园。只有如此，我们才能进一步研究传统儿歌的本质特征及发展规律，为传统音乐的可持续发展提供源源不断的宝贵资源。

二是充分利用非物质文化遗产保护的有关政策措施，加大研究力度。开展抢救性保护的目的是为了更好地促进传统音乐的传承发展，因此必须充分利用现有的学术资源，充分发挥专家学者的专业优势，对现存传统儿歌进行系统全面的整理研究，整合现有音乐文化资源，充分实现资源共享。目前，河南省共有各级图书馆137座，各类高校图书馆116座，各级群艺馆、文化馆176所，各类博物馆95所，这是开展儿歌研究的基本条件。然而目前，各类馆所的开放程度参差不齐，特别是拥有丰富音乐资源的高校图书馆和各地群艺馆，几乎各自为营，社会开放程度很低，这不能不说是极大的资源浪费。因此，建议有关部门研究制定相关政策，实现馆所之间的资源共享，并通过建立非物质文化遗产普查公报制度，惠及全民。只有这样，我们才能理顺改革与创新的尺度与坐标，确定传统儿歌传承的发展方向。

三是要处理好城市与农村的关系。历史经验和现实告诉我们，传统儿歌存在的基点是农村，广大村镇是传统儿歌生存的深厚土壤。我国曾是一个农业大省，农村人口比重大，传统儿歌的服务对象以农村的儿童为主，具有广泛的农村基础。我国作为人口大省，老龄化问题突出，据国家统计局发布的《2016年国民经济和社会发展统计公报》，截至2015年年底，我国60岁以上人口有

23086万人，占总人口的16.7%；0-15岁人口24438万人，占总人口的17.7%。[①] 这一社会问题导致的结果就是，留守儿童和空巢老人成为村落人口主体。基于这一事实，河南传统儿歌的转型发展必须突出民俗风格，关注"下里巴人"的喜怒哀乐，避免"生于草根、死于庙堂"的深刻教训。同时，我们还必须充分考虑到城市化进程产生的社会结构变化，充分关注城市儿童的欣赏口味，创作出更多雅俗共赏的儿歌作品，以适应城、乡两大阶层的不同要求。

三、新型城镇化与传统儿歌的转型发展

新型城镇化建设是党和政府针对我国社会经济的长远发展而提出的重要战略举措，《国家新型城镇化规划（2014—2020年）》提出"走中国特色新型城镇化道路、全面提高城镇化质量"的总要求，并提出了"以人为本、四化同步、优化布局、生态文明、文化传承"的中国特色新型城镇化道路，明确了未来城镇化的发展目标和战略任务。传统音乐是中华传统文化的重要组成部分，反映了我国各族人民的精神面貌和审美情趣，然而在当今社会却遭到了边缘化、中空化的境遇，原因在于随着城镇化进程的加快，传统村落的人口结构发生了很大变化，原有的家庭式的生产、生活方式迅速消失，大量年轻人到城市里打工，农村留守儿童与空巢老人的比例迅速增加；同时，城市化的进程加快，使人们更加青睐都市的时尚文化、快餐文化和消费文化，于是淡化了对传统文化的心理认同。这不仅仅是传统音乐所面临的发展困局，也是传统儿歌面临的一个社会问题，直接关系到中华民族精神信仰和价值体系的构建。

不可否认，丰富多彩的传统音乐是提高城镇化进程中人才质量的重要途径，因为它适应了广大老百姓的价值观念和审美趣味，在城乡各地仍然拥有广泛的群众基础。因此，传统儿歌虽然面临着生存土壤变化的不利局面，但仍具有转型发展的潜力，在新型城镇化的发展过程中扮演着文化融通的角色。为此，我

---

① 国家统计局.2016年国民经济和社会发展统计公报[EB].中华人民共和国中央人民政府网，http://www.gov.cn/xinwen/2017-02/28/content_5171643.htm.

们需要加强社会化的教育体系构建,利用群艺馆、少年宫、少儿艺术中心、早教中心等现有的社会艺术机构,建立针对少年儿童的儿歌演艺中心,将河南传统儿歌进行课程资源开发,大力进行社会化推广,通过对幼儿及其家长的普及性教学和艺术实践活动,获得社会认可和支持。还可借此平台,促进河南传统儿歌在其他地区的推广,促进其在各地展开各类教育和演出活动,甚至走出国门,增进国际之间的文化交流与合作。

基于新型城镇化河南传统儿歌的推广,面临的另一重要任务是社会化师资的培养,面向有志于此的社会各界人士,展开专业教育培训,使他们掌握更多的传统儿歌资源,学习开展传统儿歌教学的基本技能,具备开展社会化教学的基本理论水平。面向成人的传统儿歌教学,相比少年儿童,题材范围要更加宽广,要有一定的教学深度,目的是让学员从数量和质量上对河南传统儿歌有深度的掌握和整体的认知。因此,在对河南传统儿歌进行教学资源开发时,要注意教学内容的区间划分,教学目标和教学重点的区分,针对儿童和成人进行分类指导,实施不同的教学策略和评价机制。

第三节　传统儿歌的当代文化阐释

河南传统儿歌是我国传统儿歌的一个缩影,具有典型意义,代表了传统儿歌在当代社会的生存状态。对河南传统儿歌的本体分析和教育资源开发,可以揭示河南传统儿歌的艺术风格和功能价值,促使人们重新审视传统儿歌在当代的应用价值。传统儿歌要想获得当代儿童的认可接受,首先要做的便是转变其文化内涵和审美风格,以获得新的发展动力。

对传统儿歌进行文化探寻的目的是回望传统,寻找艺术创作的原初思维,追寻先人的文化足迹,建立自己的精神家园。从根本上说,这是一种对根文化的追求,因为当代社会受到商品经济和文化多元化的巨大冲击,人们普遍缺乏精神信仰和价值追求,物欲享受和快餐文化成为多数人的现实选择。这种精神世界的危机带来的后果就是人心涣散、信仰缺失,难以有共同的价值目标和纯粹的精神追求。一个忽视自己历史和传统文化的民族，是难以有自己的信仰价值观的，更难以在世界民族之林彰显自己的民族身份，中华优秀传统文化的伟大复兴就缺少这种精神原动力。因此，对根文化的探究就是重拾传统，回归自我，找回文化自信。传统儿歌因为最接近人类童年时期的原初思维，因此，在重建中华民族信仰价值体系的过程中，必将发挥越来越重要的作用。

一、传统儿歌的价值功能

对传统儿歌进行文化阐释，首先要关注的是传统儿歌在当代的价值功能。传统儿歌的主要功能有四个：娱乐、教育、认知和审美，这也是传统艺术作品所具有的共性功能，如至今活跃在广大城乡的戏曲、说唱、山歌、小调，仍然在发挥着以上功用。对传统儿歌的价值功用进行考察，绕不开产生儿歌的社会环境、民俗生活和文化现象。将传统儿歌放至当代文化语境下，就要重新审视传统儿歌的语境，考察其价值功用在当代社会得以延续或转向发展的可能性。传统儿歌的娱乐功能常常与"游戏"范畴相关联，因为儿歌在大多数情况下都是与游戏相生相伴的，带给孩子们的是欢笑，是精神的放松和心情的愉悦。传统儿歌的教育功能常常与"思想"范畴相关联，也就是说，其作用在于帮助儿童学会处世做人的基本道理，初步学会独立思考和判断，树立正确的价值观，这种品格教育与当代学校的德育教育具有高度一致性。传统儿歌的认知功能常常与"知识"范畴结合起来，也就是说，传统儿歌蕴含了大量的自然知识、科学知识和社会知识，这些知识的获得可以促进儿童智育发展，提高他们的生存技能和生活质量。通过传统儿歌的演唱，带给儿童特殊的审美体验，让孩子们学会发现美、欣赏美、表达美、创造美，丰富他们的精神世界，给予他们正确人生观的指引，这是一种基于精神文明建设的人格教育。

二、传统儿歌的艺术风格

对传统儿歌进行文化阐释，还要关注其艺术风格是否适应时代发展，是否与当代儿童的审美需求相一致。艺术风格主要体现在唱词文本和音乐曲调上。传统儿歌的唱词文本一般富于儿童情趣，采用的是生活化的语言，叙述方式简洁明了，叙述视角新颖独特，因此易于儿童接受。从唱词内容来看，涉及儿童生活的各个方面，文化内涵十分丰富，具有重要的现实利用价值。当然，由于传统儿歌距离现代社会和当代儿童的生活较远，也有很多不适合他们口味的题材和语词，需要淘汰，但是，传统儿歌唱词文本的叙述方式和创作思维，确实值得当代儿歌词作者借鉴的。传统儿歌的音乐曲调大多朗朗上口，旋律简单易学，发展手法以重复变化为主，乐句长短以儿童气力为限，曲式结构简短规整，节奏生动分明，以适应儿童天性的活泼好动。传统儿歌的音乐价值在于，承载了一个民族或地区的文化基因，其特定的音调旋法、声腔走向、发展手法、结构组织和创作思维，都能为当代儿歌曲作者提供音乐创作的灵感，为他们提供更多的音乐资源，成为民族化、本土化儿歌创作的重要源泉。

三、传统儿歌的发展方向

传统儿歌的另一重要特征是对世风时政的适时反映，每一个历史时期所发生的重大事件、影响一方百姓的重要情况、影响时代发展的重大变化，大都会通过传统儿歌间接地记载和传承下来，如儿歌《解放军真正好》《义和团歌谣》《打东洋》《周扒皮》等，可以对儿童进行世界观的引导培养。大量的时政类儿歌会随着时间的推移而消失，但也有少数艺术性和思想性较强的儿歌保留了下来，尤其是保家卫国、英雄类题材的儿歌，至今仍有传唱的价值和意义。可以说，传统儿歌在跟随时代发展方面，具有较强的适应能力，具有反映时政、时代、时尚的生命力，对于当代儿歌创作的价值指向有着一定的启示意义。同时，传承传统儿歌时，也要克服时政类儿歌的时效性较短这一客观问题，一方面努力提高儿歌的艺术性，另一方面要对歌词进行"精雕细刻"，提升其思想主旨的普遍意义。

传统儿歌融入当代社会，就要与当代社会文化生活相契合，适应大众文化的发展方向和基本要求。大众文化的主体是普通大众，其特点是通俗化、世俗化、生活化和平等自主性，并借助现代传媒直接促进了消费文化、快餐文化的迅速兴起，形成了"时尚""流行""快捷"等流行文化符号，并借助市场经济而形成庞大的文化产业。因此，传统儿歌在当代社会的传承发展，要坚持将大众化作为自己的转型发展方向，依靠大众阶层和大众媒体作为传播渠道。同时，要积极开展对外文化交流,在国际化的文化交流中彰显传统儿歌的独特价值,使传统儿歌获得强劲的文化驱动力。

作为学前教育工作者,在搜集、整理和改编传统儿歌的过程中,要根据传统儿歌的艺术价值和应用价值,筛选出适合当代儿童演唱的优秀儿歌,并对其进行文化阐释,挖掘其教学价值,在学前教育领域加以推广应用,使之获得新的生命力。对于教育部门和其他社会阶层来说,传统儿歌面向的是未来的社会主力军,通过优秀传统儿歌对新生一代进行传统艺术教育和价值观培养,对建立新的文化价值体系、促进社会主义核心价值观的深入,有着积极的促进作用。广大儿童在童年时期接触和熟悉传统儿歌,可以为长大以后的传统文化教育打下良好的基础,传统儿歌的艺术魅力可以满足他们的文化需求,它所承载的文化价值有助于促进公民的文化自信和道德建设。展望未来,传统儿歌必将在加强文化交往与文化选择、促进化积累与文化创造等方面,起到越来越重要的作用。

第四节 本章小结

当下河南传统儿歌的生存环境发生了很大变化,因此需要实现新时期的文化迁移,以更好地与当代社会文化环境相适应。

从时间维度来看,河南传统儿歌的文化迁移主要体现在其价值的传播与应用方面,题材内容要做到传统与现代的有效衔接,由一元主导向多元共生的演化发展,实现本土与国际的交流对话;音乐风格要适应当代儿童的审美选择,进行审美体验的转换,创设生活化、游戏化的体验方式。在幼儿音乐教学实践中,实现传统儿歌的价值迁移,需要正确处理价值传递与价值选择的关系,追求价值传递与情感诉求的内在统一,加强基于儿童发展能力的价值引导,加强对幼儿音乐听觉的培养。

从空间维度来看,河南传统儿歌的文化迁移主要体现在其功能的传播与更替方面。在学前教育领域,音乐教师要特别注意河南传统儿歌的功能指向性,教学中要主动寻找传统儿歌功能与当代儿童审美趣味的契合点,促进学生人格的完善。合理利用河南传统儿歌的丰富资源,可以保护传统音乐的固有文化基因,因此必须坚持"保护、研究与开发并重"的基本原则,进行抢救性调查与整理,加大研究力度,突出民俗风格。传统儿歌在新型城镇化的发展过程中扮演着文化融通的角色,为此要加强社会化的教育体系构建,加快社会化师资的培养。

传统儿歌获得当代儿童的认可接受,首要条件便是对文化内涵和审美风格的转向,关注传统儿歌在当代的价值功能,关注其艺术风格对时代发展的适应,以及与当代社会文化生活的相契合,以适应大众文化的发展方向和基本要求。

结　语

　　本著以河南传统儿歌为研究对象，探讨了其题材类型、艺术风格、审美品格和功能价值等，研究了将河南传统儿歌进行学前音乐教育资源开发和利用的途径，并对传统儿歌的传承发展进行了展望。通过初步研究，取得了以下认识和结论：

　　第一章社会格局变革下的河南传统儿歌，对河南传统儿歌的源与流进行初步梳理，认为儿歌是伴随着人类语言和思维意识的出现而产生的，其起源有荧惑、占验、自创之说等，而"成人创教"的情况更为多见。在史籍记载中，上古时期的河南传统儿歌以政治预言或占验为主，与政治、战争等密切相关。中古时期，由于谶纬之术和阴阳五行思想的衰落，见于记载的河南传统儿歌数量较少，以反映时政民风为主。近古时期，开始出现由文人编纂的童谣集和歌谣集，使以谶纬占验为主的儿歌童谣开始回归儿童生活本质。历史上的河南传统儿歌主要承担以下职能：借"天命"干预政治和战争，反映现实生活、揭露社会矛盾，反映儿童生活、体现儿童情趣。

　　第二章河南传统儿歌的题材类型，对河南传统儿歌的题材内容、叙述视角、展开手法等进行研究，将河南传统儿歌分为七大类：（1）游戏类儿歌，孩子们往往假设自己是游戏中的角色，借此实现自我身份的融合。（2）习俗类儿歌，在儿歌演唱中获得认知，并实现知识由成人向儿童的迁移。（3）知识类儿歌，儿童在演唱此类歌曲时，模仿成年人的行为模式，在掌握社会习俗的过程中锻炼自己的思维方式，再造自己的行为模式，提高适应社会的生存技能。（4）情感类儿歌，在儿歌的学唱中，儿童首先是通过感知，对父母、亲友、他人的情感表现开展心理辨识，获得情感世界的感性体验。在此基础上，儿童有了表达喜怒哀乐的强烈愿望，并通过情感的纽带增加了与亲人相互之间的信任，确认了自己的社会身份。（5）时政类儿歌，儿童在学唱过程中首先是接受成年人的观点和看法，但随后会以自己的视角去审视外部世界的变化，以自己的方式去探索社会的变化,做出自己的理解。(6)宗教类儿歌,是儿童以自己的视角对宗教活动进行的先验性认知,激发儿童的发散思维,树立一定的精神信仰价值。(7)其他类儿歌,主要包括摇篮曲、绕口令类、颠倒类、谜语类等儿歌类别,它们各自具有相对稳定的表现内容和审美风格。总之,河南传统儿歌的语言是最精练、最具本土化的语言,题材内容丰富多彩,叙事视角独特而多样化,有助于提升幼儿的思维能力,激发他们的情商和心智,提高他们的认知水平。

第三章河南传统儿歌的音乐风格,对河南传统儿歌的音乐形态进行了探析,认为其音调主要分为以纯四度框架为核心的徵调体系和以大三度框架为核心的宫调体系两大体系。旋律展开手法主要有宽腔音列、大腔音列和窄腔音列。曲式结构以一段体为主,分为方整性结构和非方整性结构两大类型。河南传统儿歌的美学特征表现在朴拙知心、灵动传情和入景达意三个方面,在当代学前音乐教育实践中具有重要的应用价值。

第四章河南传统儿歌引入学前教育专业的教学实践与改革,认为河南传统儿歌在当代的传承发展,最重要的途径是融入学前教育专业的教学中。首先是人才培养模式的创新发展,将传统儿歌融入相关课程,明确建立本土化的人才培养目标,促进学前教育专业学生的特色化培养。同时要创建基于传统儿歌的音乐教学模式,学前教育专业的音乐教学模式必须要走民族化、本土化的发展道路,突出以传统儿歌为特色的教学方法改革。其次,积极开展学前教育人才培养模式的特色化建设,研究基于河南传统儿歌的特色课程体系建设,将河南传统儿歌的教学资源加以开发利用。再次是突出以创新为导向的艺术实践,明确传统儿歌在艺术实践体系的目标定位,构建具有地方特色的音乐教育模式。

第五章河南传统儿歌引入幼儿园的实施策略与评测,认为河南传统儿歌引入到幼儿园的音乐教育中,必然要进行教学模式的改革创新,积极探索本土化的音乐教学模式,将我国各地的传统儿歌作为教学内容,探索本土化、民族化的幼儿园音乐教学模式。河南传统儿歌介入到幼儿园的音乐实践环节,必然引起其教学组织和教学模式的相应变化,可采取合作—探索模式、心理—行为模式、任务—目标模式等介入模式。将传统儿歌引入幼儿园音乐教育领域,有利于培养儿童的中华母语乐感，为此，教师需要转变视角，从西方音乐教育的视角转为中国音乐教育的视角；需要转变角色，即幼儿园的音乐教师要从西方音乐文化的维护者转为中华音乐文化的维护者；还需要转变方式，使教学方式从西方音乐的本体特征出发转为从中国音乐的本体特征出发，根据中国音乐的思维特点和叙述方式加以展开。

第六章基于时空维度的文化迁移，认为河南传统儿歌需要实现在新时期的文化迁移，与当代社会文化环境相适应。从时间维度来看，河南传统儿歌的文化迁移主要体现在其价值的传播与应用方面，题材内容要做到传统与现代的有效衔接，音乐风格要适应当代儿童的审美选择，正确处理价值传递与价值选择的关系，追求价值传递与情感诉求的内在统一。从空间维度来看，河南传统儿歌的文化迁移主要体现在其功能的传播与更替方面，教学中要特别注意河南传统儿歌的功能指向性，主动寻找传统儿歌与当代儿童审美趣味的契合点。要合理利用河南传统儿歌的丰富资源，我们必须进行抢救性调查与整理，加大研究力度，以保护传统音乐的固有文化基因。传统儿歌在新型城镇化的发展过程中扮演着文化融通的角色，为此，我们还要加强社会化的教育体系构建，加快社会化师资的培养。传统儿歌获得当代儿童的认可接受，首要条件是文化内涵和审美风格的转向，要与当代社会文化生活相契合，适应大众文化的发展方向和基本要求。

在传统音乐的历史长河中，儿歌只是其中的一朵小浪花，虽然渺小平凡，但却具有绚丽多彩的身姿和动人心魄的曼妙之声，在每一个人的童年世界留下了历久弥新的温馨记忆，多少人的艺术启蒙皆受惠于此，多少人的艺术灵感皆触发于此！少年儿童是未来的社会主体，是中华民族兴盛不衰的希望所在，他们的创新意识和进取精神决定着我们国家未来的发展方向，他们的品格道德和艺术品味决定着我们这个社会未来的精神面貌，我们有责任培养他们成为具有高尚情操和良好素养的公民。传统儿歌积淀了一代代中国人的艺术创造和思想智慧，反映了中华民族优秀的文化品质，让当代儿童了解和认识这些优秀传统儿歌，是广大幼儿教育工作者的神圣责任，也是构建幼儿艺术教育体系的必要组成部分，愿传统儿歌在新的时代条件下继续传承下去，让孩子们在歌声中快乐成长！

河南传统儿歌

附录一　河南传统儿歌（文本）

以下所录儿歌中，有一部分儿歌出自田野调查，还有很多儿歌采自河南各地已出版或内部整理编辑的各类歌谣集成和儿歌专著，如《中国民间歌曲集成·河南卷》《中国歌谣集成·河南卷》《洛阳传统儿歌游戏》《传统儿歌选》，以及各地市（县）的民间歌曲集成、歌谣集成等，具体出处不再一一标明，敬请见谅。这些儿歌是从浩瀚繁多的河南传统儿歌中精心挑选出来的，选择的原则是尽量贴近当代儿童实际，尽量适应时代发展和社会现实，方便广大学前教育工作者在日常教学中加以利用。在实际教学过程当中，教师还可以对这些传统儿歌进行创编，舍去远离当代社会实际的语词，加入一些符合当代儿童审美要求的语句，并可以配上优美动人的曲调，改编成儿童喜闻乐见的音乐剧、情景剧、舞蹈剧、木偶剧等形式，以丰富儿童的精神世界，促进他们的快乐成长。

一、游戏类儿歌

1.《盘脚盘》（安阳市）

盘,盘,盘脚盘,盘三年。
三年整,烙花饼。
花饼花,二百八。
一对果子两对瓜,
珍珠玛瑙满地抓。

（冀素珍演唱,杨建国搜集）

（注：做游戏时，多名儿童坐在地上，伸出双脚，一个人边拍脚边唱歌谣，唱一个字数一只脚，最后一个字数到谁的脚，谁的脚就蜷回去。最后留下一只脚的小孩即获胜。）

2. 《盘脚盘》（沈丘县）

盘,盘,盘脚盘,
脚盘里面卧蚰蜒。
蚰蜒高,耍大刀,
大刀快,切梗菜。
梗菜梗,切腊饼,
腊饼辣,籴芝麻。
芝麻贵,小花脚,蜷一对。

3. 《盘脚盘》（宁陵县）

盘,盘,盘脚盘,
亚腰葫芦锁金莲。
鞭梢,蚂蚁,
打发小脚蜷一只。
蜷一只,又一只,
给你公公调菜吃。
调得硬,嚼不动,
调得软,盛一碗。
花碗薄,拉铁锁,
一锁锁住你的小骨朵。

（张玲口述,张久亮采录）

4. 《踢盘盘》（虞城县）

踢盘盘,打盘盘,
亚腰葫芦小金莲。
青丝,毛蓝,
大姐大姐蜷一蜷。
蜷一只,又一只,
我给大姐打戒指。
一五,一十,

骡马,蜷蹄儿。

（李张氏口述,程玉启采录）

5.《楼门楼门几丈高》(沁阳市)

楼门楼门几丈高?

三丈五尺高。

骑白马,耍枪刀。

枪刀长,扎死羊。

羊有血,扎死鳖。

鳖有四只爪,隔墙摞个瓦。

啥瓦?

琉璃瓦。

啥砖?

红头砖。

啥门?

油门。

啥锁?

黄金锁。

开开呗?

开不开。

拿来钥匙叫我开,

金珠,银绳,

都来进我小城门。

（杨怀兰口述,翟向阳搜集）

6.《踢毽歌》(焦作市)

一个球,咱俩踢,一踢踢到二十一。

二五六、二五七、二八、二九、三十一。

三五六、三五七、三八、三九、四十一。

四五六、四五七、四八、四九、五十一。

五五六、五五七、五八、五九、六十一。

六五六、六五七、六八、六九、七十一。

七五六、七五七、七八、七九、八十一。

八五六、八五七、八八、八九、九十一。

九五六、九五七、九八、九九、一百一。

(翟邦彩讲述,翟作正采录)

7.《踢毽》(郏县)

小鸡毛,真美丽,做个毽儿大家踢。

左脚踢,右脚踢,踢个花样比一比。

一忽儿高,一忽儿低,像只小鸟飞呀飞。

你踢八十七,我踢一百一。

(梁朝霞采录)

8.《踢毽》(邓州市)

花鸡毛,真美气,

做个毽,都来踢。

你踢八十五,我踢一百一。

9.《踢毽歌》(南乐县)

俺踢一个俺不算,俺踢两个插花瓣。

俺踢三个拾砖碴,俺踢四个五十多。

一五二五,叮当锣鼓。

一六二六,敲梆买肉。

一七二七,谷子碾米。

一八二八,眉豆开花。

半开不开、一百过来。

(张瑞霞演唱,任占搜集)

10.《跳绳歌》(中牟县)

布娃娃,上学去。

老师嫌他小,背着书包往家跑。

跑跑,跑不了,了了,了不起。
起起,起不来,来来,来上学。
学学,学文化,画画,画图画。
图图,图书馆,管管,管不着。
着着,着大火,火火,火车头。
头头,大背头。
大背头,你去哪?
原来你去理发店。
理发店的技术高,
不用剪子不用刀。
一根一根往下薅,
薅得满头都是包。
红包绿包大紫包,
原来是个大面包。

(马志飞搜集)

11.《对板子》(沈丘县)

对,对,对板子,南庄娶个花婶子。
人品俊,手又巧,两把剪子对着铰。
铰个桃,桃长毛,铰个杏,杏又酸,
铰个蝴蝶飞上天。
大奶奶,二奶奶,都上俺家来吸烟。
谁想站,站着吸,谁想坐,坐那吸。
俺打花板一月一,一碗丸子一碗鸡。
俺打花板两月两,两碗丸子往上长。
俺打花板三月三,三碗丸子堆上天。
俺打花板四月四,八个铜钱九个字。
俺打花板五月五,五碗丸子五碗藕。
俺打花板六月六,六碗丸子六碗肉。

俺打花板七月七,七碗丸子七碗鸡。

俺打花板八月八,八碗丸子八碗醋。

俺打花板九月九,九碗丸子九碗狗。

俺打花板十月十,十碗丸子十碗鱼。

俺打花板十一月,您打花板俺歇歇。

(注:此游戏为四人一起玩耍,两人一组面对面,每人各拍一下自己的手,然后一人右手拍对方的左手;拍一下自己的手,再用左手拍对方的右手。拍一下自己的手,拍一下对方的手,同时,嘴里唱着这首儿歌。)

12.《野鸡翎》(南召县)

野鸡翎,对马城。

马城高,要大刀,

你的人马给俺挑。

挑谁个?挑马超。

马超不在家,挑他们兄弟俩

(王英俊演唱、搜集)

13.《鸡鸡翎》(淇县)

鸡鸡翎,砍大刀,

您哩兵马叫俺挑。

挑谁?

挑王魁。

王魁没在家,

挑您弟兄仨。

弟兄仨、不说话,

挑您的小哑巴。

哑巴不会吭,

挑您一棵葱。

葱不会发芽,

挑您个白菜疙瘩。

白菜疙瘩没有心,

挑您个小死妮。

死妮不会动,

猛一碰。

14.《大杨树》(永城市)

大杨树,大砍刀,

营里兵,紧俺挑。

挑谁?

挑张标。

张标是个瘦猴子,

那就挑你个兵油子。

(朱美香口述,刘子良搜集)

15.《花棍舞》(沁阳市)

一二三四五,花棍舞、碰头柱。

碰什么碰?三条龙。

三什么三?水门关。

水什么水?鹦哥嘴。

鹦什么鹦?挂红灯。

挂什么挂?老婆头上敲三下。

吹笛来、捏鼻来,

三根头发挽个小撮来。

(巩彦花传唱,李富利搜集)

16.《打花巴掌》(光山县)

打花巴掌,正月正,

正月十五玩龙灯。

打花巴掌,二月二,

二月青草将出世。

打花巴掌,三月三,

三月茅芯起了尖。
打花巴掌,四月四,
四月泥鳅上了市。
打花巴掌,五月五,
五月车水打锣鼓。
打花巴掌,六月六,
六月仔鸡炒葫芦。
打花巴掌,七月七,
七月莲蓬在水里。
打花巴掌,八月八,
八月棉花捡回家。
打花巴掌,九月九,
九月菊花掐在手。
打花巴掌,十月十,
十月秋风凉丝丝,
大人小孩穿新衣。

(谢玉梅演唱,汤世江记录)

17.《拾子歌》(郸城县)

一根,豆根,
豆芽子细粉,
对一、对一,
二郎、各郎,
搁到盆里洗衣裳,
对二、对二。
三遥控、遥三控,
骑着白马到郸城,
对三、对三。
四架门楼四架庵,

四架门楼四响鞭,
对四、对四。
五来五,敲边鼓,
燕子衔柴归德府,
对五、对五。
六斗、六斗,
针不扎右手,
对六、对六。
七米一个顶两个,
蚂蚱蛐子都赶着,
对七、对七。
八月里,穿红鞋,
谁做里,麦爱姐,
对八、对八。
九十九,扭扭,
官来到陈州,
对九、对九。
魁十,为满,
金桌子银碗,
对十、对十。

(左曼迟口述,于连栋记录)

18.《摔洼窝》(郸城县)

甲:洼窝洼窝谁赔我?
乙:我赔你。
甲:赔几个?
乙:赔半个。
甲:半个半个还嫌少,
乙:一个窝窝都赔了。

甲:东庄西庄,都听我哩洼窝可响。

东头西头,都看我哩洼窝冒油。

干棒棍、打砰砰。

一打打个大窟窿,

趴……

(杨峻岭口述,王金刚记录)

(注:儿童在做这个游戏时,每人用泥巴做成一个圆形、凹状的洼窝,依次摔击地面。摔洼窝时演唱此谣,摔破时由输者补上一片薄泥片;或者比比谁摔击时的声音最响,最响者为胜。)

19.《拉大锯》(洛阳市)

你一来,我一去,

咱们爷俩拉大锯。

你一来,我一去,

拉一把,送一把;

娃娃娃娃快长大,

娃娃长大骑白马。

(赵金昭搜集)

(注:这是两个小孩装着拉锯时所唱的歌。)

20.《拉大锯》(长垣县)

拉大锯,拉大锯,

搭戏台,唱大戏。

接闺女,请女婿,

小外甥,也撑去。

做轿车,骑毛驴,

走一步,拿棍比。

走三步,一二里,

摔了跤,忙爬起。

(王建锋演唱,王志生搜集)

21.《拉锯,拉锯》(新乡县)

拉锯,拉锯,

张家门上唱大戏。

叫闺女,带女婿;

小外甥,也要去;

拾掇拾掇咱都去。

(李成秀口述,马安中整理)

22.《搭戏台》(沈丘县)

坑里头、搭戏台,四个柱子撑起来。

四个棍儿搭戏台,嘚啦鼓哩唱起来。

喝酒,叨菜;喝酒,叨菜。

琉璃瓶子搭戏台,四个小妮蹦起来。

琉璃瓶子搭戏台,四个小妮唱起来。

(注:此游戏为四名儿童一人伸出一腿,相互别成一个四方格,一腿站立,同时拍手歌唱。)

23.《拜罗圈》(兰考县)

甲:璎珞。　　乙:卖锁。

甲:锁扣。　　乙:卖肉。

甲:肉香。　　乙:卖姜。

甲:姜辣。　　乙:卖瓜。

甲:瓜甜。　　乙:卖盐。

甲:盐苦。　　乙:卜卜登登打鼓。

甲:您的鼓几丈高?　乙:八丈高。

甲:牵着骡马过山刀。

(注:一排儿童拉手排成半圆圈,两头的人对话,然后从一头的胳膊下依次钻过去,再两个人拉住手。)

众:一骨嘟蒜,两骨嘟蒜,一瓣一瓣往下涮。

(注:此时,每个人的头从胳膊下边翻过来,形成拉手交叉圆圈状,然后齐喊:)

拜,拜,拜罗圈,谁家的闺女十二三。

大红袄、绿边袖,里边缀着板凳扣。

板凳板凳一朵花,扭哒扭哒到姥家。

姥家有一壶酒,不喝不喝喝两口。

春菇菇、豆芽菜,哪个大姐跟俺拜?

(金口口述,武占英采录)

24.《跳皮条》(南阳市)

跳,跳,跳皮条,

问问皮条有多高?

百丈高。

骑白马,耍大刀。

大刀快,切辣菜。

辣菜辣,切苦瓜。

苦瓜苦,切红土。

红土红,切紫菱。

紫菱紫,切板子。

板子板,切黑碗。

黑碗黑,打着白马上正北。

正北有啥亲戚家?

干娘家,嘀嘀呐呐过去吧!

(霍友莲演唱,阎天民搜集)

(注:做此游戏时,若干名儿童分成两组,每组选一人,一问一答。哪组唱至最后一句"嘀嘀呐呐过去吧"时,就把本组中的一人推给对方,然后再相互问答。)

25.《蹦远远》(邓州市)

胳膊胳膊闪闪,

叫我蹦个远远。

蹦到外婆家,

外婆见我笑哈哈,
又吃栗子又吃瓜。

26.《金钩钩》(邓州市)

金钩钩,银钩钩,
小指头,勾一勾,
咱们都是好朋友。

二、知识类儿歌

(一)动物类

27.《一个蛤蟆》(淮滨县)

一个蛤蟆,四脚拉叉。
嘴里吃人,肚里说话:
屋。
你说屋、就是屋,什么东西没窗户?
窑。
你说窑,就是窑,什么东西水上漂?
船。
你说船,就是船,什么东子最值钱?
印。
你说印,就是印,什么东西恁大劲?
枪。
你说枪,就是枪,什么东西最光堂?
碗。

28.《小花猫》(长垣县)

小花猫,拜师傅。
学什么?捉老鼠。
白猫教它跳,黑猫教它扑。

黄猫不说话,咋光把嘴捂?

　　明白了,明白了,

　　老鼠耳朵灵,教它别吓唬。

　　黑白黄三猫,三个好师傅。

(王秀涛采录)

29.《小花猫》(封丘县)

　　小花猫,咪咪呜,捉住一只大老鼠。

　　跑来跑去咪咪叫,要让大家都知道。

　　小花猫,你别叫,有了功劳不骄傲,

　　自吹自夸可不好。

(惠丙云演唱、采录)

30.《小黄猫》(夏邑县)

　　小黄猫,上山坡。

　　鸡和面,驴拉磨。

　　狗打水,猫烧锅,

　　兔子上去做馍馍。

　　扁嘴子,烧柴火,

　　漓漓拉拉一灶火。

(雷雷口述,刁心升搜集)

31.《咪咪猫》(襄城县)

　　咪咪咪,小猫叫,天天不洗脸,还把镜子照,

　　左也照,右也照,猫怨镜子脏,气得胡子翘。

(邵宇采录)

32.《小老鼠》(长垣县)

　　油一缸、豆一筐,老鼠闻着豆油香。

　　爬上缸,跳进筐,偷油偷豆两头忙。

　　又高兴,又慌张,脚也滑,身也晃,

　　扑通一声掉进缸。

33.《大公鸡咯咯叫》(叶县)

大公鸡,咯咯叫,叫我起来早到校。

大公鸡,真是好,带我上学不迟到。

大公鸡,起得早,催我妈妈饭做好。

爸爸收工我放学,一家老少吃个饱。

(魏双明讲述,魏发明采录)

34.《花公鸡,屋顶叫》(巩义市)

花公鸡,屋顶叫,一声低来一声高。

叫醒爸爸去担水,小狗摆尾后边跑。

叫醒妈妈锅添水,姐姐急忙把米淘。

叫醒哥哥和嫂嫂,南湾地把庄稼浇。

叫醒弟弟上学校,隔壁二毛也来到。

(于道昆整理)

35.《小公鸡》(淇县)

小公鸡,跳篱笆,

一跳跳到三姨家。

三姨家,吹喇叭,

一吹吹到老贾家。

老贾家,蒸包子,

一蒸一窝兔羔子。

兔羔子,都掉啦,

老贾气得上吊了。

(王全胜演唱、采录)

36.《小白鸡嘎嘎》(博爱县)

小白鸡嘎嘎,想吃黄瓜。

黄瓜有水,想吃鸡腿。

鸡腿有毛,想吃毛桃。

毛桃有胡,想吃牛犊。

牛犊撒欢,撒到天边,
哞!

(杨怀兰口述,翟向阳搜集)

37.《小白鸡》(淇县)

小白鸡儿,卧门墩儿,
门墩儿高,跌折腰。
腰刀快,割韭菜。
韭菜辣,拌疙瘩。
疙瘩生,摊煎饼。
煎饼黄,买个羊。
羊不走,买个狗。
狗头歪,买个黑驴驮秀才,
越驮越自在。

38.《小白鸡儿》(洛阳市)

小白鸡儿,嘎、嘎,
想吃啥,想吃黄瓜。
黄瓜流水儿,想吃鸡腿儿。
鸡腿儿有毛,想吃仙桃儿。
仙桃有核儿,想吃牛犊儿。
牛犊撒欢儿,撒到天边儿。
天边儿告状,告到和尚。
和尚念经,念到北京。

(赵金昭搜集)

39.《小白鸡》(开封市)

小白鸡,挠磨盘,打发闺女真作难。
四个盘子一壶酒,打发闺女上轿走。
爹跺脚,娘拍手,再引闺女是个狗。
三天来回门,抬那响糖人。

咬一口,甜似蜜,引儿不胜引闺女。

(张效兰演唱,张守镇搜集)

40.《小蜜蜂》(开封市)

小蜜蜂,嗡嗡嗡,听见采花一阵风。

采啥花,采海棠,海棠花,骨朵儿,

采罢海棠采刺梅。

刺梅花,乱扎手,采罢刺梅采石榴。

石榴花,数它红,红花绿叶真齐整。

三月里,桃花开杏花败,揪把桃花人人爱。

(要然演唱,孙喜元搜集)

41.《小油鸡儿,嘎嘎蛋儿》(洛阳市)

小油鸡儿,嘎嘎蛋儿,

一心要吃黄瓜菜儿。

黄瓜留种儿,要吃油饼儿。

油饼儿喷喷香,要吃片儿汤。

片儿汤不烂,要吃鸡蛋。

鸡蛋摊黄儿,要吃牛肠儿。

牛肠儿泡油儿,要吃牛犊儿。

牛犊儿瞪眼儿,要吃花卷儿。

花卷儿乱哆嗦,要吃糖饽饽。

(赵金昭搜集)

42.《小鸭鸭》(虞城县)

小鸭鸭,看家吧。

偷粮食,换西瓜。

西瓜甜,换黄连。

黄连苦,换豆腐。

豆腐烂,换鸡蛋。

鸡蛋滚,换凉粉。

凉粉凉,换红糖。

红糖贵,你不教我也会。

(胡玉兰口述,李明性搜集)

43.《小白妮》(新乡市)

小白妮,坐墙根,客来了,搬草墩。

先装烟,后倒茶,问问小鸡杀不杀?

鸡说:嘴又尖,皮又薄,杀俺不胜杀个鹅。

鹅说:伸伸脖子长,杀俺不胜杀个羊。

羊说:四条腿,往前走,杀俺不胜杀个狗。

狗说:看门看得嗓子哑,杀俺不胜杀个马。

马说:备上鞍子恁就骑,杀俺不胜杀个驴。

驴说:一天给恁碾二斗谷,杀俺不胜杀个猪。

猪说:一天吃恁三升糠,杀我吃肉理应当。

(樊万氏演唱,樊艺青采录)

44.《小斑鸠》(淇县)

小斑鸠,咕咕咕,

我跟奶奶摘葫芦。

葫芦轻,拔大葱。

大葱辣,挖地瓜。

地瓜粗,喂母猪。

母猪不吃草,

色兔吃个饱。

45.《太阳刚上坡》(南阳市)

太阳刚上坡,鸡就下了窝。

青蛙呱呱叫,猫把老鼠捉。

狗把舌头拖,蚊子进了窝。

蚂蚁排成队,千里来巡逻。

鸡子高声叫,山羊长了脚。

鸭子跳下河,专把鱼来捉。

(姚玉梅口述)

46.《明明虫①》(林州市)

明明虫,明明虫,尾巴后头挂灯笼。

飞到西,飞到东,一飞飞到我家中。

灯笼明,不怕风,哥哥读书有楼灯。

(赵福生演唱、搜集)

47.《什么虫儿会发明》(南召县)

什么虫儿声音大?

什么虫儿会发明?

什么虫儿像飞机?

什么虫儿夜里凶?

什么虫儿最勤劳?

什么虫儿传染病?

蝉儿声音大,

萤虫会发明。

蜻蜓像飞机,

蚊子夜里凶。

蜜蜂最勤劳,

苍蝇传染病。

(王喜梅口述,张银河采录)

48.《小鸭呱呱》(新乡县)

小鸭呱呱,想吃甜瓜;

甜瓜有水,想吃鸡腿;

鸡腿有毛,想吃仙桃;

仙桃有核,想吃牛犊;

---

① 明明虫,河南方言,即萤火虫。

牛犊撒欢,跑到天边;

天边有雷,打着石锤;

石锤告状,告到和尚;

和尚念经,念给先生;

先生算卦,算给蛤蟆;

蛤蟆㞎水,㞎给老鬼;

老鬼推车,推给他爹;

他爹扬场,扬给他娘;

他娘烧锅,烧着小孩的胳膊;

小孩小孩你别哭,我给你买只皮老虎;

白天和你玩,夜里逮老鼠。

(吴宗顺讲述,罗志新整理)

49.《小青蛙》(叶县)

小青蛙,哇哇哇,莲蓬上边打呱呱。

身穿一身珍珠纱,眼睛长得大又大。

消灭蚊子是行家,人人常把我来夸。

(侯喜风讲述,侯殿荣采录)

50.《绿青蛙》(邓州市)

绿青蛙,叫呱呱,

蹦到地里看西瓜,

西瓜夸它长得好,

它夸西瓜长得大。

51.《大喜鹊叫喳喳》(叶县)

大喜鹊叫喳喳,娶个媳妇忘了妈;

大喜鹊叫喳喳,媳妇跟爸闹分家;

大喜鹊叫喳喳,叫得媳妇孝爸妈;

大喜鹊叫喳喳,叫得媳妇戴红花。

(魏双明讲述,魏发明采录)

河南传统儿歌

52.《小蚂蚱,肚皮黄》(南乐县)

小蚂蚱,肚皮黄,蹦蹦跳跳在路旁。

饥了吃点路边草,渴了喝点露水汤。

七月八月还好过,九月十月下了霜。

吓得蚂蚱没了奈,大清早吊死在草棵上。

(杨兵贤演唱,李现孔搜集)

53.《小老鸦》(邓州市)

小老鸦,呱呱呱,站在树上叫它妈。

小猫咪,心里急,想吃老鸦爬上去。

爬上树,老鸦飞,小猫气哩了不得。

小老鸦,飞得高,又落树尖呱呱叫。

小猫咪,喵喵喵,没有翅膀逮不到。

54.《黑老鸹,白肚皮》(宝丰县)

(一)黑老鸹,白肚皮,我往河里摸小鱼。

一摸一把豆,回来喂斑鸠。

斑鸠吃了咕咕咕,荞麦地里种葫芦。

今年雨水大,冲塌葫芦架。

兔子来要瓢,看你给它啥。

(二)豌豆角,往上翘,顶上盖着龙王庙。

姑姑来烧香,和尚来打醮。

蚂蚱踢死驴,绳子背着跑。

木栅开莲花,扫帚结樱桃。

(陆秋讲述,方会成采录)

(二)植物类

55.《小葫芦》(沁阳市)

葫芦葫芦圆圆,里边坐个少年。

葫芦葫芦长长,里边坐个姑娘。

叫声少年姑娘,都来我家吃冰糖。

冰糖脆,冰糖香,乖乖吃了白又胖。

长大读书念文章,得中一个状元郎。

(罗佩口述,罗务本搜集)

56.《小黄瓜》(长垣县)

小黄瓜,土里生,发出芽儿一片青。
拖出秧儿一条龙,开出花儿黄澄澄。
结的瓜儿弯正正,谁吃黄瓜都高兴。

(王秀涛演唱、采录)

57.《摘葫芦》(泌阳县)

小小斑鸠咕咕咕,我跟奶奶摘葫芦。
葫芦轻,拔大葱,大葱辣,挖地瓜。
地瓜粗,喂母猪,母猪生了一窝猪。

(李桂新演唱、搜集)

58.《菜园点兵》(鲁山县)

正月里有个正月正,正月菠菜满地青。
正月菠菜青满地,二月又出羊角葱。
三月油菜开黄花,四月莴笋长成形。
五月黄瓜大街卖,六月瓠子弯正正。
七月梅豆爬上架,八月韭菜长出芽。
九月茄子满肚子籽,十月辣椒一树红。
十一月蔓菁甜似蜜,十二月韭菜把粪壅。
走一程,又一程,咱把菜园江山明一明。
几天没往菜园去,各样菜苗成了精。
金针葫芦做元帅,红白萝卜占先行。
茄子黄瓜当将官,扑棱头白菜当总兵。
豆芽总营瓦罐内,叫声葫芦元帅你是听:
东坑挖出莲菜藕,菜园以内点大兵。
先点辣椒五百头,五百小葱长枪兵。
五百韭菜青锋剑,五百芋头铁甲兵。

河南传统儿歌

冬瓜前来当大炮,菜豆角一点做火绳。

芥菜疙瘩是地雷,大蒜一扔带把灯。

这大炮,点了吧,轰轰隆隆两三声。

茄子吓得上了吊,芫荽吓得乱腾腾。

红萝卜吓得钻入地,白萝卜吓得半截青。

豆芽一看事不好,一头扎进水晶宫。

乒哩啪、啪哩乒,案板以上动刀兵。

骑马路过衙门口,肚子里头摆战争。

打一天,并一晚,不分谁输并谁赢。

一齐赶到后门去,水坑里面把身清。

要想苗儿再出现,再等明年正月正。

(王小海讲述,王民权采录)

59.《小梨树》(开封市)

小梨树,面朝西,娘疼儿,儿疼妻。

他娘想吃糖沙梨,他说没空去赶集。

他媳妇想吃糖沙梨,三天赶了两回集。

顶上下着雨,底下踏着泥。

到集上,买了梨,隔袖筒,递给你。

吃了梨核别叫老娘见,老娘见了了不得。

(魏玉兰演唱,王云祥搜集)

60.《头上长西瓜》(开封市)

有个小娃娃,爱吃大西瓜。

瓜皮满地扔,他还笑哈哈。

自己滑一跤,头上长个小西瓜。

(赵才搜集)

61.《花歌》(濮阳县)

一树开花一树红,二树开花更不同。

三树开花扎满院,四树开花满院红。

　　　　　杏花开,桃花红,梨树开花白凌凌。
　　　　　桃花杏花蜡梅花,腊梅在地海棠花。
　　　　　鸡冠子花红彤彤,石榴花开艳色重。
　　　　　茄子开花颠倒挂,蒺藜开花路旁中。
　　　　　荞麦开花满地明,丝瓜开花上过棚。
　　　　　　　　　　　　（孔爱娇演唱,杨美竹搜集）

62.《蔬菜歌》(南乐县)
　　　　　正月里菠菜满地青,二月里发出羊角葱,
　　　　　三月里蒜苗往上长,四月里莴笋一扑棱,
　　　　　五月里黄瓜上了市,六月番茄满街红,
　　　　　七月茄子一包籽,八月豆角拧成绳,
　　　　　九月辣椒红满棵,十月蔓菁上秤称,
　　　　　十一月萝卜甜似蜜,腊月的韭黄用粪壅。
　　　　　　　　　　　　（王素芳演唱,任占搜集）

63.《蔬菜十二月》(洛阳市)
　　　　　正月菠菜才发育,
　　　　　二月栽上羊角葱。
　　　　　三月南瓜籽入土,
　　　　　四月竹笋头发青。
　　　　　五月黄瓜大街卖,
　　　　　六月瓠子弯似弓。
　　　　　七月茄子头朝下,
　　　　　八月辣椒满枝红。
　　　　　九月柿子红似火,
　　　　　十月萝卜上秤称。
　　　　　十一月白菜家家有,
　　　　　腊月蒜苗绿莹莹。
　　　　　　　　　　　　（赵金昭搜集）

64.《菠菜》(开封市)

根儿红、茎儿长,
叶儿青青多营养。
能炒菜、能做汤,
宝宝吃了长得胖。

65.《小黄豆》(叶县)

小黄豆,圆又圆,
磨的豆腐雪白莲。
钢刀切,香油煎,
煎盘鲜哩往上端。

(鲁转讲述,娄长坤采录)

66.《石榴树边好人家》(邓州市)

石榴树,发嫩芽,
石榴树边好人家。
养的闺女学绣花,
养的儿子种庄稼。
绣啥花?牡丹花。
啥庄稼?好庄稼。

67.《金花篮》(邓州市)

金花篮,银花篮,
我爱我的小花篮。
割来青草送羊圈,
小羊儿见了先叫唤,
我拿草往羊嘴填。

68.《浇黄篙》(邓州市)

东南岗,一杆篙,
大郎担水二郎浇。

一棵结的是珍珠,

一棵结的是玛瑙。

还有一棵没结啥,

只结一个大仙桃。

(三)劳动知识

69.《我和我嫂去磨面》(光山县)

小公鸡,团团转,

我和我嫂去磨面。

粗箩打,细箩转,

磨成雪白飞箩面。

拿起杆杖一大片,

拿起刀子一条线。

下到锅里团团转。

爹一碗、娘一碗,

我和哥嫂各一碗。

全家美美吃一餐。

(吴秀荣演唱,汤世江采录)

70.《摘柿子》(杞县)

柿子红、柿子黄,柿子柿子甜似糖。

红黄柿子树上长,摘下柿子大家尝。

(张申搜集)

71.《小巴狗》(平顶山市)

小巴狗,跑大路。

大路窄,喊大伯(bái),大伯在家磨大麦。

喊二伯,二伯在家磨小麦。

喊姑姑,姑姑在家打糊涂(dù)。

喊小孩,小孩在家生豆芽。

喊小妮,小妮在家杀小鸡。

喊奶奶,奶奶在家择(zhāi)韭菜。

喊妈妈,妈妈在家做花花。

72.《小板凳》(淇县)

小板凳,歪歪脚,我去南地割大麦。

刮阵风,好凉快,下了雨,跑回来。

奶奶奶奶快开门,门外来了个好乖乖。

73.《学哪样》(林州市)

一二三四五,我要学打鼓,

打鼓嫌手疼,去学绑草人。

草人圈圈多,又去学补锅。

补锅又嫌脏,再去学编筐。

编筐嫌淘神,改学泥水工。

小工泥呼呼,又去学宰猪。

猪儿宰不死,长看白胡须。

(赵福生演唱、搜集)

74.《一个小小子》(郑州市)

一个小小子,年龄才十五。

不种庄稼不种树,就出门去学打鼓。

打鼓怕用力,就去学做犁。

做犁眼眼多,就去学补锅。

补锅难得铲,就去学补碗。

补碗难钻洞,就去学关公。

关公怕打仗,就去学放羊。

放羊怕日晒,就去学买卖。

买卖做不来,又学做秀才。

秀才难教书,就去学宰猪。

宰猪猪不死,唉,生了白胡子。

(马志飞搜集)

75.《学木匠》(邓州市)

大月亮,小月亮,
哥哥起来学木匠。
姐姐起来纳鞋底儿,
婆婆起来蒸糯米儿。
糯米蒸得喷喷香,
敲锣打鼓接新娘。
新娘不吃糯米饭儿,
要吃河头水鸭蛋儿。

76.《种瓜歌》(濮阳市)

小小子,到南洼,
刨个坑,种西瓜。
先长叶,后长花,
结个西瓜送爹妈。
爹吃着好!娘吃着好!
乐得小小蹦又跳。

(武平演唱、搜集)

77.《剥瓜子》(清丰县)

小板凳,四条腿,我给奶奶剥瓜子。
奶奶说我剥哩快,我给奶奶切咸菜。
奶奶说我切哩细,我给奶奶唱大戏。
奶奶说我唱哩好,我给奶奶买斤枣。
奶奶说我买哩甜,我给奶奶称斤盐。
奶奶说我称哩多,我给奶奶买个锅。
添上水,烧着火,我给奶奶洗洗脚。

(樊玉民演唱,樊冠忠搜集)

78.《红米饭谣》(开封市)

红米饭,南瓜汤,

秋茄子,味道香,
餐餐吃得净打光。
干稻草,软又香,
金丝被,盖身上,
暖暖和和入梦乡。

(赵五爱演唱、搜集)

79.《小灯笼》(濮阳县)

小灯笼,铜丝拧,
拧来拧去都拧成,
四个角来拧银铃。
银铃响,灯笼明,
打着灯笼送太公,
一送送到大门外。
杏花开,桃花败,
李子开花俺才来。

(孔爱娇演唱,杨美竹搜集)

80.《走路绕开小石头》(洛阳市)

小老头,上山头,
拿斧头,砍木头。
砍了这头砍那头,
一砍砍成扁担头。
担起柴火下山头,
迎来一个大丫头。
端来一碗大馒头,
踩着一个小石头。
跌了一个大跟头,
撒了一地大馒头。
碰坏小妮脚趾头,

小妮疼得直摇头。
走路绕开小石头,
不然还要吃苦头。

(赵金昭搜集)

81.《小板凳》(洛阳市)

小板凳,你歪歪。
上高山,割麦麦。
刮大风,真凉快。
下大雨,咱回去。
妈呀妈呀门开开,
外边冻着小乖乖。

(赵金昭搜集)

82.《月奶奶》(洛阳市)

月奶奶,明晃晃,
开开后门洗衣裳。
洗哩净,捶哩光,
打发哥哥上学堂。
读诗书,念文章,
红旗插到咱门上,
看那排场不排场。

(赵金昭搜集)

83.《月奶奶》(邓州市)

月奶奶,黄巴巴,
爹织布,妈纺花。
花哩? 花卖了。
钱哩? 割肉了。
肉哩? 猫吃了。
猫哩? 上树了。

树哩？水冲了。

水哩？龙喝了。

龙哩？上天了。

天哩？天塌了。

地哩？地耙了。

三年不给老娘说话了。

84.《月奶奶》

月奶奶,黄巴巴,

爹织布,妈纺花,

娃子哭了没人拉,

买个蒸馍哄娃娃。

娃呀娃,你白哭,

我给你买个皮老虎,

白起拿上玩,黑了吓老鼠。

85.《逮鱼》(汝州市)

逮鱼跳到河里头,逮个小鱼喂斑鸠。

斑鸠吃了咕咕咕,荞麦地里种葫芦。

今年雨水大,冲坏葫芦架。

姑姑来要瓢,看你给她啥,

给她搬个大西瓜。

(靳大举口述,靳存桃采录)

(四)科学知识

86.《十字歌》(西峡县)

锣鼓一打多红火,听我唱个十字歌:

一字像扁担,二字隔条河。

三字中间有条船,四字把门紧紧锁。

五字盘脚坐,六字伸着脚①。

---

① 脚,河南方言读作"júo"。

七字跷着腿,八字眉毛生得恶①。

九字堂前挂金钩,十字中间穿心过。

顺唱十字我不怕,倒唱十字逼坏了我。

十字头上加一撇,千家万户都到过。

九字右边来小鸟,后园斑鸠叫哥哥。

八字底下加刀字,分别时唱送别歌。

七字头上加白字,皂角树皂角洗衣服。

六字底下加个×,交朋结友重才德。

五字底下加口字,左边栽木梧桐树。

四字底下加马字,唱得不好莫骂我。

三字中间加一竖,王法如天不可惹。

二字中间加人字,夫妻二人多和睦。

一字中间加了字,子孙勤劳又俭朴,

家和人和万事和!

(程爱霞演唱,谢秀荷搜集)

87.《学数》(洛阳市)

啾啾啾,对对对,

两个大姐来碓臼,

一只小虫来啄食儿,

两个翅膀两条腿,

两只眼睛一个嘴儿。

啾啾啾,对对对,

两个大姐来碓臼,

两只小虫来啄食儿,

四个翅膀四条腿,

四只眼睛两个嘴儿。

---

① 恶,河南方言在这里的意思是指"厉害",比喻眉毛长得浓密。

啾啾啾,对对对,

三个大姐来碓臼,

三只小虫来啄食儿,

六个翅膀四条腿,

六只眼睛三个嘴儿。

(赵金昭搜集)

88.《蛤蟆浮水》(叶县)

一个蛤蟆来浮水,

一个头,一张嘴,

两只眼睛四条腿。

两个蛤蟆来浮水,

两个头,两张嘴,

四只眼睛八条腿。

三个蛤蟆来浮水,

三个头,三张嘴,

六只眼睛十二条腿。

四只蛤蟆来浮水,

四个头,四张嘴,

八只眼睛十六条腿。

五个蛤蟆来浮水,

五个头,五张嘴,

十只眼睛二十条腿。

六个蛤蟆来浮水,

六个头,六张嘴,

十二只眼睛二十四条腿。

很多蛤蟆来浮水,

很多头,很多嘴,

很多眼睛很多腿,
扑腾扑腾来浮水。

(孙松均讲述,孙松峰采录)

89.《七个阿姨来摘果》(杞县)
一二三,三二一,
一二三四五六七,
七六五四三二一。
七个阿姨来摘果,
七个花篮手中提。
七个果子摆七样,
苹果石榴和桃子,
柿子李子栗子梨。

(张守镇搜集)

(五)自然知识

90.《小猫见了,乐得直跳》
天上下雨,底下冒泡。
蘑菇出来,戴个草帽。
小猫见了,乐得直跳。

(李文焕演唱,李丽采录)

91.《勺子星》(夏邑县)
勺子星、把子星,
天上有个轱辘星,
轱辘轱辘到天明。
谁能说七遍,
到老不腰疼。

(妮娜口述,刁心升搜集)

92.《月亮》(洛阳市)
初一生,初二长,

初三初四明晃晃。

初七初八明一半,

十五月亮圆又圆。

十七十八,月落西洼。

二十四五头,月亮出来套早牛。

(赵金昭搜集)

93.《月亮圆》(洛阳市)

月亮圆,黄巴巴,

爹织布,娘纺花,

买给烧饼哄娃娃。

爹一口,娘一口,

啃住娃子小指头。

爹也吹,娘也吹,

吹得娃子一脸灰。

(赵金昭搜集)

94.《月亮圆》(邓州市)

天上月亮圆又圆,照在水里像玉盘。

一群鱼儿游过来,玉盘成了小碎片。

鱼儿吓得快跑开,一直跳到岩石边。

回过头来看一看,玉盘还是圆又圆。

95.《月亮明》(邓州市)

小星星,亮晶晶,

奶奶怀里看星星,

星星闪,看不清,

跳下怀去撵星星。

星星跑,我也跑,

一跑跑到半山腰,

星跑掉,黑一片,

不得回家吃晚饭。

不吃饭,饿得慌,

去找月亮帮帮忙,

月亮明,月亮亮,

照我回家去喝汤。

96.《月亮圆,月亮弯》(郏县)

月亮圆圆,像只小盘。

月亮弯弯,像只小船。

坐上小船,天上玩玩。

(王琴讲述、采录)

97.《月亮歌》(邓州市)

初一初二不见面,初三初四一条线。

初五初六月芽子,初七初八半札子,

月落初十管三更,十二、十三天不明。

十五六,两头雾,

十八九,坐定守。

二十整整,月出一更。

二十一,月偏西。

二十二三,月落正南。

二十四五月黑头,月亮出来去使牛。

二十六七八,月亮出来一支蜡。

98.《晒太阳》(郏县)

太阳不晒草不绿,太阳不晒花不香。

太阳不晒果不熟,太阳不晒苗不长。

被窝也要晒一晒,太阳晒了暖烘烘。

身体也要晒一晒,晒了太阳才健康。

(梁朝霞采录)

三、习俗类儿歌

99.《年来到》(光山县)

年来到,年来到。
穿花衣,戴花帽。
贴对子,放鞭炮。
玩狮子,踩高跷。
你看热闹不热闹。

(高秀演唱,汤世江采录)

100.《新年到》(邓州市)

新年到,新年到,
新年到了好热闹。
穿新衣,戴新帽,
噼噼啪啪放鞭炮。

101.《新年到》(洛阳市)

小娃子,拍手笑,
新年就要到。
嘀哩哩,两响炮,
炸开还起两丈高。
初二初三真热闹,
家里亲戚都来到。
新女婿,骑着马,
俺闺女,坐着轿。

(赵金昭搜集)

102.《过新年》(新乡市)

二十三,祭灶官。
二十四,扫房子。

二十五,磨豆腐。

二十六,蒸馒头。

二十七,宰个鸡。

二十八,贴花花。

二十九,可街扭。

三十儿,推皮儿①。

大年初一,撅撅屁股乱作揖。

(马志飞搜集)

103.《小花鼓》(郸城县)

小花鼓,圆又圆,

背着花鼓上河南。

河南闺女好打扮,

红绫子裤、绿丝带,

手里拿着芭蕉扇。

走一走,扇一扇,

亲娘哎,好热天。

(杜秀兰口述,王金刚、段忠勇搜集)

104.《扭秧歌》(永城市)

板凳板凳歪歪,菊花菊花开开。

开几朵?开三朵。

爹一朵,娘一朵,丢下一朵拜秧歌。

秧歌秧歌等着我,我在后面扭扭着。

一下扭到姥姥家,姥姥笑成一朵花。

(朱美香口述,刘子良搜集)

105.《小扁食,两头尖》(洛阳市)

小扁食,两头尖,

---

① "推皮儿"是指擀饺子皮。

里头包着红绒单。

端到院里敬老天,

老天看见很喜欢,

一年四季保平安!

(赵金昭搜集)

106.《十二月歌》(邓州市)

正月拜年舞狮子,二月积肥担挑子。

三月天暖种豆子,四月栽秧割麦子。

五月端阳包粽子,六月天热扇扇子。

七月锄地赛金子,八月摘花收谷子,

九月红薯切片子,十月天冷缝袄子。

十一月新娘坐轿子,十二月杀猪翻肠子。

107.《拍花瓣》(南阳市)

俺拍花瓣正月正,立春整地忙备耕。

俺拍花瓣二月里,春分高粱种下地。

俺拍花瓣三月半,谷子谷子要种完。

俺拍花瓣四月中,立夏整地把棉种。

俺拍花瓣五月五,割了麦子过端午。

俺拍花瓣六月六,头伏一过种萝卜。

俺拍花瓣七月间,处暑一过摘新棉。

俺拍花瓣八月中,白露过去整麦种。

俺拍花瓣九月里,寒露种麦正适宜。

俺拍花瓣十月间,霜降小麦要种完。

俺拍花瓣冬月天,小寒上山把柴砍。

俺拍花瓣腊月天,冬至一过转长天。

小雪冷、大雪寒,拍了这年拍来年。

108.《十二生肖歌》(社旗县)

一二三、上南山,上到南山把花观。

老鼠篮里偷油馍,老牛挑水井沿坐。

老虎上山去拾柴,兔子地里扒窝窝。

大龙会下雨,小龙洞里卧。

马会拉白菜,羊把韭菜割。

猴子好上树,鸡子把蛋扁。

狗给看住门儿,猪的肥肉多。

十二个弟兄谁最好?大家都来说一说。

(曹长福演唱,史群堂搜集)

109.《十二生肖歌》(汝南县)

小老鼠呀打头来,牛把那个蹄儿抬。

老虎回头一声吼,兔儿那个跑得快。

龙和蛇呀尾巴甩,马羊那个步儿快。

小猴机灵蹦又跳,鸡唱那个天下白。

狗儿跳呀猪儿叫,老鼠那个又跟来。

十二动物转圈跑,请把那个顺序排。

(李万春口述)

110.《讲卫生》(开封市)

剪剪指甲洗洗手,刷刷牙齿漱漱口。

烂果剩饭不乱吃,洗澡洗脚勤洗头。

讲究卫生身体好,全家幸福乐悠悠。

111.《梳头歌》(新密市)

梳梳金、梳梳银,被窝里头一大群。

梳梳银、梳梳金,梳哩夫妻一条心。

梳梳前、梳梳后,梳哩儿女一大溜。

梳梳后、梳梳前,梳哩新娘笑开颜。

前墙梳后墙,生个状元郎。

梳梳髽角,生一大窝。

梳哩溜光,生一大帮。

梳一大圈儿,生个大官儿。

(马志飞搜集)

112.《可比狼跑快得多》(社旗县)

日头落,狼下坡。

放牛娃,跑不脱。

跑得快,石头绊着脚,

咕咕噜噜滚下坡。

一滚滚进茅草窝,

可比狼跑快得多。

(封王氏演唱,封文凡搜集)

113.《张罗罗》(义马市)

张罗罗,过河河。

一斗麦,磨不着。

客来了,可咋着?

杀两鸡,烙油馍。

不吃不吃两三个。

四、情感类儿歌

114.《报娘恩》(孟州市)

一朵莲花十二朵,从小俺娘抱着我。

怀里揣、被里裹,绣花枕头搁着我。

娘的恩情十分重,长大成人报娘恩。

(香玲口述,常开莲记录)

115.《爷爷教我学儿歌》(沁阳市)

小晶晶,乐呵呵,

爷爷教我学儿歌。

爷爷教,晶晶学,

儿歌学了几筐箩。

懂事理,儿歌多,

不打不骂直唱歌,

爷爷夸俺花一朵。

(牛振怀口述、记录)

116.《编花篮》(浚县)

小板凳,腿儿短,爷爷坐上编花篮。

新柳条,白闪闪,又细又长又绵软。

左一编,右一编,编的花篮真好看。

我一个,妹一个,剩下一个给哥哥。

(牛海英讲唱,张俊生采录)

117.《奶奶故事多》(郏县)

老奶奶,把鞋做,纳起鞋底故事多。

纳一圈,讲一个,听得大家笑呵呵。

我给奶奶捶捶背,再请奶奶讲一堆。

(梁朝霞讲述、采录)

118.《逗婴歌》(永城市)

(1)

拉拉,蹬蹬,

谁来了?大姑娘。

拿的啥?拿的麦黄杏。

撑得小孩撅着腚。

(2)

扯扯,拉拉,

家后种棵棉花。

拾拾,揪揪,

给你缝个花兜兜。

（3）

小牛犊,要撒欢,

撒哪个?撒河湾。

河湾里,有草吗?

一溜青。

有水吗?一小坑。

有鱼吗?扑棱棱!

（陈玉连口述,王中升搜集）

119.《筛箩箩》(洛阳市)

筛箩箩,打面面,

俺问乖乖吃啥饭?

蒜面条,打鸡蛋,

呼噜呼噜吃两碗。

（赵金昭搜集）

（注:这是大人逗小孩时演唱的歌曲。）

120.《筛箩箩》(邓州市)

筛箩箩,打转转,

上你外婆家吃啥饭?

烙油馍,打鸡蛋,

不吃不吃两三碗。

121.《好宝宝》(襄城县)

摇摇摇,摇摇摇,摇到外婆桥。

外婆夸我好宝宝,买条金鱼来烧烧。

头不熟,尾巴焦,放在碗里蹦蹦跳。

（刘子燕采录）

122.《小红孩》(叶县)

小红孩,戴红帽,四个老鼠抬着轿;

　　　　　黄鼠狼,打着伞,野狸猫,吹着号;
　　　　　老虎咚咚放着炮,你看好笑不好笑。

　　　　　　　　　　　　　（侯大国讲述,侯殿荣采录）

123.《黑妮白妮》(叶县)

　　　　　黑妮黑,白妮白,黑妮穿的白妮鞋,
　　　　　白妮等着走娘家,黑妮就是不回来。
　　　　　黑妮黑,白妮白,黑妮婆家送好来,
　　　　　不拉车,不抬轿,黑妮婆家真可笑。

　　　　　　　　　　　　　（王西荣讲述,孙松采录）

124.《九个姐姐好茶饭》(邓州市)

　　　　　说稀罕,真稀罕,一只鹌鹑飞门前。
　　　　　大姐逮,二姐拴,三姐浇水四姐添。
　　　　　五姐剃,六姐煎,七姐就去挖蚰蜒。
　　　　　八姐铲,九姐端,端到母亲床面前。
　　　　　也不咸,也不甜,九个姐姐好茶饭。

125.《娶了媳妇忘了娘》(民权县)

　　　　　花喜鹊,尾巴长,娶了媳妇忘了娘。
　　　　　老娘吃饭他不管,媳妇吃饭他端汤。
　　　　　又怕热,又怕凉,还往碗里加白糖。

　　　　　　　　　　　　　（赵英口述,卢彦林搜集）

126.《娶了媳妇忘了娘》(南乐县)

　　　　　花喜鹊,尾巴长,娶了媳妇忘了娘。
　　　　　把娘抽到墙头上,媳妇背到炕头上。
　　　　　媳妇想吃雪白梨,掏出核,打了皮。
　　　　　凉水缸里提三提,然后放到糖罐里。
　　　　　他娘想吃焦烧饼,劈头打了个大窟窿。

　　　　　　　　　　　　　（任同珍演唱,任占搜集）

127.《麻喜鹊》(洛阳市)

麻喜鹊,尾巴长,娶了媳妇忘了娘。
老娘背到廖地①里,媳妇背到炕头上。
老娘踩到脚底下,媳妇捧到手心上。
不是老娘生养你,娃子你能从天降?

(赵金昭搜集)

128.《小喜鹊、尾巴长》(沁阳市)

小喜鹊,尾巴长,娶个老婆嫌爹娘。
娘下厨房爹下地,老婆树下去乘凉。
菜里少放一点盐,逮住老娘骂一场。
罚娘三天不吃饭,洗完一堆脏衣裳。
老娘吞声把气咽,老爹哭得好心伤。
早知今日这下场,不如当初做和尚。

(刘广超口述,慎国建采录)

129.《小老鸹》(夏邑县)

小老鸹,叫三声,俺到姥姥家住一冬。
姥姥看见怪喜欢,妗子看见不吭声。
叫声妗子脸别扭,石榴开花俺就走。
走到山上有石头,走到河里有泥鳅。
娘的兄弟俺叫舅,咋不叫俺住个够。

(王大香口述,王桂林搜集)

130.《山老鸹》(邓州市)

山老鸹,黑黝黝,俺上外婆家住一秋。
外婆一见哈哈笑,妗母一见白眼瞅。
妗母妗母你白瞅,豌豆开花俺就走。

---

① 廖地:河南方言,荒无人烟的地方。

131.《山老鸹》(南阳市)

山老鸹,黑黝黝,俺上外婆家住一秋。

外婆看见怪喜欢,舅母看见瞪瞪眼。

舅母舅母你甭瞅,豌豆开花俺就走。

打哪走?

山里走,山里有石头。

河里走,河里有泥鳅。

大哩逮不住,小哩乱出溜。

出溜到南场里,碰见个卖糖哩。

卖糖哩,啥糖?

芝麻糖。

给老爷拿一根尝尝。

粘住老爷嘴,给老爷舀口水。

粘住老爷牙,给老爷舀口茶。

粘住老爷喉咙系,快给老爷唱出戏。

卖糖哩,你走吧,老娘出来没好话。

高低鞋,牡丹花,一脚踢个仰板叉。

(霍友莲演唱,阎天民搜集)

132.《不胜我死不活了》(邓州市)

小儿姐,上婆家,坐到轿里泪巴巴。

怨声爹,怨声妈,不该把我往火坑拉。

女儿今年十八岁,寻给相公四十八。

不胜我死不活了,不胜我死不活了。

133.《童养媳,实在难》(光山县)

韭菜叶,尖又尖,童养媳,实在难。

白日去耕地,晚黑要磨面。

小姑见了瞪着眼,婆婆见了骂一番。

丈夫打骂心最狠,不给吃喝谁可怜?

(吴秀荣演唱,汤世江记录)

134.《落花生儿》(汝州市)

落花生,饱墩墩,我上舅家住一春。

外婆看见哈哈笑,妗子见了翻眼瞅。

妗子妗子你甭瞅,豌豆开花我就走。

豌豆白,俺再来,一下住到藓花柴。

(张任讲述,刘选民采录)

135.《馋婆娘歌》(平顶山市郊区)

大年初一过不够,早上饺子晌午肉。

过了初七八,也没豆腐也没渣。

过了十五六,也没豆腐也没肉。

黑丧着驴脸纺棉花,

猛然想起二月二,

一下笑个仰八叉。

(邓秀兰采录)

136.《笨老婆》(平顶山郊区)

一棵白菜扑棱棱,俺叫老头去买葱。

买回来葱,不会切,俺叫老头去买铁。

买回来铁,不会打,俺叫老头去买马。

买回来马,不会骑,俺叫老头去买驴。

买回来驴,不会套,俺叫老头去买号。

买回来号,不会吹,吹俺老头一脸灰。

(郭小桃采录)

137.《打发姑娘回娘家》(南阳市)

老天爷,雨下啦,打发姑娘回娘家。

不坐轿,不骑马,只用一辆牛车拉。

走一步,滑一滑,头上栽个大疙瘩。

(赵秀荣演唱,周同宾搜集)

138.《分家》(邓州市)

弟兄仨,去分家,
老大分的田和地,
老二分的驴和马。
撇下老三没啥分,
分个青头大蚂蚱。

五、其他类儿歌

(一)摇篮曲(催眠曲)

139.《月亮芽》(孟州市)

月亮芽,黄巴巴,
嫦娥姐,回了家。
小星星,把眼眨,
小宝宝,睡觉啦。

(白水平搜集)

140.《催眠曲》(巩义市)

嗷嗷嗷,毛孩娇,
不吃米面吃甜糕。
甜吃甜,加点盐,
盐若苦,磨豆腐,
磨成豆腐孝敬母。

(曲素芳口述,祖素敏整理)

141.《哄娃曲》(民权县)

月奶奶,白花花,
爹织布,娘纺花,
买个烧饼哄娃娃。
爹一口,娘一口,
咬住娃娃的小指头。

(田氏口述,卢彦林搜集)

河南传统儿歌

142.《摇篮曲》(虞城县)

睡吧,睡吧,娘的小宝宝。
风儿吹,月儿高,
星儿那个把儿瞧。
树枝那个把扇摇呀,
娘的宝贝快睡觉。
睡吧,睡吧,娘的宝宝。
睡吧,睡吧,娘的宝宝。
云儿走,鸟归巢,
摇篮哪,轻轻摇。
娘的宝贝早点睡呀,
哄儿睡觉娘累了。
睡吧,睡吧,娘的宝宝。
睡吧,睡吧,娘的宝宝。
睡吧,睡吧,娘的宝宝。
娘也笑,儿也笑,
星伴云儿走,云随月儿高。
娘盼儿子早成才呀,
娘要为儿把心操。
睡吧,睡吧,娘的宝宝。
睡吧,睡吧,睡吧,睡吧,娘的宝宝。

(刘敬成搜集)

143.《哄乖乖睡》(洛阳市)

黑狸猫,你走吧,
乖乖娃儿,睡着啦。
噢、噢,乖乖睡,
乖乖睡睡不瞌睡。

(赵金昭搜集)

144.《娃瞌睡》(洛阳市)

嗷嗷嗷,娃瞌睡。

娃瞌睡,娘捣碓。

奶奶去地拾谷穗,

掐一篮,煮一锅,

小娃吃了不撒泼。

(赵金昭搜集)

145.《娃娃睡,娘捣碓》(洛阳市)

娃娃睡,娘捣碓,

娃娃哭,娘做粥,

娃娃笑,娘坐轿,

娃娃起来蹦蹦,

娘也坐下兴兴。

(赵金昭搜集)

146.《催眠曲》(开封市)

啊啊啊,啊啊啊,

大公鸡你别叫,

小黄狗你别跳。

小猫老鼠不要闹,

俺的宝宝睡着了。

啊啊啊,啊啊啊……

(张茂搜集)

147.《催眠曲》(商丘市)

哦,哦,睡着吧,

老山猫,来到啦。

红眼绿鼻子,四个毛蹄子。

走着叭叭响,要吃活孩子。

148.《拍孩儿睡》(新郑市)

噢,噢,

拍孩儿睡,娘套被。

拍孩儿瞌,娘做活。

孩儿不哭,娘喂猪。

孩儿会笑,娘烧鳌。

孩儿会玩,娘种田。

孩儿会坐,娘喂鹅。

孩儿会爬,娘烧茶。

孩儿会站,娘做饭。

孩儿说话,娘心放下。

孩儿会走,娘不愁。

孩儿会跑,娘吃饱。

孩儿端碗,娘喜欢。

孩儿不闹,娘睡觉。

孩儿上学,娘烙馍。

孩儿顶天立,娘费尽心力。

(赵桂芳口述,方珍魁采录)

(二)绕口令与顺口溜

149.《石灰墙》(沁阳市)

石灰墙,画凤凰。

红凤凰,绿凤凰。

粉红凤凰,红凤凰。

(张怀兰口述,翟作正记录)

150.《长扁担》(焦作市)

长扁担长,短扁担短。

长扁担比短扁担长半扁担,

短扁担比长扁担短半扁担。

(王祖超搜集)

151.《猫和鸟》(洛阳市)

东边庙里有只猫,

西边树梢有只鸟。

猫鸟天天闹,

也不知是猫闹树梢鸟,

还不知是鸟闹庙里猫?

(赵金昭搜集)

152.《翻串歌》(南乐县)

出了门,把眼睁。

天上看,满地星。

地上看,一个坑。

菜园里看,一沟葱。

屋里看,一盏灯。

墙上看,钉个钉。

钉上看,挂个弓。

弓上看,落个鹰。

老天爷,起怪风。

刮散了,天上星。

刮灭了,屋里灯。

刮掉了,墙上弓。

刮崩了,钉上弓。

刮飞了,弓上鹰。

最后落个一场空。

(李自言演唱,李现孔搜集)

153.《柱子和树子》(郏县)

有个小孩叫柱子,割草丢了灰兔子。

有个小孩叫树子,玩水丢了花裤子。

柱子去找灰兔子,拾到一条花裤子。

树子去找花裤子,拾到一只灰兔子。

树子把兔子还给柱子,柱子把裤子还给树子。

154.《葫芦与红薯》(遂平县)

葫芦架上有葫芦,葫芦堆上有葫芦。

红薯地里有红薯,红薯堆里有葫芦。

葫芦人、搬葫芦,红薯人想要葫芦。

红薯人叫葫芦人,用葫芦换红薯。

葫芦人搬红薯,红薯人搬葫芦。

不知是葫芦人的红薯,还是红薯人的葫芦。

(许艳如口述)

155.《打汉子》(永城市)

小麻雀,满地滚,

打着汉子去买粉。

买了粉,不会搽,

打着汉子去买麻。

买了麻,不会搓,

打着汉子去买锅。

买了锅,不会做,

打着汉子去买布。

买了布,不会铰,

打着汉子去买瓢。

买了瓢,不会挖,

打着汉子去买马。

买了马,不会骑,

打着汉子去买驴。

买了驴,不会套,

拿着驴绳去上吊。

上吊不死,气得烧纸,

烧纸不着,气得敲锣,

敲锣不响,气得挠痒,

挠痒不疼,气得哼哼。

(付玉英口述,王云霞搜集)

156.《窝窝头》(新乡县)

窝窝头,盖花楼。

花楼低,数出鸡。

鸡下蛋,数出雁。

雁会飞,数出米。

米开花,数出八。

八露头,数出牛。

牛拉套,数出庙。

庙有神,数出人。

(酒积英口述,牛福顺整理)

157.《小鸡嘎嘎》(洛阳市)

小鸡嘎嘎,要吃黄瓜。

黄瓜有籽,要吃鸡腿。

鸡腿有毛,要吃仙桃。

仙桃有核,要吃牛犊。

牛犊撒欢,撒到天边。

天边有雷,打住盗贼。

盗贼告状,告到和尚。

和尚念经,念给先生。

先生算卦,算给蚂蚁。

蚂蚁凫水,凫给老鬼。

(赵金昭搜集)

158.《月亮奶奶》(郏县)

月亮奶奶,好吃韭菜。

韭菜好辣,要吃黄瓜。

黄瓜青青,要吃油饼。

油饼喷香,要吃面汤。

面汤稀烂,要吃鸡蛋。

鸡蛋腥气,要吃公鸡。

公鸡有毛,要吃樱桃。

樱桃太酸,吃个栗子面蛋蛋。

(梁朝霞讲述、采录)

159.《板凳板凳摞摞》(洛阳市)

板凳板凳摞摞,里面坐个大哥。

大哥出来卖菜,里面坐个奶奶。

奶奶出来烧香,里面坐个姑娘。

姑娘出来磕头,里面坐个孙猴。

孙猴出来立立,里面坐个公鸡。

公鸡出来打鸣儿,里面坐个小虫儿。

小虫儿出来喳喳,里面坐个蚂蚱。

蚂蚱出来蹦蹦,给你吓个愣怔!

(赵金昭搜集)

160.《出门走六步》(洛阳市)

出门走六步,

碰见六叔和六舅,

要借六叔六舅六斗六升好绿豆。

到秋后、收完秋,

再还六叔六舅六斗六升好绿豆。

(赵金昭搜集)

161.《花大姐》(邓州市)

花大姐,烙油馍。

油馍香,换辣姜。

辣姜辣,换皮麻。

皮麻长,换斗粮。

斗粮高,换把刀。

刀刃快,切青菜。

青菜青,换把弓。

弓没弦,换张镰。

镰没把儿,换个罐儿。

罐没底,换个砾臼来碓米。

162.《你一我一》(内乡县)

你一我一,事事如意。

你二我二,去拉胡戏。

你三我三,骑马当官。

你四我四,黄瓜没刺。

你五我五,铜锤铁鼓。

你六我六,去摘石榴。

你七我七,八哥野鸡。

你八我八,八面开会。

你九我九,菊花做酒。

你十我十,火镰火石。

(三)颠倒类儿歌

163.《颠倒话》(杞县)

颠倒话,话颠倒,石榴树上结樱桃。

抬着车,拉着轿,呼噜呼噜都来到。

吹边鼓,打喇叭,蝇子钻到地底下。

蚊子踢死驴,蚂蚁压塌桥。

水泡沉到底,石磙往上漂。

黄狗出来兔子咬,老鼠衔个大狸猫。

(孙萍口述)

河 南 传 统 儿 歌

164.《小槐树》(洛阳市)

小槐树,结樱桃,杨柳树上结辣椒。

吹着鼓,打着号,抬着大车拉着轿。

蝇子踏死驴,蚂蚁踩踏桥。

木头沉了底,石头水中漂。

小鸡叼个黑老雕,小老鼠拉个大狸猫。

你说好笑不好笑?

(赵金昭搜集)

165.《颠倒歌》(获嘉县)

颠倒颠、大石桥,抓住栏杆往上瞧。

小鸡要吃恶老雕,老鼠追赶大狸猫。

蚂虾钳住鱼鹰腿,兔子咬狗汪汪叫。

(叶静修演唱,刘水莉记录)

166.《老鼠擒个大狸猫》(泌阳县)

东西大路南北走,出门碰见人咬狗。

掂着狗头去砸砖,布袋驮驴一溜烟。

兔子枕着狗腿睡,鸡娃抓着恶老雕。

碰见麻雀撵鸡子,老鼠擒个大狸猫。

(薛榜山演唱、搜集)

167.《颠倒歌》(平顶山郊区)

日出西,便转东,树梢不动刮怪风。

满天星星下大雨,大年初一好月明。

两个拐子抬成轿,四个瞎子打纱灯。

六个哑巴唱台戏,八个聋子仔细听。

拐子说抬轿路不平,瞎子说听戏听不清。

世上出点稀奇事,没有洋火点着灯。

(王楚雪采录)

168.《反唱歌》(洛阳市)

月婆婆,明光光,

贼来偷衣裳。

聋子听见忙起床，

哑巴高声叫人忙，

瘸子赶快追上去，

瞎子赶紧来帮忙。

一把抓住个长头发，

一看是和尚。

（赵金昭搜集）

169.《说瞎话》（义马市）

瞎话瞎话，一肚子两肋巴儿。

窗台上种二亩甜瓜，门后头挂了两骨爪儿。

娃娃去偷瓜，瞎子看见啦。

哑巴吆喝啦，聋子听到啦。

瘸子撵上啦，没胳脖没腿逮住啦，

糠拧成绳捆住啦。

上桑树，砍柳棍，打他二十七枣棍。

早晨起来去看看，屁股上净是绣鞋印儿。

（四）其他类儿歌

170.《小红孩》（孟州市）

小红孩，戴红帽，四个老鼠抬着轿。

黄鼠狼、打着伞，野狸猫、吹着号。

老虎咚咚放着炮，你看好笑不好笑。

（侯大国口述，侯殿荣采录）

171.《小金姐》（淇县）

小金姐，骑金马，金马不走金鞭打。

金坑里，金蛤蟆，草窝里，金蚂蚱。

窝窝树、金老鸹，开开庙门金菩萨。

172.《小二姐,穿花衣》（光山县）

小二姐,穿花衣,

我请姥娘吃东西。

　　　　　姥娘问我咋来的?

　　　　　我用翅膀飞来的。

　　　　　翅膀呢? 猫吃了。

　　　　　猫呢? 上树了。

　　　　　树呢? 水淹了。

　　　　　水呢? 牛喝了。

　　　　　牛呢? 上天了。

　　　　　天呢? 你请看,

　　　　　好高呀好高。

　　　　　　　　　　（胡燕演唱,汤世江采录）

173.《咩咩羊》(义马市)

　　　　　咩咩羊,跳过墙,河里鱼儿是它娘。

　　　　　它娘不吃咩咩草,赶到街上卖掉了。

　　　　　卖哩钱啦? 割肉啦。

　　　　　肉啦? 猫吃啦。

　　　　　猫啦? 上树啦。

　　　　　树啦? 水刮啦。

　　　　　水啦? 和泥啦。

　　　　　泥啦? 抹墙啦。

　　　　　墙啦? 猪拱啦。

　　　　　猪啦? 龙抓啦。

　　　　　龙啦? 上天啦。

　　　　　天啦? 天塌啦,

　　　　　鼻子眼窝砸瞎啦。

174.《我唱歌,骑着马》(泌阳县)

　　　　　我唱歌、骑着马,

　　　　　什么马? 大马。

什么大？天大。

什么天？青天。

什么青？山青。

什么山？高山。

什么高？塔高。

什么塔？石塔。

什么石？化石。

什么化？四化。

努力学文化，长大干四化。

(李玉玺演唱、搜集)

175.《今儿个吃哩啥饭》(淇县)

今儿个吃哩啥饭？

干饭。

啥干？饼干。

啥饼？烧饼。

啥烧？火烧。

啥火？红火。

啥红？枣红。

啥枣？酸枣。

啥酸？糕酸。

啥糕？年糕。

啥年？一九八二年。

176.《胡巴结》(淇县)

胡巴结，上西天。

西天没有缝，变个黄杏。

黄杏没核儿，变个牛犊儿。

牛犊儿没尾巴，变个黑老鸹。

黑老鸹不会飞，变个土骨堆。

土骨堆没有尖,变个龇牙官。

　　　　　龇牙官没有乌纱帽,变个麻核桃。

　　　　　麻核桃没有仁,变个小盆儿。

　　　　　小盆儿没有沿,变个小罐。

　　　　　扑嚓两半儿!

177.《小刀歌》(夏邑县)

　　　　　小刀快,切葱菜。

　　　　　葱菜辣,切苦瓜。

　　　　　苦瓜苦,切老虎。

　　　　　老虎一瞪眼,

　　　　　七个碟子八个碗。

　　　　　　　　　　　　　　(刁心升搜集)

178.《花大姐》(延津县)

　　　　　花大姐,吃得胖,做个花鞋穿不上。

　　　　　鸡叼走,狗撵上,气得大姐哭一场。

　　　　　　　　　　　　(黄淑花演唱,李福实采录)

179.《小妞妞戴兜兜》(内黄县)

　　　　　小妞妞,戴兜兜,

　　　　　刮南风,往北走。

　　　　　一走走到寺后头,

　　　　　遇见一条大黄狗,

　　　　　咬了妞妞的脚趾头。

　　　　　弯腰拾了块砖头,

　　　　　砸着那条大黄狗,

　　　　　汪汪汪汪都跑走。

　　　　　　　　　　　　(张国英演唱,胡德葆搜集)

180.《板凳倒》(洛阳市)

　　　　　板凳倒,狗儿咬,

咬谁哩,王大嫂。

篮里扛的啥?大红枣。

你咋不吃哩?没牙咬。

我给你嚼嚼吧?那才好。

胳膊挟的啥?破棉袄。

你咋不穿哩?怕虱咬。

我给你逮逮吧?那才好。

(赵金昭搜集)

181.《一个老头七十七》(洛阳市)

一个老头七十七,

再过四年八十一。

无事大街转,闲了捋胡须。

又爱拉二胡,还爱吹大笛。

嘀嘀嗒、嗒嗒嘀,

魁五金,都不吃……

(赵金昭搜集)

182.《掏小虫》(邓州市)

这儿苦,这儿甜,

这儿杀猪,这儿过年。

这儿小虫掏不完。

(注:此类儿歌是引逗小孩戳胳肢窝时唱的歌。)

183.《骑马顿顿》(邓州市)

骑马顿顿,牛肉三斤

萝卜白菜,豆芽香椿。

(注:此类儿歌是孩子骑在大人的二郎腿上,大人一边上下闪腿,一边唱歌。)

184.《吃个杏》

蹦、蹦,吃个杏,

杏掉了,奶奶笑了。

(注:此类儿歌是幼儿学步时,大人小孩一起唱的歌。)

185.《瞎话》(汝州市)

东山一棵瓜,西山把根扎。

秧到南阳府,窝窝山上结个瓜。

看见是甜瓜,摘掉是西瓜。

把它抱回家,一看是倭瓜。

用刀切、面条下,下到锅里面疙瘩。

喝到嘴里麦糠气,鼻孔眼里窜蚂蚱。

186. 谜语儿歌(邓州市)

(一)

一个姑娘真是怪,

不吃荤腥吃青菜。

成天辛苦纺线线,

为了别人好穿戴。(蚕)

(二)

有眼没眉毛,

有翅飞不高。

水中跑百里,

谁也不知道。(鱼)

(三)

两只眼睛四条腿,

一蹦一蹦跳下水。(青蛙)

(四)

从小青,大了黄,

石头缝里脱衣裳。(稻谷)

(五)

弟兄七八个,围着珠子坐。

大家一分手,衣裳就撕破。(蒜)

(六)

红公鸡,绿尾巴,

一头钻到地底下。(胡萝卜)

(七)

麻屋子,红帐子,

里头坐个白胖子。(花生)

187.灯谜(南阳市)

青丝草、草青丝,割了青丝它还生。

如果娃儿猜不中,摸摸头顶就猜中。(头发)

小绣娘,住绣房,

红门帘,白玉床。(舌头)

小姑娘,长得俏,

戴纱巾,穿绿袍,

串串金珠怀里抱。(玉米)

红公鸡,绿尾巴,淘气的娃娃来追它。

一飞飞到菜园里,头儿扎在地底下。(红萝卜)

绿叶叶、裹珍珠,裹了珍珠一嘟噜。

谁家孩子来踩着,端阳吃了不怕羞。(粽子)

小姑娘、屋檐藏,清早起来叫太阳。

雄鸡穿了五彩衣,姑娘披了麻衣裳。(麻雀)

小三郎、游花墙,身上背着螺蛳房。(蜗牛)

小尖船、整一双,对对双双走四方。

高山平原任意走,五湖四海它全逛。(鞋)

188.《谜语》(商丘市)

有一物,真奇怪。

抓不住,切不开。

灌田,浇花,洗衣,煮饭菜,

都要请它来。(水)

189.《谜语》(新野县)

早上开门,晚上关门。

走近看看,里面有个人。(眼睛)

190.《谜语》(卢氏县)

像桃不是桃,桃里长白毛。

撕开毛来看,内有小黑桃。(棉花)

两人一样长,出入总成双。

山珍和海味,都让它先尝。(筷子)

191.《谜谣》(南召县)

一物生来很骄傲,爬在树梢唱高调。

好像什么都懂得,其实啥也不知道。(蝉)

(褚虎臣口述,乔明宪采录)

附录二 河南传统儿歌(乐谱)

筛麦糠

1=D 2/4　　　　　　　　　　　　　　　　　　　新乡市

中速 欢乐地

5. 3 | 5 - | 6 5 6 i | 5 - | 5 6 i | 5 6 i | 6 5 6 i | 5 - |
筛　筛　筛麦糠，　琉璃咯　蹦响　叮　当。

5 5 3 | 5 5 3 | 5 6 | i 0 | 5 5 3 | 5 5 | 5 3 | 5 6 | i 0 ‖
你卖　胭脂　我卖　粉。咱两人　打个　琉璃　滚。

（松针演唱、记录）

筛麦糠

1=G 2/4　　　　　　　　　　　　　　　　　　　延津县

♩=78

2. #1 2 | 1 3 2 | 5 5 3.2 | 1 3 2 | 3 3 2 1 2 |
筛，　筛，　筛麦糠，　琉璃咯嘣儿响叮当。你擦胭脂

3 2 3 | X X X X X | X 0 X 0 | X 0 ‖
我擦粉，　咱俩打个　拨　浪　鼓儿。

（宋耀山演唱，韩文修补唱，宋耀山记录）

河南传统儿歌

卖　锁

唐河县

1=C 2/4

较自由地

$\widehat{1}$ 3 | 2 - | $\widehat{3}$ 5 | 1 1 $\widehat{3}$ | 5 - |
(领)卖　锁　哟！　(合)啥　锁？(答)黄　金　带　锁！

1. 1 1 1 | 1. 6 5 | 1. 6 5 | 1. 5 1 | 1 1 $\widehat{3}$ |
(问)一 把 钥 匙　几 头 开？(答)两 头 开。(问)开 不 开,(答)石 头 砸。

1. 1 5 | 1. 1 $\widehat{3}$ | 1. 6 5 | 1. 2 1 6 | 5 3 5 |
(问)砸 不 开。(答)石 滚　压。(问)压 不 开,(齐)咱 们 一 起　上 城 街。

1. 1 1 1 | 1. 1 3 | 6. 6 6 1 | 6 3 5 | 6 1 1 6 |
(问)城 街 是 您　啥 亲 戚？(答)哈 叭 狗 他　丈 人 家。(问)从 他 门 前

1 3 5 | 3. 5 3 5 | 1 3 5 | 1 6 1 | 6 3 5 ‖
走 一 趟,　问 您 狗 娃儿 咬 不 咬？(答)咬 一 口,　再 不 咬。

(王书贵记录)

抓毛蛋儿歌

（一）

1=D 2/4

新乡市

中速 活泼、自由地

| 5 5 6 i | 5 - | 5 5 6 i | 5 - | 3.2 3 3 | 5 5 3 |
先 抓 噌 噌 鼓， 后 抓 皮 老 虎。 抓 个 小 妮 儿 来 算 账，

| 3 2 3 3 | 5 5 6 | 5 6 5 3 | 5 6 5 3 | 5 6 5 3 | 5 6 5 3 ‖
一 算 算 到 九 联 上。 一 九 二 九， 春 风 摆 柳。 春 风 不 来 一 百 过 来。

（二）

1=D 2/4

中速 自由地

| 5 5 6 i | 5. 3 5 | 5 5 6 i | 5 3 2 | 2 2 5 5 | 6 i 5 |
先 打 噌 噌 鼓， 后 打 皮 老 虎。 七 个 小 妮 儿 来 算 账，

| 2.1 1 1 | 2 1 1 ‖: 5 3 2 | 5 5 2 :‖ 5 3 2 5 3 2 | 1 - ‖
一 算 算 到 九 联 上。 { 一 九 二 九， 春 风 摆 柳， } 一 百 数 来。

（冀林英演唱，松针记录）

注：毛蛋儿，用棉线缠成，上面有五色线挑花格，类似皮球可拍（打）可抓，是过去农村小女孩最爱玩的游戏之一。

河 南 传 统 儿 歌

抓子儿歌

新乡市

1=♭B 3/4

中速 自由地

1 1 6 | 1 - - ‖: 1 1 2 3 | 2 1 6 | 1 - - | 1 2 1 | 1 1 2 | 1 - - :‖

俺的 满儿， 俺的 仨儿，俺的 单儿， 俺的 对儿，俺的 魁。

转快

‖: 1 1 2 3 | 2 1 1 | 1. 1 | 2 3 | 2 1 6 | 1 - - :‖

正	月	里	正	月	正，	正	月	十	六	挂	花	灯。
二	月	里	龙	抬	头，	忤	逆	媳	妇	发	了	愁。
三	月	三	压	枣	杆，	一	个	枣	枝	打	石	工。
四	四	啦，	盈	盈	啦，	菜	园	里	挑	坑	啦。	
五	伏	头	卖	香	油，	媳	妇	烧	纸	不	回	头。
六	月	六	好	难	受，	抽	你	筋	剥	你	肉	啦。
七	七	啦，	哭	哭	啦，	牛	郎	啦	织	女	啦。	
八	大	阁	北	大	城，	北	大	城	上	卧	条	龙。
九	月	九	娘	家	走，	娘	家	不	走	大	开	口。
十	全	啦，	罗	全	啦，	红	绸	里	门	帘	啦。	

尾声

1 2 1 | 1 1 2 | 1 - 0 ‖

俺 的 扣， 俺 的 扣。

（松针演唱、记录）

注：第3-8小节，因子的距离较远，故速度放慢。

附录二 河南传统儿歌(乐谱)

拾子小调

1=D 2/4　　　　　　　　　　　　　　　　淮阳县

中速

3 1　2 | 3 1　2 | 1 3　2 | 3 1　2 | 3 1　2 |
我 拍　拍，我 挨　挨，梧 桐　树，双 开　开，开 里　红，

3 1　2 | 3 1　2 | 3 1　2 | 3/4 1 3 2 2　2 3 1 | 3/2 ‖
十 八　层，恁 不　输，俺 不　赢，天 头 掉 了　拾 不　　成。

（葛士礼演唱，余德海记录）

锦 鸡 翎

1=G 2/4　　　　　　　　　　　　　　　　新乡市

稍慢　高昂地

（甲组）
5 6 | 5. 1 | 6 5 4 2 | 5 0 | 2 5 5 | 2 5 1 | 6 5 4 2 | 5 - |
锦 鸡 翎，　扛 大 刀，　　恁 家 的　兵 将　属 俺　挑。

（乙组）　　　　（甲组）　　　（乙组）　　　　　　　　（甲组）
5 6 | 5. 0 | 5 6 | 5. 0 | 5 6 | 6 5 4 2 | 5 - | 5 6 |
恁 挑 谁?　挑 王 魁。　王 魁 没 在 家，　　就 挑

　　　　　　　（乙组）　　　　　　　（甲组）
6 5 4 2 | 5 - | 2 3 5 | 4 5 6 1 | 5 - | X̄ 0 | X̄ 0 | X̄ 0 ‖
恁 弟 兄 仨。　弟 兄 仨，　不 说 话，　就 挑 你！

（李德奎演唱，松针记录）

注：甲乙两组，各排一队，手拉着手，站在距离约两丈远的对面。最后，乙组一位儿童，跑着冲向甲组，如冲开甲组儿童拉着的手，就拉回一人归乙组，否则，自己就留在甲组。

河 南 传 统 儿 歌

砰砰拍拍

1=G 2/4　　　　　　　　　　　　　　　　　新乡市

欢快 活泼

5 5 1 1 | 5 5 1 1 | 3 5 3 | 6 1 2 | 3 3 5 |
(甲)砰 砰 拍 拍　砰 砰 拍 拍 (乙)谁　呀？(甲)我　呀,(乙)你 是 谁？

3 3 5 | 5 - | 3 5 3 2 | 1 2 1 | 5 3 1 1 |
(甲)我 姓 梅,(乙)啊,　梅　大　哥 呀,　门 儿 开 开,

5 3 1 1 | 3 6 1 | 2 0 | 3 6 1 | 2 0 | 5 5 4 4 |
请 你 进 来, 你 好 呀?(甲)好!　　你 好 呀 (乙)好。(同)嘻 嘻 哈 哈

3 3 1 1 | 6 1 3 | 1 - | 6 1 3 | 1 - | 5 5 4 4 | 3 3 1 1 ‖
哈 哈 嘻 嘻 大 家 都　好,　　快 乐 不 了,　　嘻 嘻 哈 哈 哈 哈 嘻 嘻。

（松针演唱、记录）

板凳板凳摞摞

1=D 2/4　　　　　　　　　　　　　　　登封市、新密市

中速

3 5 6 1 | 5 3 2 | 3 5 6 1 | 5 3 2 | 6 1 3 5 | 6 · 5 3 |
1.板 凳 板 凳 摞　摞,　那 里 坐 个 大　哥。大 哥 出 来 买　菜,
2.奶 奶 出 来 烧　香,　那 里 坐 个 姑　娘。姑 娘 出 来 拜　拜,
3.秀 才 出 来 作　揖,　那 里 坐 个 公　鸡。公 鸡 出 来 打　鸣,
4.小 虫 出 来 呷　呷,　里 头 坐 个 蚂　蚱。蚂 蚱 出 来 蹦　蹦,

　　　　　　　　　　　　结束句
2 1 6 1 2 | 1 · 6 5 | 1 2 3 5 | 6 1 6 5 | 3 2 3 | 5 - ‖
那 里 坐 个 奶　奶。　蛄 蝶 蛄 蝶 一　蛄　　蝶。
那 里 坐 个 秀　才。
里 头 坐 个 小　虫。
里 头 坐 个 蛄　蝶。

（毛石头演唱,杨宏治、宋瑞敏记录）

大年初一把门开

1=D 2/4　　　　　　　　　　　　　　　　　　　　登封市

中速 稍快

6 6̇ 6 6̇ | 6 5 3 | 1̇·6 1̇ 6 5 | 3 5 3 2 1 | 5·6 1̇ | 6 1̇ 6 5 4 |
大年初一　把门开，财神爷爷这进宝来。骡驮金，马驮银，

5·1̇ 6 1̇ 6 5 | 3 5 3 2 1 | 5·6 1̇ 6 5 | 5 3 5 3 | 1̇·6 5 6 1̇ | 5 3 5 1 ‖
狮子驮着　聚宝盆。前门爷爷　来进宝，麒麟送子　到后门。

（李义演唱，杨宏治、宋瑞敏记录）

麻利麻利索

1=E 2/4　　　　　　　　　　　　　　　　　　　　驻马店市
　　　　　　　　　　　　　　　　　　　　　　　　回　　族

♩=96

1 2 3 1 2 3 | 1 2 3 5̣ | 5 - | 1 2 3 1 2 3 | 5 3 2 | 2 - |
一个老鼠　一个头，　　　一双小眼儿　黑油油，

6 5 6 5 | 2 3 5 | X X· X | X X· X | 5̣ 5̣ 6̣ 1 | 1 |
老鼠爬梁　偷吃油。出溜鼠、鼠出溜，老鼠的　哥哥

加快 ♩=120

3 5 2 | 1 - | 2 3 2 3 | 5 - | 5̣ 6̣ 5̣ 6̣ | 1 - ‖
猫儿来　了。　连忙连忙跑，　麻利麻利索

（姚得才演唱，李醒民、宋书武、李万军记录）

河 南 传 统 儿 歌

蜜蜂采花

1=C 2/4　　　　　　　　　　　　　　　　　　　开封县

中速

5 6̂1 5 | 1̂ 4 5 | 5 6̂1 4 5 | 1̂ 4 5 | 6̂1 6 5 | 6 3 5 |
小蜜 蜂 叫嗡嗡，俺问(那)你(呀)几 回来？ 正 月 回 来

5 6̂1 5. 3 | 2. 1 2 | 2 2 5 | 6 1̂ 5 | 5 6̂1 5 3 | 2. 1 2 |
无 有 花 采， 二月里 迎春花 它才 开 开呀，

2 2 2 1 | 2 5 1 | 6̣ 5̣̂ 7̣ 6̣ | 6̂ 5 4̣ 5̣ | 5 — ‖
朵朵花儿 争开艳呀，万紫千红 春满园 啊。

蝴 蝶 飞

1=G 2/4　　　　　　　　　　　　　　　　　　　平顶山市

中速

2. 3 5. 3 | 3 3̂ 1 2 | 1. 2 3 3 | 2̂ 1 6̣ 1 |
蝴 蝶 飞 来 蝴 蝶 飞， 飞 到 东 来 飞 到 西，

1. 2 3 3 | 2 1 6̣ | 6̣ 6̣ 6̣ 2 | 7̣. 6̣ 5 ‖
飞 得 高 来 飞 得 低， 常 常 不 分 离。

（李德龙演唱，王楚雪、汪乐民采集，周斌记录）

216

月奶奶明晃晃

1=D 2/4　　　　　　　　　　　　　　　　　　　　　　长葛市
♩=66

5 6 5 | 3 2 1 2 | 5. 6 5 3 | 2 1 2 | 3. 2 3. 5 | 3 2 1 2 |

1.月 奶奶　明 晃晃①，开 开后 门　洗 衣裳。洗 得白 来　浆 得光，
2.读 四书　念 文章，头 榜得 中　状 元郎。哥 居官 来　离 家乡，

　　　　　　　　|1.　　　　　　　　　|2.
5 6 5 3 2　1 | 2　5 3 2 | 1 - :‖ 2 - | 5 6 1 5 - ‖

打发哥哥 上 学 堂，上 学　堂。　　肠，　热 心 肠。
莫忘妹妹 热　心

（张香环演唱，张水祥记录）

月亮走俺也走

1=A 2/4　　　　　　　　　　　　　　　　　　　　　　新野县
♩=66

3. 1 2 | 3 1 2 | 2. 2 1 2 | 3 1 2 0 | 2. 2 1 2 | 3 1 2 |

月 亮走，俺 也走，　俺给 月亮　牵 牲口，　一 牵牵 到　马 山口。

1. 6 1 6. | 1 1 6 5 | 1. 6 1 6 | 1 1 6 5 | 1. 6 1 6 | 1 1 6 5 |

马 山口，　有 石 榴，买 个公鸡　叨 黑 豆。买 个鸭子　扯 呵 喽②，

1. 6 1 6 | 1 1 6 5 | 1. 6 1 2 | 1 1 6 5 | 2 2 2 2 1 2 | 1 1 6 5 ‖

买 个毛猴　打 跟　头。一 打 打 到　门 里 头，看 看你 嫂子的 花枕 头。

（白）嫂子不叫看，扒住窗户要看看。窗户扒倒了，嫂子也吓跑了。

（王金来唱，王振亚补演唱，王致安记录）

---

① 明晃晃：明亮的意思。
② 扯呵喽：即打呼噜。

河南传统儿歌

月 奶 奶

1=D 2/4　　　　　　　　　　　　　　　　　新乡市

中速　活泼、天真地

5 6 | 5 - | 6 5 4 2 | 5 - | 5 i | 5 i |
月 奶 奶，　明　光　光，　开 开　后 门，

6 5 4 2 | 5 - | 5 6 | 5 - | 2. 4 |
洗 衣 裳，　　洗 哩　白，　浆　哩

5 - | 5 i | 5 i | 6 5 4 2 | 5 - ‖
光，　掂 起　棒 槌　嘚 嘟　嘟。

（崔桂芝演唱，松针记录）

小 枣 树

1=G 2/4　　　　　　　　　　　　　　　　　登封市

中速

5 6 3 5 | 3 5 3 2 1 | 1. 2 3 2 | 1 2 3 2 | 5 6 5 | 3 3 2 1 |
小枣树　弯弯枝儿，　上头爬个　小闺女儿。想吃桃，桃有 毛，

1 1 2 3 | 1 2 3 | 5. 6 7 6 5 | 3 5 3 2 1 | 1. 2 5 3 | 2 3 1 ‖
想吃杏，杏老酸。想吃樱桃　上南山，想吃枣儿　脆又甜。

（李义、宋瑞敏演唱，杨宏治记录）

附录二 河南传统儿歌(乐谱)

板 凳 倒

1=♯A 2/4　　　　　　　　　　　　　　　　　　尉氏县

中速 稍快

³2̲ 1̲ 2 | 2̲ 1̲ 2 | 2̲ 3̲ 2̲ 1̲ | 6̲ ♯4̲ 5 | 6̲ 5̲ 6̲ i̲ 5 |

板凳倒, 小狗咬。谁来哩? 你大嫂。拿的啥?

6̲ ♯4̲ 5 | 3̲ 5̲ 3̲ 2̲ 2 | ⁶5̲ 4̲ 5̣ | 2̲ 3̲ 2̲ ⁵3̲ 2 | ¹7̣ 6̲ 5̲ ♯4̲ | 5 - ‖

核桃枣。吃点吧, 没牙咬。给你嚼嚼吧, 你老好。

　　　　　　　　　　　　　　　　　(孙百梅演唱, 张茂记录)

数 瓜

1=B 2/4　　　　　　　　　　　　　　　　　　安阳市

♩=108

3 5 | 3 5 | 3. i̲ 6̲ 3̲ | 5 - | 6 i̲ | 5 6̲ 3̲ |

种瓜, 种瓜, 上粪长得大。　大的儿是西瓜,

3̲ i̲ 3̲ 2̲ | 1 - | 5̲ 3̲ 5̲ 6̲ 1̣̲ | 5̲ 3̲ 5̲ 6̲ 1̣̲ | 5 5 | 5̲ 1̲ |

小的儿是甜瓜,　长的儿脆瓜、短的儿面瓜、绿的儿黄瓜、

5̲ 3̲ 5̲ 0̲ 6̣̲ | 1 - | 3 5 5 | 5 5 | 3. i̲ 6̲ 3̲ |

红的儿南瓜。　那一天　刮风。　打了俺的

5 - | 3. i̲ 6̲ 5̲ | 3̲ 3̲ i̲ 6̲ 5̲ | 3̲ 5̲ 5̲ 6̣̲ | 1 - ‖

瓜,　扪着篮子, 掂连着①铲子, 去拾俺的瓜。

　　　　　　　　　　　　(傅金玉演唱, 谢艳玲、傅金玉记录)

---

① 掂连着:方言,提着的意思。

河南传统儿歌

拨灯棒①,打灯台

1=A 5/8

罗山县

♪=180

拨灯棒来,打灯台咧,么姑笑脸,进门来咧,

哥哥见了,把鸡杀呀,嫂嫂见了,去烧茶咧,

哥呀,哥呀,你莫杀鸡咧,嫂呀,嫂呀,你莫烧茶呀,

瞧瞧爹妈,转回家呀,回去纺线,薅棉花咧,

桃花不开,杏花开呀,明年开花,我再来咧。

(杨保云演唱、记录)

① 棒:带儿话音,四声。

呱 达 嘴

洛阳市老城区

1=C 2/4
♩=80

一、二、三那个上南关，南关有一个那轧煤锨。

叫你轧煤不轧煤，腰里别着那个弹花锤。

叫你弹花不弹花，腰里别着那个拾粪杈。

叫你拾粪你不拾粪，腰里别着那个桃尿棍。叫你挑尿

不挑尿，腰里别着那个盒子炮。咚嘎！叫炮。

(娄才传唱，王文堂、胡昭俊记录)

河南传统儿歌

肚 疼 歌

1=♭E 2/4　　　　　　　　　　　　　　　　　新乡市

慢速 痛苦地

| 6　5 | #4　5 | 5 6̂ 1 6̂ 5̂ 3 | ³̃2　— ‖
爹呀，　娘呀，　孩儿　肚　　疼。

‖: 3　3　2 | 1　3　2 | 1　2　1　6̣ | 5　— :‖
恁赶快　　请医生，　治治儿的　病。

（瑞莲演唱，松针记录）

肚 疼 歌

1=G 2/4　　　　　　　　　　　　　　　　　新乡市

缓慢 痛苦地

‖: 4̃　5 | 4̃　5 | 6　5　4̂　3 | 2　— :‖
娘啊，　娘啊，　孩 儿 肚　疼，

‖: 3　1　2 | 1　3　2̂　7̣ | 6̣　7̣　6̣　5̣ | 5̣　— :‖
上大街　　请先生　　瞧瞧俺哩　病。

（王淑华演唱，成祖恩传授，松针记录）

附录二 河南传统儿歌(乐谱)

催 眠 曲

1=B 2/4　　　　　　　　　　　　　　　安阳市

♩=60

3 33̂2 3 33̂2 | 1 2̂1 6 | 1. 2 3 5 | 2 1̇ | 6̇/2 |
月儿 弯弯　照楼 梢，　打个 哈欠　伸 伸　　懒

1̇ - | 3 33̂2 1 2̂1 | 6 - | X X | 1. 2̂1 | 6 - ‖
腰，　小虎子睡 着　了，(白)呼！呼！(唱)睡　着　了。

(景慧兰演唱，景慧兰记录)

宝贝儿睡着了

1=B 4/4　　　　　　　　　　　　　　　遂平县

♩=80

5. 6 1 2̂1 6 - | 5 6 1 2 6 5 3 5 | 2/4 3 - | 4/4 5 6 1 2 6 5 3 5 |
摇一 摇 我 的 小 宝　宝，　宝贝儿要 睡

3. 5 6 - | 2 3 2̃ 1 6̣ 1 3 5 | 1 - - 0 ‖
觉，　　摇摇宝贝睡　着　了。

(高凌阁演唱，刘海记录)

223

河南传统儿歌

乖乖睡
（催眠曲）

1=D 4/4　　　　　　　　　　　　　　　　新乡市

缓慢　温柔地

噢，噢，乖乖睡，娘捣碓。乖乖醒，
娘跳井。乖乖哭，娘割谷。乖乖笑，
娘坐轿。噢！　　　　噢！

（松针演唱、记录）

拍孩睡

1=♭D 2/4　　　　　　　　　　　　　　　新密市

中速　稍慢

拍孩儿笑，娘坐轿。啊啊啊啊啊啊啊。
拍孩儿坐，娘推磨。啊啊啊啊啊啊啊。
拍孩儿哭，娘杀猪。啊啊啊啊啊啊啊。
拍孩儿睡，娘捣碓。啊啊啊啊啊啊啊。
拍孩儿玩，娘坐船。啊啊啊啊啊啊啊。
呵呵呵，呵呵呵。
呵呵呵，呵呵呵。啊啊啊啊啊啊啊。

（马里演唱，钱林申记录）

宝贝儿睡着了

1=C 4/4

遂平县
汉　族

慢板

5. 6 1̇ 2̇ 1̇ 6 - | 5 6 1̇ 2̇ 6 5 3 5 | 3 - - - |
摇　一　摇　我　的　小　宝　宝，

5 6 1̇ 2̇ 6 5 3 5 | 3. 5 6 - | 2 3 2 1̇ 6 1 3 5 | 1 - - - ‖
宝　贝儿要　睡　觉，　　摇摇宝贝睡　着　了。

（高凌阁演唱，刘海记录）

好乖乖睡吧

催眠曲

1=C 4/4

襄城县
汉　族

慢速　轻轻地

pp

5. 3 5. 3 | 5. 3 5 0 0 ‖: 6. 7 6 - | 5. 3 5 0 :‖
啊　啊　啊　啊，　　好乖乖　睡　吧，

6 0 7 0 6 - | 5. 3 5 - | 5. 3 5 0 0 | 5. 3 5. 3 | 5. 3 5 0 0 ‖
好乖乖睡　吧，　睡　吧。　　啊，啊，啊，啊。

（周钧章演唱、记录）

参考文献

[1] [清]杜文澜.古谣谚[M].上海:中华书局,1958.

[2] 赵景琛,车锡伦,何志康.古代儿歌资料[M].上海:少年儿童出版社,1963.

[3] 刘平均,张国兴,常振会.传统儿歌选(上)[M].邓县妇联会、邓县教育局、邓县文化馆,1984.

[4] [清]郑旭旦.天籁集[M].上海:上海文艺出版社,1990.

[5]《中国民间歌曲集成》全国编辑委员会,《中国民间歌曲集成·河南卷》编辑委员会.中国民间歌曲集成·河南卷[M].北京:中国ISBN中心,1997.

[6] 李晋瑗.幼儿音乐教育[M].北京:北京师范大学出版社,1998.

[7] 蒋风.儿童文学原理[M].合肥:安徽教育出版社,1998.

[8] 河南各地市县《民间歌曲集成》,《歌谣集成》,等.内部出版,20世纪80年代至今.

[9] 教育部体卫艺司.儿童歌曲创作[M].上海:上海教育出版社,2001.

[10] 雷群明,王龙娣.中国古代歌谣[M].上海:上海文艺出版社,2003.

[11] 中国民间文学集成全国编辑委员会,《中国歌谣集成·河南卷》编辑委员会.中国歌谣集成·河南卷[M].北京:中国ISBN中心,2003.

[12] 黄瑾.学前儿童音乐教育[M].上海:华东师范大学出版社,2006.

[13] [美]哈罗德·艾伯利斯,等.音乐教育原理[M].北京:中央音乐学院出版社,2008.

[14] 蒋荣辉.幼儿音乐教育[M].海口:南海出版公司,2009.

[15] 许卓娅.幼儿园音乐教育与活动设计[M].北京:高等教育出版社,2009.

[16] 赵金昭.洛阳传统儿歌游戏[M].郑州:河南人民出版社,2009.

[17] 尹爱青，曹理，缪力.外国幼儿音乐教育[M].上海：上海教育出版社，2010.

[18] 郭小利.中国传统音乐即兴创作教育研究[M].北京：人民教育出版社，2010.

[19] 王春燕.浙江民间文化与幼儿园课程：浙江民间文化幼儿园课程资源开发的研究[M].杭州：浙江大学出版社，2011.

[20] 王瑞祥，等.童谣与儿童发展——以浙江童谣为例[M].杭州：浙江大学出版社，2011.

[21] 刘升智.儿童歌曲创编入门教程[M].上海：复旦大学出版社，2011.

[22] 赵金昭.洛阳传统、现代、新编儿歌（五卷）[M].郑州：河南人民出版社，2012.

[23] 张梦倩.中国传统童谣研究[M].太原：山西教育出版社，2012.

[24] 朱自清.朱自清中国歌谣[M].吉林：吉林人民出版社，2013.

[25] 陈鹤琴.儿童音乐教育[M].陈秀云、柯小卫（选编）.南京：南京师范大学出版社，2013.

[26] 程英.幼儿园音乐教育[M].福州：福州人民出版社，2013.

后 记

  本书是笔者在主持的 2015 年度河南省哲学社科规划项目"基于学前音乐教育资源开发的河南传统儿歌研究"（2015BYS017）的基础上，加以充实修订而成的。在写作的过程中，主要通过田野调查、查阅地方文献等途径获得资料，并根据当代儿童的生活方式和接受程度进行了素材的筛选。选入书中的儿歌尽量保持原貌，只针对个别错讹进行了订正，以供研究和学习之用。

  本书在写作过程中，得到了郑州幼儿师范高等专科学校的主要领导和科研处、音乐系相关老师的大力支持；马紫晨、赵金昭、赵长海等专家学者为笔者提供了各种方便；同时，还得到了郑州市部分幼儿园老师的支持与帮助，他们提出了很好的建议，在此一并致谢！本书的写作得到妻子史晓红、岳母胡书敏、岳父史三的无私支持和后勤保障，使笔者得以心无旁骛，集中精力思考和写就，谨以此书献给家人！最后，还要感谢苏州大学出版社的大力支持，感谢李志杰老师、孙腊梅编辑的热情相助和辛勤工作，使本著得以顺利付梓。

作者
2017 年 1 月